U0132438

基於華語教學的語言文字研究

第七屆海峽兩岸現代漢語問題學術研討會論文集

石定栩 周荐 董琨 主編

商務印書館

基於華語教學的語言文字研究

—— 第七屆海峽兩岸現代漢語問題學術研討會論文集

主　　編：石定栩　周荐　董琨

責任編輯：李瑩娜

出　　版：商務印書館 (香港) 有限公司

　　　　　香港筲箕灣耀興道 3 號東滙廣場 8 樓

　　　　　http://www.commercialpress.com.hk

發　　行：香港聯合書刊物流有限公司

　　　　　香港新界大埔汀麗路 36 號中華商務印刷大廈 3 字樓

印　　刷：美雅印刷製本有限公司

　　　　　九龍觀 塘榮業街 6 號海濱工業大廈 4 樓 A

版　　次：2014 年 6 月第 1 版第 1 次印刷

　　　　　© 2014 商務印書館 (香港) 有限公司

　　　　　ISBN 978 962 07 5632 0

　　　　　Printed in Hong Kong

目　錄

两岸差异词再认识

◎李行健

提　要：本文主要讨论两岸差异词的界定和发掘。差异词在两岸
　　　　交流和两岸语言研究中有重要的意义。作者将差异词分
　　　　为显性和隐性两类。隐性情况较为复杂，差异的情况多
　　　　种多样，是本文讨论的重点。本文还展望了差异词在汉
　　　　民族共同语发展和文化传承方面的积极意义。

关键词：差异词；显性和隐性；民族共同语的发展；文化的传承

　　由于两岸人为隔绝半个多世纪，汉民族共同语（大陆称普通话，台湾称国语）形成某些差异，大量表现在词汇方面。探讨两岸语言的差异，要注意挖掘和研究两岸的差异词。所谓两岸的差异词，就是指两岸民族共同语的词汇交集以外的两岸不同的词形或语义、语用成分。

　　从两岸交往中可以看到，两岸词语的共同成分占了绝对优势，以致双方可以自然交流而无大障碍，但往往也会由于某些词语的差异而造成歧义甚至误解。这些词语就是两岸两个不同社区形成的差异词。这些差异成分，大约占词汇总量百分之十五，但它们在两岸语言研究上的意义和使用中的影响却不可忽视。因而，深入地全面研讨两岸的差异词，对了解两岸语言异同，促进两岸交流和民族共同语的统一有重要的意义。

　　差异词在两岸语言中可以说无处不在，有时甚至不易为人们觉察。我们通过几年编纂《两岸常用词典》和《两岸差异词典》的实践，从词语的含义、语用或词形中，进一步认识到差异词的各种情况，感受到有深入探索这个问题的需要。

一、差异词的界定和标准

　　根据对差异词成因的认识，我们确立了"为一边独有或独用"的两岸差异词界定标准。所谓"独有"，即词语所指为一边所独有的事物或现象。如反映地区民俗风情、宗教信仰、社会历史、文化教育、政治制度等方面内容且已进入日常语言生活的词语。如大陆的"房改、妇联、试点、离休、知青"；台湾的"桩脚、分灵、学测、民代、保正"。另一种情况"独有"的含义是就其词语的形式而言，这类词语的所指固不为一方所独有，但另一方没有词语化的等值单位与之相对立。如"干红"指不带甜味的葡萄酒，双方都有同样的事物，但台湾没有与其语义等值的单位，无法构成词与词的对立。台湾的"奥步"也属于这种"独有"情况。

　　所谓"独用"，包括这样几种类型：其一为同一事物的指称独用，即同实异名词语。如："鼠标—滑鼠、高压锅—快锅、短信—简讯"等。也包括不是一对一的情况，如"体检、查体—健检"。其二，语用语法意义上表现出"独用"特征。如"充斥"在大陆有贬义色彩，关涉的宾语是不好的、令人厌恶的事物，而在台湾"充斥"为中性词语，没有特定色彩。动词"帮忙"大陆的普通话不带宾语，台湾国语可带宾语。其三，主要是传承词和方言词。前者的"独用"表现在使用频率上，如在大陆沉寂了的某些古词语，在台湾国语里却依然活跃，没有"退役"。方言词的"独用"意义在于它们以新任角色发挥的作用。很多台湾国语中的方言借词与大陆闽方言共有，但它们在台湾的地位发生了变化，成为国语中的词语。

二、差异词的分类和发掘

根据挖掘各种差异词的难易情况和隐性或显性的不同，我们在操作时将差异词大分为显性和隐性两大类。显性差异词往往一见便知或稍加比较就可发现，隐性差异词则需要深入探索，反复比较才能发现。这类词应该是我们讨论的重点，也是研究中的难点。

1. 显性差异词

这类词容易为人注意和认识。

(1) 同名异实词

公车　大陆指"供单位人员因公出行使用的公家的车辆"。例如："务必杜绝公车私用"。台湾则指公交车："他每天都乘公车上学｜每天他都挤着公车路过那座大楼"。

高考　大陆指高等学校招收新生的考试，为"普通高等学校招生全国统一考试"的简称。"高考"在台湾为"公务人员高等考试"的简称，也作"高等考试"，是台湾"考试院"依据《公务人员考试法》主持举办的"国家考试"的一种。考试通过后，可赋予公务人员荐任资格或特定类科的执业资格。例如："考选部下午发布新闻稿指出，针对高考二级拟增设'大陆政策与两岸关系'的选试科目"。

外省人　大陆指本省以外省份的人。例如："周边的河南、安徽、江西、湖南高考人数众多，我省打开高考大门后，可能会吸引一部分**外省人**前来"。例中的"外省人"指湖北省以外省份的人。"外省人"在台湾则特指大陆籍的台湾居民。例如："杨德昌与侯孝贤同年出生，成长于台湾社会生态最复杂的、无法复制的年代，本省人、**外省人**、原住民的矛盾交织在小小的岛上，只占 17% 的**外省人**里包含了多个不同省籍的同胞"。

(2) 异名同实词

这类词所指相同但形式有异。如："方便面－速食面、高压锅－快锅、一米线－等待线、死机－当机(或作宕机)、保证书－切结书、创可贴－OK 绷、退伍军人－荣民、信息－资讯"。短线前面的为大陆说法，后面的为台湾说法。

还有一种情形暂可称作"偏项差异"，即一组同义词语中有两岸相同的，也有两岸不同的，不同的词语形成"异名差异"。如以下三组："番茄／西红柿、土豆／花生／落花生、班联会／学生会"。"番茄"和"西红柿"都用于大陆，但台湾没有"西红柿"的说法。大陆的"花生"台湾叫"土豆"，但台湾也说"花生、落花生"，"土豆"的这一含义是台湾特有的，与大陆的"花生"构成该名称组下的"偏项异名"关系。"班联会／学生会"一组的两种说法都见于台湾，但大陆不用"班联会"。"偏项异名"一般是一对多或多对多，两边对照来看，其中只是部分词条具有异名同实的关系。

(3) 一方特有词

可分两种情况。一种情况是词语所指的事物、现象等为一方独有。如：大陆的"国务院、人大代表、春晚、房改、下岗、离休、居委会、样板戏、知青"等。台湾的如："民代（民意代表）、出草（台湾原住民的一种习俗，借指强烈抗议）、刍像（模拟的人形）、大家乐（流行于台湾的一种赌博）、菜脯蛋（一种台湾小吃）、视光师（业务范围比验光师要广泛）、释迦（台湾特有

的水果）、保正（台湾基层的一级官员）、桩脚（指选举时在基层
为候选人拉票、稳固票源的人）"等。

另一种情况，所指的事物、现象或者观念并非一方独有特
有，但词语化的表现不同。一方以词级单位表述的内容，另一
方没有相应的同级单位。如大陆的"公章、干红、干白、主食、
出格、单位、三角债、小日子（人口不多的小家庭的生活）、一
条街"等。台湾的如"A 钱、奥步、产官学（产业、官方、学术
界）、绰头（喜欢在形式上标新立异的）、两光（无水平的、低能
的）、免治（指绞碎的用于作食材的肉，也泛指加工好的肉类或
食品）、政争、机车（爱挑剔的、惹人讨厌的）、败部复活、恐龙
法官"等。

上例中"A 钱"的 A 源自英语的 abuse，指以不正当手段获
取钱财，台湾也说"贪污"，但 A 钱与贪污还有所区别。除了"贪
污"义，还有滥用乱用公款、用欺骗手段捞钱等意思。"败部复
活"源自日语，意思是从劣势中找到转机，使形势发生有利的转
化。例如："这条铁路过去卡在环评没过关。前不久，由'交通
部'重新评估，让该项工程可望败部复活"。再如"恐龙法官"，
指"貌似公平执法，实则思想僵化，脱离实际，对受害者缺乏同
情心的法官"。大陆不能说没有这样的法官，但大陆没有这样凝
固成词语的表达形式。

大陆的"公章"指机关等单位使用的印章，与"私章"相
对。台湾按 2000 年新"修正"的"印信条例"，公用印信共有五
种，分为"国玺、印（官印）、关防、职章、图记"等，各有各的
用途和使用环境，没有一个与大陆的"公章"相对应的、统合的
单位。"一条街"在台湾只是一般的数量名短语，在大陆却常有
特定含义，特指某一行业比较集中的一条街道。（《现代汉语规范
词典》收立条目）例如在下面句中的用法："隆福寺地区从明末

清初到民国时期，曾经是京城著名商业聚集区，也是北京仅次于琉璃厂的古旧书店一条街"。

上述几类（还有两岸构词语素顺序不同差异词，如"熊猫—猫熊"这类词，此处从略），人们容易感知，对比释义也较简便。隐性差异词就比较复杂。

2．隐性差异词

（1）义项差异词。同一个词两岸义项多少不同，只有通过义项全面比较才能发现。

导言 大陆仅"绪论、绪言"一个义项。按台湾《重编国语辞典》，除"绪论、绪言"义项之外，台湾的"导言"还指"一篇新闻起头的部分"，相当于大陆的"导语"。（台湾也用与大陆"导语"同义的"导语"）

催熟 台湾《重编国语辞典》是一个义项：利用各种物理、化学的方法，促使植物的果实或动物的生殖腺加速成熟。大陆的词典还另有"使人或事物过早成熟"这一义项。大陆常见到的该义项的用法如："对这类心智不太成熟的人，只能期待他们的道德素养被文明大环境催熟而得到提升｜某些国家的民主并非来自于内部因素的自然成熟，而是被外部推动力强行'催熟'的"。

号子 大陆和台湾都有指"监狱牢房"的用法，此外，"号子"在台湾还是证券营业部的俗称。例如："台北捷运古亭站旁的号子里，散户从农历过年后逐渐回笼，对这一波行情充满期待"。

夯 大陆和台湾都可指"砸实地基的工具"。在台湾"夯"另有"最热门的、最受欢迎的"的意思，这一用法现今非常流行。例如："骑自行车是时下最夯的休闲活动｜光听候诊间的对话，就可以窥见耳鼻喉科李平医师有多夯了｜另一个超夯的团购圣品就是巴特里的'爆浆奶油餐包'，现在网络下订，要排队一个月后才拿得到"。

(2) **色彩差异词**。色彩可包括感情和语体色彩。这必须通过大量用例分析比较才能发现。

感情色彩差异词。

笼络　在大陆一般带有贬义色彩。《现代汉语规范词典》释为"用手段使之靠拢"。《现代汉语词典》释为"用手段拉拢"贬义更为明显。台湾为中性，不带贬义。例如："多年来学校辛苦经营，也笼络与培养了各学科的若干人才，虽然不能够与名校的'人才济济'相媲美｜电音三太子不仅笼络了众多人气，还走进人民大会堂参展表演｜台湾豫剧团很多年前就开始发力笼络年轻观众。他们把豫剧讲座搬进校园，用 PPT 向大中小学生们展示豫剧传统和'唱念做打'的真功夫"。

充斥　该词在两岸的基本义都是"充满或塞满"的意思，但大陆一般用于贬义，而在台湾多用于中性场合，甚至也可用于感觉美好的事物。例如："傍晚过后的岛上气氛热闹，充斥精采的音乐、各国美食，让夜晚绝不担心无聊｜长久以来一直在实现心中的梦想，就是有一天台湾民众聊天话题都是体育，电视节目也不再全是政论节目，而是体育节目充斥热门时段"。

党魁　政党的首领。《现代汉语词典》和《现代汉语规范词典》都注释标明"多含贬义"，但台湾是中性的。例如："当时上任仅两个月的马英九台湾地区领导人还没坐热，就受了自家'立委'的'下马威'，从而才清醒地认识到掌握党权的重要性，遂于 2009 年起担任党魁｜苏贞昌接任党魁以来的第一次'党外交'，即将出访日本还要与石原慎太郎会晤，这难免挑动两岸中国人敏感的神经"。

语体色彩的差异。主要是一部分汉语的传承词，在大陆的一般现代汉语辞书中不予收录，或加以＜书＞、＜文＞等标记后适量收录，在台湾则是多见多用的一般词语。例如：福址、愿景、底定、酬庸、关说、借箸代筹等。

底定 该词大陆仅见于《汉语大词典》，解释为：①达到平定。②引申指平定；安定。台湾不仅常用，语义也有了变化，只有"确定"的意思了。例如："没有想到吕国华竟然自己喂上一记好球，做球让林聪贤打，至此，双方胜负益发底定｜即使合并案在选前底定，已经被提名的县市长是否会生变，也许仍有一番争论｜台北县等六县市升格底定，却还见犹抱琵琶半遮面，台南县市合并升格案落入所谓'补考'境地"。

酬庸 给出力的人报酬；酬劳。往往含贬义。例如："此人只有新闻经历，却没有相关行政经验，这样的人延揽入阁，酬庸味道相当浓厚｜二人之所以被提拔，外界认为是当局对她们的'政治酬庸'｜将官肩上的将星，代表着赋予他的荣典及责任，绝对不容许把其当做人情酬庸或消化人事的工具"。

关说 有"请托说情；从中说好话"等意思。例如："选民或拜托找到病房让病人能快入院治疗开刀，甚至有时连加护病房的使用，家属也要找民代关说｜政务官和部门的政风单位如何合作、遇到请托关说如何处理且更透明化，都是政务官交换意见的内容"。

"关说"系传承词，最早见于《史记》。但该词不仅一般大陆的语文词典不录，也不见于《汉语大词典》(有"关托"，释义为"关说请托")。在台湾社会生活中该词使用频率却比较高，因其性质与大陆的"托关系""走后门"相近似，所以台湾"公职人员利益冲突回避法"明文禁止向民意代表"请托关说"。

借箸代筹 借用筷子当作筹码，常比喻虽不是自己分内的事但要替人谋划合计一下。例如："他为台湾指点复苏大路时，必定会谦称各国国情不同，以台湾的独特地位、复杂的政情、变幻莫测的两岸关系，不敢率尔借箸代筹，举出具体的应对之道｜时光飞逝，当局再也没有推拖改革的时间与空间，借箸代筹，我们认为我们今后不只是要继续改革，而且要大刀阔斧地改，雷厉风行地改｜在这方面，自然有不少学者专家借箸代筹提出建言，譬如针对表现较差的经济发展与社会安全，即有学者主张应调整经济发展的重点"。

（3）**搭配差异词**。这只有通过结构全面分析比较才能发现。

可分为语义搭配差异和语法搭配差异。

语义搭配差异如"紧张"，大陆可与精神以外的事物搭配，如"商品紧张""空气紧张"，台湾则没有这样的用法。

"粮食"与"食粮"。大陆说"精神食粮"，台湾说"精神粮食"组合选择不同。大陆用法例如："物质上的丰富无法填补精神的空虚，环视我们的周边，网络无疑是现代人获取精神食粮的主要渠道"。台湾用法例如："我们更期待两岸的创意、人才、资金与市场的互补互利，合拍优质的广电节目及电影，不仅为全球华人提供更好的精神粮食，也制作出媲美世界级的文化作品｜郭台铭表示，他看到台湾食品产业在大陆很成功，IT产业现在虽没有食品业红，但接下来两岸合作制订标准后，这等于是与眼球革命的结合，成长的速度将超过一顿饭，这种精神粮食将是十倍、百倍大于粮食，是人类巨大的转变"（这反映出可能这两个词的含义已产生了细微的差异）。

再如"提升"一词，在两岸都可带宾语，但在台湾搭配范围更广。"提升"的可以是质量、成本、素质、程度、知识水平以及选举的席次等。

更值得注意的是语法差异。

帮忙　该词两岸基本义相同，差别在于台湾可带宾语。例如："李大夫的行李很多，我们可以<u>帮忙</u>他拿一些｜他前来尼克队的理由很简单，不在乎是先发或是替补，只想<u>帮忙</u>这支球队打胜仗"。

提速 大陆为不及物动词，台湾可带宾语。例如："为促进云南口岸建设的通关便利化，助推云南与东盟之间的贸易升级，<u>提速</u>中国大陆—东盟贸易区建成后贸易往来，中国大陆已加大对云南口岸的资金支持和政策扶持｜'国际水果交易中心'项目的落成，将进一步提速昆明'四个中心'的建设进程"。

回去 义为"从一个地方到原来的地方"，两岸无异。语法上台湾可带处所宾语。例如："妈妈在刚投资旅馆的那三年，几乎老了 10 岁，我看了很不忍，大学念一半就办休学回家帮忙，后来就没再<u>回去</u>学校了｜他的妻子在刚来台湾的前两年，受限于处在探亲阶段，每半年就必须要<u>回去</u>大陆半年，常常必须分隔两地"。

不错 两岸都有"不坏；很好"的意思。大陆只能做谓语、补语或定语。台湾则可以构成"不错＋V"的形式，表示"这方面很好，很让人满意"，义同于"好吃""好看""好听"中的"好"。例如："自从看了那本有关益生菌的书以后，就想保证每天都吃一个酸奶，虽然不爱吃酸奶，不过，跟各种水果拌在一起，还算<u>不错吃</u>｜问他会不会看林志玲的《月之恋人》，他则俏皮地回应：'听说<u>不错看</u>，我还满想看木村拓哉的戏！'｜反逆鲁鲁修的音乐也是<u>不错听</u>"。

（4）**应用频率差异词**。同一个词在两岸语用中活跃程度大不相同。

借条、借据 大陆用"借条"也用"借据"，人民网前者出现 5933 条，后者为 1979 条。"借条"使用频率高于"借据"。台湾《重编国语词典》两词都被收录，但根据调查，台湾本地人认为台湾现在只用"借据"，不说"借条"，也没有"打借条"这样的说法。"借条"与"借据"的频率差异既表现于大陆内部，也反映在两岸。

抓紧　台湾《重编国语词典》收有"抓紧"，但台湾五南书局出版的《普通话 vs 国语》一书，把"抓紧"列为大陆用词。调查结果也证实，台湾很少说带非实物宾语的"抓紧"（抓紧时间、抓紧学习、抓紧处理）。在大陆，检索人民网，该词多达 20 多万条，系大陆的高频度用词。

机运　义为"机遇；运气"。《现代汉语词典》5 版、6 版均未收，除了《汉语大词典》，还见于《现代汉语规范词典》和《两岸常用词典》。后者收录该词，没有标记使用地区，视为两岸共用词。《汉语大词典》举例除古汉语，也有鲁迅等人的著作。从台湾的使用情况看，该词在两岸有明显的频率差异。试举由台湾报刊摘取的几例："无论对哪个演艺人员这次演出都是毕生难得的机会，更是史上难得一见的机运｜一些台籍干部行经海盗出没频繁的海域，都先设法在海外购买枪支带到船上自保，万一不幸遭海盗劫持，比较有机会靠机智与机运全身而退｜他语带感性地说，他对于自己人生有这样的机运，没有什么不满足｜签诗内容为：'巨川欲渡无舟楫，大厦将成少栋梁，自是天时无便利，放心静坐细思量。'庙方解释：想渡河却没有船，要盖房子缺梁柱，预测今年台湾整体运势就是少了那么一点点机运"。

花红　作为"红利"意义的"花红"，大陆《现代汉语规范词典》特标注为"旧指"。大陆现代经济生活中已很少使用，在台湾却仍是一个高频率用词，指奖金或分红。例如："其他措施还包括各种税务回扣，发出乐龄花红等等，都是有创意，可行性高，效果好的政策｜高学历员工转职，更多考虑晋升条件及发挥机会，学历较低的，较在意薪金及花红｜公司常务董事表示，明

年 1 月底会发放年终花红，平均相等于近 2 个月薪金，部分更达
3 个月薪金"。

（5）**方言差异词**。台湾国语中有不少闽南方言词，这些词
在大陆并未进入普通话，被认为方言词。北方话中不少方言词进
入了普通话，也不易为台湾认知。

冻蒜　即"当选"。因闽南方言中"冻蒜"与"当选"谐音，
故称。在台湾已是"选战"中的热门词。

伴手礼　见亲友时或出门到外地时给亲友买的礼物，一般
是土特产或当地纪念品。

送做堆　本指童养媳圆房，即童养媳和未婚夫开始过夫妻生
活。现指双方结合在一起；使双方结合在一起。源自闽南方言。
例如："这套升格的设计最重要的特色在'由下而上'，就是县市
本身要有共识，不是中央下指导棋、送做堆、乱点鸳鸯谱｜台湾
军方像旅行社揽客并团一样把'立委'与军方团送做堆，一起出
岛考察"。

以上所例举的都源自方言，在大陆只是用于有限的地区和
族群中，在台湾它们都进入到台湾国语，大量见于各类媒体。

同样情况，大陆普通话也吸收了为数不少的方言词，也不
易为长期与大陆隔绝的台湾民众所熟悉。例如："折腾、麻利、
倒腾（翻腾；买卖）、苞米、腻歪、香波、贴士（提示性的简短信
息）"。有的是从北方方言进入普通话，如上述的"折腾、麻利、
倒腾"等，有的是进入方言的外来词，如"香波、贴士"，然后
从方言进入普通话。调查显示，这一部分大陆"方源词"台湾不
用，也感觉陌生。

（6）**异形差异词**。这类词较特殊，只在书面语中存在。经
考察它们确实音义相同，是同一个词，只是形式不同，避免误判
为两个词。

"丁克族—顶客族、冰激凌—冰淇淋、豆蔻—荳蔻、艾滋病—愛滋病、报道—報導"等，前面的词形为大陆通用，后词形为台湾用，实际是同一个词不同的写法。

三、对差异词的几点认识

1. 差异词是两岸语言在不同的历史背景下发展形成的，为不同的社区民众服务，它们都是汉民族共同语中的有用成分，都是汉语的宝贵资源，对汉语的研究和汉语今后的发展都有特定的积极作用。

2. 差异词在当前交往中有一定的消极影响，但它在两岸频繁交流中正逐渐发展变化，由求同存异到化异为同，其统一融合的趋势十分明显。它们将在两岸和平发展进程中，成为丰富汉语的资源，使汉民族共同语在多样性中走向统一，成为更丰富、更健康、高度发达的统一的语言。

3. 两岸差异词都是汉语言文化中的组成部分，其"差异性"从不同方面体现出民族传统文化的特色和地区的特色，反映出中华民族多元文化的智慧。它对于全面了解和弘扬民族文化有积极的意义，为认识汉语同汉民族社会发展历史的紧密关系提供了宝贵的资料。两岸除特有选举产生的差异词所深度反映出的特色选举文化外，即使一些不经意的风土人情词语也反映着民族发展的历史，如祭祀中的"分灵""分香""分身"等词，它们形象地反映出汉民族变迁的历史和宗教文化的特色。因此，在有关两岸词典的编写中要充分注意差异词中的文化内含并加以适当的注释。

（本文写作中仇志群教授提供了不少帮助，特予致谢。）

（李行健　教育部语言文字应用研究所）

"海峡两岸地名应用无障碍"构想

◎商伟凡

地名，即地球乃至外星球表面各个地点的称谓，全人类不可须臾或缺的交流工具与信息载体，语言文字学科一个纵穿古今、横贯中外的应用领域。在海峡"两岸四地"日益广泛、密切的交往中，至关重要的地名问题已被关注，但缺少沟通与互动。我作为从业 30 余年、初次到香港的大陆地名学者，有幸借现代汉语论坛提出"海峡两岸地名应用无障碍"构想，以期先在语言文字层面获得"两岸四地"共识。

交流工具

—— 地名是自然、人文地理实体的语言文字标识，人类文明、社会发展伴生的精神产品，全球应用无疆界、世代规范无止境的交流工具与基础信息。

"人之初"所以创造地名，完全出于生活与生产的需要。不难想象，地名的产生应晚于刀耕火种、结绳记事状态，至多与人类发明语言文字同步。在中华民族，已认知的最早地名见于甲骨文、钟鼎文。在谭其骧主编的《中国历史地图集》中，"原始社会晚期（新石器时代）"尚无当时地名可标注；"夏时期全图"记载的几十个地名中，有分指三条大河的"江水""河水""淮水"，有日后衍化为政区的部族"有易氏"（今河北省有"易县"）等。

　　作为社会公用的语言文字符号，人类赋予地名的首要功能为"标识"，就是用来区别视野中诸多地理实体的"这一个"与"那一个"。譬如一个国家，它的"标识"可以有国旗、国徽、国歌，甚至有国花、国树、国鸟，但第一标识却是它的国名。广而言之，地名对于城市、村落、街道、楼宇是这样，对于山地、河流、湖泊、岛礁也是这样，对于一切具有方位标识作用的自然与人文地理实体都是这样。

　　论内在关系，语言文字是地名产生、使用、延续的前提，没有语言文字就没有地名——语言用于口头表达，文字用于书面记述。可以说，语言文字学是地名学的主要根基：地名本身问题的大部分（用字、读音、构词、拼写、译写等）均属语言文字问题，其它涉及政治、历史、地理、民族等方面的问题也无不以语言文字形式体现；相关各行各业大多是地名的使用者、评论者，唯有语言文字等少数领域是地名专业的依靠者、制约者。

　　人类常自省："生命在于运动"，世间万物又何尝不是生命不息、运动不止？地名的运动方式，既有新陈代谢，又有改弦更张：孕育中华民族的赤县神州，历经三皇五帝、唐宗宋祖，被替代的地名数不胜数；今之"台湾"，从后人推断的岱舆、员峤、彫题国、瀛洲，到正史记载的东鳀、夷洲、琉球、东番、大员，曾用名多达十几个；"香港""澳门"的字形、字音、字义未变，指称对象已非当初的小岛、渔村，而是两个省级特别行政区。

　　随着社会发展与科技进步，偌大地球仿佛迅速变小如"村"，人类登月后继续探索更加深远的太空。于是，地名从某个民族或区域的"私产"升华为全球化的信息资源、全人类的共同财富，联合国大力倡导的"地名标准化"事业持续半个世纪至今。其基本要求是：以本国官方语言文字固定地名的读、写形式，实现地名"国家标准化"；以此为基础，非罗马文字国家各自制订一种罗马化拼写规范提交联合国通过，实现地名"国际标准化"。

联合国地名组织认为："在我们全球化和数码化的世界中，地名是获取信息不可缺少的钥匙"；"它们是任何按空间和时间排列的信息系统都必不可缺的一个用于确定位置的组成部分"。"有了地名，就能够把数码数据汇总起来，使其成为一个决策者和管理人员必需的强大决策工具，帮助地方、国家和国际组织开展合作。"所以，"统一使用准确的地名是在全世界进行有效交流的一个基本要素，并有助于社会经济发展、环境养护和国家基础设施建设。"

与世界邻邦相比，中华民族的地名标准化之路大概是最为漫长、曲折的。为什么呢？既有幅员辽阔、历史悠久、民族众多的背景，也有"两岸四地"语言文字尚未完全统一的现实，这些都是不容忽视的理由。然而，更为根本、更加直接的原因还在于通用语言文字的独特与复杂。汉语与汉字，当属中华民族传统文化的杰出部分，后人在欣然传承的同时也要冷静面对其弱点，务以几代人不懈努力达到地名标准化的理想境界。

文化承载

——以各自民族语言文字为传播载体，地名凸显地域的历史文化血脉，族群认同感与地域归属感鲜明、深刻，堪称凝聚民众、维系民族的一方基石。

如果说，地名的原生属性是"交流工具"，那么其衍生属性则是"文化承载"。例如北京，今天所辖 16 个区（县）、幅员 1.7

万平方千米、人口 1300 万，以及过往的人物、事件、特产、民风，都可以凝聚、寄托于一个地名 —— 北京。再看，明、清北京的城墙、城门多已不存，但"崇文门""宣武门""阜成门""东直门"等称谓依旧，只要在地图上把相关地名用直线连接，古老北京城的轮廓顿时跃然纸上、栩栩如生。

地名，堪称地域的历史、文化结晶，多由当地居民创作。古往今来，最尽心、称职的命名者莫过于这片土地的主人，经久不衰的地名也多系土生土长、与当地主流文化一脉相承。地名工作者深感变更地名用字、读音之难，因为它关系的不仅是一个或大或小的地域，而且往往是与地域唇齿相依、兴衰与共的一群人 —— 中等村落上千人、乡镇数万人、县市几十万人。正如联合国地名组织所指出的："地名可以确定并反映文化、传统和地貌"。

斗转星移，沧海桑田。物去人非之后，诸多饱经风霜的地名世代积淀，"化石"般地记述、传诵昔日的故事。据统计，在大陆现行 2800 多个县（市、区）名中，使用超过千年（宋代以前）的有 800 多个，两千年左右（东汉以前）的有 300 多个。也许地名能够反映的历史多为细枝末节，但聚沙成塔、集腋成裘，若干地名聚齐就能再现一段历史、复原一方文化，终于成就联合国地名组织在 2007 年 9 月的一项决议 ——"地名确属非物质文化遗产"。

但凡古今闻名之地，地名已成为醒目的标记、深沉的文脉、强韧的纽带。无论远行到何方，当你听到、看到家乡乃至其他曾亲历其境的地名：直呼其名的中国、湖南、广州、黄河、泰山、鄱阳湖、崇明岛，借助其威的"秦"腔、"苏"绣、"川"菜、"云"烟、"茅台"酒、"龙井"茶；回顾历史的《闯关东》《走西口》《下南洋》、描述现实的《北京人在纽约》《上海人在东京》《林师傅在首尔》，想必谁都不会心如止水、无动于衷。

又如近代中华民族团结御侮、洗雪前耻的抗日战争，以举国 14 年惨烈苦战、巨大民族牺牲换来最后胜利，其史实、业绩、精神也长留于那些令人刻骨铭心、浮想联翩的地名："九一八"事变首当其冲的沈阳北大营，"七七"事变的发生地北平卢沟桥，国、共两党的领导中心重庆、延安，日寇空前大屠杀与最终战败投降之处南京，以及无数爱国将士前仆后继、浴血拼杀的平型关、台儿庄、忻口、昆仑关、太行山、滇缅公路、密支那……

与语言、文字以及相貌、肤色、服饰相比，地名在人群之间各种"认亲"标识中居于独特地位，故乡的一个地名可抵千言万语：一县之内同村为亲，一省之内同县为亲，一国之内同省为亲；以此类推，在地球上遇到本国人、宇宙中遇到地球人也亲。美国纽约曼哈顿有"中国街"，汉字牌匾琳琅满目，汉语方言不绝于耳，"大成至圣先师"孔子、"世界禁毒先驱"林则徐的塑像比邻而立，令外来华人顿生"回家"之感，甚至忘记身处异国他乡。

然而，地名的"承载"属性毕竟从属于"工具"属性，所以联合国的地名工作以"语言文字"为学术单元，以"政区"为应用单元。一个政区越大、种族越多、语言文字越复杂，越需要地名书写、读音的统一。若按地名的读、写形式划分，其地域分布应与民族、语言文字分布吻合，中华民族各少数民族语的地名都得到充分尊重（如呼和浩特、乌鲁木齐、拉萨）。而在政区层面，全部地名总要以通用语言文字体现；上升到世界层面，则应共同遵从地名罗马化的国际准则。

血脉交融

——海峡两岸同根、同文，地名素以保持中华民族传统文化为主流，亟需在共同需求中相互理解、沟通，多方促成"海峡两岸地名应用无障碍"前景。

2009 年 7 月 12 日在湖南长沙，与中共中央台湾工作办公室主任王毅共同主持"第五届两岸经贸文化论坛"闭幕式的中国国民党副主席蒋孝严宣读六点"共同建议"。在第一点"共同传承和弘扬中华文化"中，有"加强两岸在文化古迹和非物质文化遗产的保护、传承和利用等方面的交流合作"，"支持两岸学者就术语和专有名词规范化、辞典编纂进行合作，推动异读词审音、电脑字库和词库、地名审音定字及繁、简字体转换软件等方面的合作。"

同时应当看到，海峡"两岸四地"确实存在地名差异，确实存在应用障碍。以承办本届研讨会的香港为例，会址交通线涉及的地名可见 —— 1. 繁体字：九龍（龙）、港灣（湾）道。2. 异体字：杏花邨（村）、尖沙咀（嘴）。3. 方言字：红磡的"磡"、深水埗的"埗"。4. 生僻字：筲箕灣的"筲"、鰂鱼涌的"鰂"、昃臣道的"昃"。5. 读音难：因未采用汉语拼音，筲箕 Shaukei、鰂鱼 Quarry、昃臣 Jackson 会让望而却步的外来人欲言又止。

毋庸讳言，"两岸四地"自近代起沿着各自的历史轨迹发展，原来共同的传统文化历经百年而难免差异，进而影响境内的地名走向，如：台湾地名的闽南、潮汕文化与当地土著文化并存，港澳地名的南粤文化与外来文化兼容，并逐步形成独具地方特色的"地名文化"。在"两岸四地"社会交往日益密切的今天，实应着意加强地名领域的研究、交流与合作，挖掘、融合各自地名文化的共同点，达到消除障碍、顺畅使用各方地名的目的。

在地名应用方面：1. 为每个地理实体确认一个标准名称，如：统一两岸对"钓鱼岛"的称谓（台湾称作"钓鱼台列屿"），以便共同对外维权；台湾的"台东／海岸山脉"，一地两称宜择取其一。2. 重新界定历史遗留的命名偏差，如：不呈线状或弧形的澎湖"列岛"，考虑应否改称"群岛"。3. 编制常用地名的新、旧形式对照表，如：珠穆朗玛峰（额菲尔士峰）、新北市（台北县）。4. 倡导弘扬中华民族传统文化的命名方式，抵制外来文化的过度影响。

在用字、读音方面：1. 照顾两岸地名书写习惯与现状，协调地名简化、繁体字形在不同场合的应用。2. 大陆地名中必需的繁体字可予恢复，如：吉林省靖宇县"濛（蒙）"江乡；涵义独到的异体字酌予认可，如：桠（丫）、砦（寨）、淼（渺）、钜（巨），澳门氹仔岛的"氹（凼）"。3. 保护两岸地名稀有的专门用字，如：可将台湾地名专用字"廍、湳、鱻"等收入通用汉字表。4. 以通用语言规范地名读音，确需保留的地名古音、方言音可予专门审定。

在拼写、译写方面：1. 倡导共同遵循联合国通过的非罗马文字地名拼写规则，逐步调整两岸地名在国际环境的罗马化表现方式，在特定历史阶段可采用相互"括注"的过渡办法，如：香港 Hongkong（Xianggang）、澳门 Macau（Aomen）、台北 Taipei（Taibei）。2. 逐步缩小外国地名的汉字译写差异，避免地名翻译各异造成交流混乱，如：一地两译的"新西兰"与"纽西兰"、"悉尼"与"雪梨"，应无所谓对、错，仅需进入汉语环境时整齐划一而已。

地名的应用，就像中华民族内部的广泛交流要说汉语、与全人类交流要说外语一样，掌握相同的交流工具才能畅通无阻，这是不以个人情感为转移的。既然"悠久灿烂的中华文化是两岸的共同财富，是维系两岸民族感情的重要纽带"（语出上述"共同建议"）已成为各方共识，那么不妨以本次研讨会为契机，由"两岸四地"的语言文字、地名、历史、地理等学者携手合作，创立实现"海峡两岸地名应用无障碍"的民间协商、促进机制，迈出平等求同、互惠共赢的第一步。

（商伟凡　中国地名研究所）

雅俗词语分类与词典编纂

—— 以海峡两岸的两部语文词典的收条为例

◎周荐

提　要：语言是有雅俗之别的。词汇的雅俗之辨由来已久，先秦文献即记录有先贤关于汉语雅俗问题的不同看法，清人的著作更将雅词、俗词分门别类予以收录。1949 年大陆成立新政权，为维护工农的利益，大量俚俗词语被造出，先人们在历史上创造出的为数众多的典雅词语逐渐淡出人们的使用域。退守台岛的国民政府，仍恪守传统，没有造出太多的俚俗词语，仍在坚持使用典雅词语。雅词、俗词在大陆、台湾的此消彼长，可以看作是汉语词汇雅俗博弈两千年历史的延续。对词语雅俗的不同的关注度，反映在词典里，就是两岸出版的语文工具书对雅俗词语的收条的不同取态。对此展开研究，不仅是语言接触交流变异的一个课题，对揭示汉语未来的发展方向也有着重要的参酌价值。

关键词：雅词；俗词；词典编纂

一

字、词、语都有雅俗之分，这是常识，毋庸多谈。章炳麟先生有言："有农牧之言，有士大夫之言，此文言与鄙语不能不分之由。"（《訄书·订文》附《正名杂义》）典雅的字、词、语等词汇单位与俚俗的字、词、语等词汇单位，不仅出现于人们的口头上、文章中，其中的一些也会为现代语文工具书所收录。早期的语文工具书，甚少对词汇的雅俗给予充分的关注，我们所能见到的较早的一部著作就是清·易本烺所撰的《常谭搜》。该书于同治三年（1864 年），即易本烺殁后的次年，由易本烺之子易崇垚等校订，在湖北京山付梓出版。《常谭搜》将易本烺本人裒辑起来的词汇单位一分为二，一部分为典雅词语，一部分为俚俗词语。《常谭搜》收条总计 1,348 个，其中被列为典雅词语的有 666 条，例如：

安排	忏悔	宸衷	的当	典雅	鼎足	关节	合作
冒昧	名贵	蓬勃	片段	世界	束缚	天然	挑剔
调试	脱俗	无谓	习气	新颖	押韵	炎凉	月弦
优劣	宇宙	造化	总之	八行书	不中用	大方家	
方外人	风云会	公家言	穷措大	小家子	十字街		
爱屋及乌	尺水生波	废然而返	鹄面鸠形	画饼充饥			
平平稳稳	有志竟成						

被列为俚俗词语的有 682 条，例如：

罢休	奔波	出身	打扮	怠慢	地主	方法	福气
告状	功夫	勾引	好汉	怀抱	吉利	即日	鲫溜
寄居	酒保	开罪	老母	连姻	料理	伶俐	颠顸

日子　请坐　心肝　月亮　白日鬼　不敢当　吃墨水
打官司　家常饭　开金口　门外汉　破落户　十八九
奉公守法　轰轰烈烈　火烧眉毛　吉人天相　脚踏实地
口快心直　耀武扬威

《常谭搜》是中国汉语辞书学史上第一部正视词语雅俗问题，并将雅俗词语分门别类予以编纂的语文工具书，其地位和价值，无须多论。

历史进入到 20 世纪，30 年代中国有两部重要的语文词典问世，一部是王云五个人独自编撰的 1930 年商务印书馆出版的《王云五大辞典》，另一部就是中国大辞典编纂处编纂的 1937 年开始由商务印书馆出版的《国语辞典》。这两部词典可称为中国现代辞书史上开先河性质的语文工具书，对后世影响甚巨，其历史定位是毋庸置疑的。但是，《王云五大辞典》也好，《国语辞典》也罢，它们虽广收近代以来的字词语，却并未像早于它们六七十年前问世的《常谭搜》那样为这些词汇单位做出雅俗的分类，没有为词语给出雅俗的标记。这不能不说是这两部词典的一个不大不小的缺憾。《王云五大辞典》暂且不论，《国语辞典》对后世影响十分深刻，虽然它出版几年后海峡两岸即告分治，但并未影响它在两岸出版 —— 在大陆是经删节并易名后于 1957 年出版的《汉语词典》，在台湾是纸版甚至电子版的《重编国语辞典》。其实《国语辞典》精髓之延续和发展，更重要的不在于其本身的重印和改编，而在于海峡两岸新的语文工具书的继出 —— 在大陆是 1960 年开始由商务印书馆出版的《现代汉语词典》各个版本的陆续问世，在台湾则是 1974 年由国语日报社出版的《国语日报辞典》和 2000 年由国语日报社出版的《新编国语日报辞典》（下略作《新编》）的相继诞生。延续，是说《国语辞典》在收条、释义、注音等方方面面的筚路蓝缕之功，在《现代汉语词典》(以下略作《现汉》)和《新编》两典这里得到了很好的继承；发展，是说《国语辞典》未曾尝试过的种种，在《现汉》和《新编》两典这里得到了积极的发展，将所收词语分出雅俗，尤其是为典雅的词语给出标记，即是成功的创举。

《现汉》和《新编》都对典雅的词语给予了高度关注，《现汉》为所收典雅词语标以〈书〉符，《新编》为所收典雅词语标以 文 符。虽然《新编》未曾谈及其 文 符是否因借鉴《现汉》〈书〉符而生，但是两典这种无独有偶的标注法，或许不是海峡两岸的词典人几乎同时的创造性发明，《新编》晚于《现汉》14 年问世，如此长的时间足够后者对前者的精髓加以吸收、消化。

1960 年出版的《现汉》"试印本"，雅俗的标记刚刚确立，显然未臻成熟，还处于摸索的阶段。《现汉》"试印本"中一些典雅的词语多用〈书〉符作标记。标以〈书〉符的词语例如：

缓颊	秽迹	疾患	极品	际遇	觊觎	甲胄	艰涩
见教	届时	借重	今昔	静穆	捐躯	决然	绝壁
矍铄	窥见	愧汗	流离	囹圄	弭兵	良久	徭役
窈窕	异日	乐陶陶					

但值得注意的是，《现汉》"试印本"中，典雅词语的标记比较繁杂。我们看到，除〈书〉符外，还有一些类似的标记也被标在词语上。比如一些词语被标上〈旧〉的标记，词如：

令爱	流民	列国	僚属	粮行	粮饷	告示	拦柜
高攀	高就	匠人	阔佬	要公	义举	教官	脚夫
现洋	小弟	小洋	星相	行好	叙用	续弦	巡警
殉情	高才生	交通员					

标〈书〉符的词语和标〈旧〉符的词语，区别何在，未见说明。我们只能揣测：或许标〈书〉符的是书面语的词语，而标〈旧〉符的是过去曾经用于交际交流而今不再使用的那些词语？同是旧词语，标记方法却又不同：一部分是采用标上〈旧〉符的方式，更多的却不标〈旧〉符，而用释义语说明。用释义语"旧时"说明的词语例如：

【酒钱】旧时给服务员或临时服务者的小费。

【拉夫】旧时反动派军队抓老百姓充当夫役。

【业师】旧时称教过自己的老师。

【义冢】旧时埋葬无主尸骨的坟墓。

不标〈旧〉符，而用释义语说明，与为词语标上〈旧〉符，两种方式有何不同？分用这两种方式的词语本身区别何在？都不得而知。

一个多义词，只部分义项是"旧时"的，不在词头下标〈旧〉符而在释文中注上"旧时"的释义语，是可以理解的。例如：

【艳】❶ 色彩光泽鲜明好看：～丽|娇～|百花争～|这布的花色太～了，有没有素一点的？❷ 旧时指关于爱情方面的；香艳：～情|～史。❸ 美慕：～美。

【眼线】❶ 旧时捕捉盗贼时的引导人。❷〈方〉敌人派来探听消息的奸细。

但是有的多义词明明所有的义项均为"旧时"的，所取的也是在各义项的释义语前逐一加注"旧时"而不是在词头下一总标上〈旧〉符的方式。例如：

【义地】❶ 旧时供穷人埋葬的公共墓地。❷ 旧时寄居乙地的甲地人或同行业的人集资购置，专为埋葬同乡人或同行业人的墓地。

为何会如此处理？也未见说明。

还有的词语，既用某种符号作标记，又用释义语来说明，例如：

【业经】〈书〉已经(多见于旧时公文)：～呈报在案|～通令取缔。

除上述〈书〉符，〈旧〉符以及一些用释义语注出的较为典雅词语之外，我们还看到其他一些符号，所标示的词语也是比较典雅的，例如早期白话词被标上〈近〉的标记，词如"将令、结果[2]、借问、净手、老身、立地"；一些文言词被标上〈文〉的标记，词如"格律、讲史、绝句"。这无疑更使不再或不常在今天的交际场合出现和使用的较为典雅的词语变得愈加复杂。

上述的复杂情形，是出现在 1960 年的《现汉》"试印本"中的。到 1965 年的"试用本"，《现汉》关于典雅的词语的标记已大大简化，汰除了一些不必要的标记，使之集中于〈书〉这一个典雅的标记中；也从而，基本奠定了那之后《现汉》各个版本的格局。

二

《现汉》各版本收条不一，代有增添，到 2005 年的第 5 版时，收条已达 65,000 余。其中典雅的词语，多数或以整词的面貌或以义项的身份被标以〈书〉符。这样的条目计有 5,781 个，约占该版《现汉》收条总数的 8.89%。《新编》收条 50,960 个，其中整词标 文 符的词语，就有 8,103 个，约占词语总数的

15.90%；个别义项标 文 符的词语也有 1,878 个，约占词语总数的 3.69%。若将上述两个资料加在一起统计，标 文 符的词语和标 文 符义项的词语共有 9,981 个，约占《新编》所收词语总数的 19.59%。《新编》收取为数众多的典雅词语，而这些典雅词语绝大多数是汉语史上源远流长，代代流传下来的，非台湾社区自造的。

我们发现，《现汉》和《新编》所收的典雅词语，是存在着一定的重合度的。即《现汉》标以〈书〉符的词语，在《新编》里标以 文 符，两典同时认定其为典雅词语。例如：

安堵	奥援	摒挡	标格	病笃	布施	孱弱	婵娟
婵媛	巉岩	昌言	城府	弛禁	尺素	怵惕	椽笔
椿萱	崔巍	大故	大率	大旨	待字	定鼎	度曲
放恣	奋袂	干城	干谒	感纫	告病	宫闱	宫掖
孤高	固陋	故常	故智	广袤	寒素	宏赡	户限
回眸	绘事	几曾	几许	季世	奸宄	奸佞	奸邪
建白	将次	将指	孑然	孑遗	就道	沮遏	巨擘
崛起	客岁	叩阍	夸诞	快婿	宽宥	匮竭	愦乱
困惫	嫠妇	敛衽	敛容	敛足	嶙嶙	履新	履约
媒妁	悯恤	命驾	年齿	年事	弄瓦	弄璋	抨弹
披拂	擗踊	平畴	平明	婆娑	妻室	奇勋	启衅
容止	孺子	山积	山岚	嬗变	尚武	哂笑	失却
失宜	师法	师事	市惠	式微	授首	庶几	庶人
孀妇	孀居	澌灭	岁序	嗒丧	太息	堂奥	天禀
天壤	天渊	吐属	唾余	孺子	完聚	妄人	危笃
委身	屋宇	徙倚	燮理	幸臣	序齿	叙功	叙用
学养	奄忽	夭矫	夜阑	已而	弋获	姻娅	夤夜

夤缘　尤物　怨怼　怨偶　怨望　榛莽　榛狂　榛榛
周恤　属望　孳乳　宗仰　左迁

然而，由于海峡两岸睽隔日久，也因为意识形态对峙的原因，两岸汉语的使用者对典雅词语的看法或有不同。这可从两典的几种情形中略窥一二：

第一种情形，一些典雅词语，只被《新编》收录，标以 $\boxed{文}$ 符，《现汉》却未收录这些词语。这一类数量巨大，例如：

安得　颁赐　邦本　邦基　邦畿　邦家　邦土　邦彦
抱恙　暴客　阜湿　奔败　奔北　奔马　奔月　坌集
秕政　彼等　鄙夫　辟易　辟雍　辟召　襞襀　襞褶
璧合　璧赵　觱沸　弁髦　辩给　摽梅　宾从　秉钧
病革　播荡　播扬　薄晓　薄行　跛踦　擘指　操觚
草具　草行　策马　策书　策问　策勋　策杖　觇候
孱夫　超距　超伦　蒇事　宸极　称觞　承重　承奉
澄湛　迟明　答葺　答掠　答责　弛废　驰念　驰思
驰檄　驰逐　齿尊　饬厉　崇闳　崇朝　刍狗　刍粮
刍牧　刍荛　刍言　雏凤　黜斥　黜陟　舛杂　樗材
樗散　纯笃　纯嘏　纯谨　纯懿　淳风　鹑居　泚笔
丛菁　徂落　徂暑　毳幕　窜点　窜定　篡窃　缞墨
存视　存问　挫辱　大成　大父　大公　大谬　大母
大去　大有　待物　诞育　德色　德音　德泽　登庸
帝力　帝业　缔构　颠危　颠踬　点定　点勘　点检
殿屎　殿最　鹏悍　吊古　吊客　吊慰　吊文　喋嗫
蹀马　蹀足　鼎鼐　鼎食　鼎言　度支　妒妇　蠹政
对酒　夺气　蕃庶　繁庶　芳辰　非计　非类　非望
肥甘　肥瘠　芬菲　纷冗　坟起　奋臂　奋迅　忿鸷

风木	封域	锋锷	锋锐	浮言	抚孤	抚字	拊背
拊循	黼黻	负负	负笈	妇德	腹笥	干求	高标
高轩	高义	高谊	槁葬	告讦	弓马	弓衣	苟得
苟免	苟容	遘祸	遘难	姑嫜	鼓盆	鼓琴	鼓舌
鼓翼	鼓棹	鼓铸	穀旦	锢蔽	锢身	顾望	顾恤
广衍	龟坼	龟鹤	龟龄	龟筮	龟兆	晷刻	国士
果尔	过庭	涵碧	涵泳	罕觏	罕事	罕闻	憾恨
盍不	鹤俸	鹤唳	鹤寿	鹤望	赫奕	宏构	寰恩
后图	厚贶	壶浆	壶殇	鹄候	化鹤	化俗	化雨
化泽	崔符	浣涤	荒鸡	黄发	黄冠	黄卷	挥泪
徽音	徽猷	会悟	秽德	秽囊	秽乱	秽事	蕙心
伙颐	击缶	击楫	击壤	击筑	积学	稽迟	疾视
几微	几希	几兆	饥溺	期功	期年	期月	赍志
羁束	辑睦	挤陷	戟手	季月	绩学	浃洽	肩舆
简拔	简弛	简册	简孚	简忽	简率	简素	简擢
渐渍	将事	降心	骄寒	骄肆	骄盈	骄恣	挢舌
揭橥	孑立	讦直	结草	结茅	捷给	解官	解人
解任	解事	金风	金革	金言	浸渐	浸淫	惊怵
敬慎	静好	静室	迥远	鸠拙	居易	拘牵	沮败
沮格	沮洳	巨室	涓吉	角黍	捃摭	军实	军帖
军书	峻德	峻法	峻拒	峻切	康爵	苛法	科名
科刑	科罪	空明	空相	空巷	孔急	孔武	口给
寇贼	縠音	縠食	葵倾	夔夔	悃诚	悃愊	阃范
劳生	羸惫	离披	丽都	骊歌	骊珠	鲤素	鲤庭
厉阶	厉疫	廉访	廉隅	敛首	良晤	凉德	躐进
邻境	鸰原	庐墓	禄命	鹭序	鸾舆	论量	懋绩
律度	螺黛	螺髻	髦龀	茂年	茂异	懋绩	懋迁

懋勋	耄耋	眉寿	媚行	萌兆	梦魂	梦兆	弥年
密迹	眠云	绵远	缅邈	面谀	秒忽	妙丽	蔑弃
明珰	明驼	明王	铭篆	命世	磨勘	末造	末学
墨经	睦谊	囊萤	挠折	靦齿	匿笑	溺职	捻鼻
涅齿	涅面	啮臂	孽缘	秾纤	秾艳	弄臣	驽骀
驽下	鸥波	鸥盟	爬罗	旁午	庞眉	疲癃	匹练
圮毁	频年	平居	平治	凭陵	萍寄	妻孥	戚旧
戚然	戚谊	齐衰	齐家	齐盛	祈年	祈禳	岐嶷
跂望	跂踵	祁寒	耆硕	启户	绮户	绮年	绮思
稽颡	泣血	契阔	器识	洽闻	迁善	将伯	祖负
悭心	秦越	蜷首	寝陋	清裁	清操	清介	清妙
清听	清望	轻兵	轻肥	磬竭	磬折	磬折	悭独
穷冬	穷究	穷理	穷巷	穹谷	穹壤	茕独	秋娘
秋思	秋兴	秋月	道健	区宇	曲庇	曲全	屈挠
鞠躬	诠说	泉石	劝农	痊可	悛改	确耗	确论
攘袂	攘灾	饶沃	饶裕	容华	容膝	如斯	孺慕
撒然	散人	擅利	赡富	尚友	尚志	韶景	少艾
少憩	少顷	少选	奢费	奢言	舌人	涉览	射利
射日	慑慑	深微	深致	慎始	慎思	慎微	慎终
绳尺	绳绳	绳正	胜状	胜概	尸谏	失德	失怙
失恃	施劳	施施	时会	市廛	市义	纾祸	纾难
淑德	淑范	淑景	孰若	孰与	鼠技	鼠思	庶乎
庶物	双鲤	税驾	首丘	首事	数奇	硕德	硕儒
硕彦	斯须	厮缠	厮养	厮役	澌澌	四匝	颂谀
素封	素怀	素书	素王	素心	素行	素友	素月
素足	宿留	宿昔	宿缘	骕背	骕荡	太牢	覃思
谈屑	潭思	坦腹	探春	帑藏	提撕	天潢	天君

天授	天物	庭训	通儒	通问	通义	突梯	推毂
吞象	屯寒	屯难	屯卫	脱或	忼慨	玩愒	顽躯
绾毂	万姓	网罟	往哲	危宿	危语	威灵	威福
微忱	微眇	微时	微语	尾击	析骸	猥毛	猥起
文林	于邑	勿药	夕晖	夏楚	夏耘	奚若	熙洽
系怀	系囚	隙蝚	衔结	衔名	弦诵	娴习	嫌忌
衔哀	衔环	衔结	衔勒	衔名	衔缪	衔尾	险诐
险易	乡国	乡心	乡梓	枭獍	罢浮	小疵	褒玩
褒衣	械系	蘸露	昕夕	星驰	星发	汹动	雄猜
雄飞	雄豪	雄长	雄镇	虚靡	绪余	叙勋	玄寂
玄穹	玄天	选耎	眩惑	学殖	穴出	穴居	寻盟
寻丈	洵美	循分	循吏	汛扫	训迪	驯扰	驯至
逊谢	煦伏	煦煦	煦妪	巽懦	鸦鬟	鸦鬓	淹通
淹雅	延企	延踵	妍丽	掩卷	掩泣	掩至	魇魅
砚田	砚友	燕居	燕侣	嬿婉	夭夭	夭桃	夭殇
瑶华	瑶笺	瑶台	窈冥	窈窕	药言	夜分	邺架
夷平	夷灭	已甚	已矣	易易	易与	逸品	逸群
逸兴	奕世	懿德	因革	因仍	瘖默	埋灭	引弓
引曳	莺迁	盈贯	颖端	颖秀	颙望	颙坐	壅蔽
幽篁	幽婚	幽居	幽壤	幽忧	游宦	游食	友朋
莠民	幼冲	余思	迂久	迂远	迂滞	吁嗟	纡曲
鱼烂	渔夺	渔色	踰矩	踰闲	羽葆	羽士	羽檄
羽族	浴德	娱悦	域外	域中	御风	御宇	御者
云表	云髻	芸窗	陨首	陨涕	陨越	匝月	在室
簪笏	簪缨	责让	责善	谮言	蜡祭	宅心	饘粥
涨天	杖朝	杖蔡	肇造	遮击	真除	震悼	震骇
震栗	征夫	征衣	征诛	征逐	政躬	支颐	祗承

祗奉　祗候　祗仰　执礼　直道　指顾　至当　至公
至竟　至日　至如　至若　至善　至孝　至心　至言
至要　至意　至友　质言　质责　赞见　赞敬　赞仪
鸷悍　忮求　终朝　踵府　踵接　踵谢　种德　种落
种切　种人　种因　种玉　重寄　重迁　周知　舟师
舟子　属镂　祝发　祝嘏　壮猷　壮游　椎鲁　卓立
卓锡　卓卓　咨诹　缁黄　缁素　孳息　宗人　宗尚
宗社　纵诞　纵眺　纵脱　纵言　纵逸　纵恣　鲰生
足恭　足茧　足衣　祖道　祖德　祖饯　祖帐　遵海
遵陆　左衽　坐大

池中物　贵盗粮　季常癖　如之何　夜未央　重然诺
班荆道故　半部论语　宝婺星沉　抱关击柝　奔车朽索
币重言甘　并日而食　博施济众　擘肌分理　卜昼卜夜
操奇计赢　重规迭矩　宠辱偕忘　础润而雨　楚材晋用
楚弓楚得　炊金馔玉　炊沙成饭　春树暮云　春蚓秋蛇
大巧若拙　戴盆望天　担雪填井　盗憎主人　得未曾有
登高自卑　羝羊触藩　吊死问疾　多藏厚亡　遏恶扬善
防意如城　放饭流歠　放僻邪侈　纷红骇绿　封豕长蛇
锋发韵露　逢君之恶　凤阁龙楼　凤髓龙肝　拊掌扼喉
妇人之仁　富贵浮云　干卿底事　高文典册　功不唐捐
篝火狐鸣　瓜瓞绵绵　海不扬波　海屋添筹　浩浩汤汤
和气致祥　河清难俟　盍兴乎来　厚德载福　惠而不费
祸福倚伏　鸡皮鹤发　己饥己溺　加膝坠渊　尽态极妍
鸠工庀材　掘室求鼠　咳唾成珠　渴骥奔泉　枯树生华
枯杨生稊　枯鱼之肆　困心衡虑　连镳并轸　羚羊挂角
鲁莽灭裂　鸢飘凤泊　鸢翔凤集　鸢翔凤翥　绿肥红瘦
慢藏诲盗　民胞物与　铭肌镂骨　摩厉以须　磨砺以须

墨经从军	目使颐令	目指气使	牛骥同皂	牛山濯濯
爬罗剔抉	牝牡骊黄	漆身吞炭	齐大非耦	器小易盈
翘足引领	秦晋之好	秦庭之哭	勤则不匮	千里同风
千里神交	墙倾楫摧	穷不失义	穷而后工	穷理尽性
穷鸟入怀	穷猿投林	忍尤含垢	山高水长	山栖谷饮	山阴道上
如之奈何	弱水三千	山高水长	山栖谷饮	山阴道上
社鼠城狐	生死肉骨	绳愆纠谬	绳趋尺步	施及子孙
势高益危	尸居余气	食前方丈	豕交兽畜	室迩人远
室如悬磬	收之桑榆	守身如玉	书空咄咄	漱石枕流
率尔操觚	率兽食人	双瞳剪水	素车白马	泰山梁木
泰山其颓	彤管流芳	头会箕敛	头童齿豁	吞舟漏网
玩岁愒日	晚食当肉	枉尺直寻	乌乌私情	乌焉成马
吴下阿蒙	物腐虫生	夕寐宵兴	悉心毕力	席地幕天
夏虫语冰	夏炉冬扇	鲜车怒马	相惊伯有	祥麟威凤
小大由之	小器易盈	心慕手追	朽木粪墙	煦仁孑义
学贯天人	淹年累月	烟视媚行	燕巢幕上	燕雀处堂
莺声燕语	鹰瞵鹗视	纡青拖紫	纡朱怀金	纡朱拖紫
纡尊降贵	鱼龙漫衍	雨沐风餐	圆首方足	岳峙渊渟
云龙风虎	泽及枯骨	摘奸发伏	哲人其萎	振衰起弊
执经问难	至矣尽矣	舟中敌国	属毛离里	足食足兵
足音跫然	坐不垂堂	望君如望岁	小人穷斯滥	

穷则变，变则通　放诸四海而皆准

第二种情形，一些典雅词语，只被《新编》收录，但却未标
以 文 符，《现汉》也还是未收这些词语。这一类数量也不小，例
如：

　　败德　豹变　奔雷　奔泉　臂構　弊窦　承祧

程仪　驰道　饬回　饬知　舛辞　樗蒲　楮钱慈命

慈幼　慈制　丛木　黛蓝　黛紫　登用　蹀蹀　鼎甲

斗山　蠹蚀　敦伦　蕃茂　锋刃奉职　谷道　鼓浪

罕有　鹤鹤　后叶　庠水　恚愤　伙友　积渐　期服

捷书　藉甚　荩臣惊怖　惊怯　荆妻　苛扰　恪遵

空敞　魁实　悃款　擂钵　立品　廉谨　料度　麟经

灵几灵前　灵右　芒刃　茂才　茂绩　茂林　茂业

懋赏　懋业　庙见　庙貌　敏求　名彦　明蟾铭佩

挠败　挠扰　淖汻　年腊　年礼　捻酸　弸弓　戚属

凄艳　齐一　祈念　祈请　祈望启行　悭囊　虔刘

卿云　穷相　诠论　榷利　饶富　散荡　深妙　慎密

慎行　盛德　姝丽　吮墨　素手　素习　宿醉　山阿

桃觞　通款　夕阴　渐飒　献曝　乡党　乡关　乡宦

乡味　乡愚　襄办　襄事　效度　肖意　襄狎　星霜

悯悯　绪战　寻尺　驯和　驯善　枸虞　檐溜　檐马

檐牙　掩抑　夭寿　宜家　宜男　姻戚　营求　营缮

营葬　盈满　虞犯　斩衰　斩决　杖期　鸠酒　鸠媒

征实　整补　整然　政潮　政情　政声　政友　支属

衷诚　衷款　踵门　咨商　咨议　至人　至性　椎髻

祖考　尊范　尊闻　尊前　口含钱　未定草　至不济

尊大人　尊夫人　豹死留皮　沧海遗珠　草长莺飞

惩羹吹齑　春和景明　春诵夏弦　莼羹鲈脍　黛绿年华

担雪填井　斗酒只鸡　斗转参横　断发文身　断烂朝报

发指眦裂　方趾圆颅　肤桡母逃　浮云朝露　富而好礼

龟鹤遐龄　鹤发鸡皮　厚貌深情　黄雀伺蝉　蕙心纨质

蕙质兰心　急景凋年　渐入佳境　尽其在我　荆钗布裙

口耳之学　腊鼓频催　蓝田种玉　犁庭扫穴　敛锷韬光

麦饭豆羹　　眠思梦想　　明耻教战　　摩顶放踵　　木人石心
墓木已拱　　泥多佛大　　齐人之福　　穷鼠啮狸　　弱水三千
参辰卯酉　　施而不费　　手挥目送　　威凤祥麟　　我武维扬
席丰履厚　　徙宅忘妻　　行远自迩　　虚室生白　　恂恂如也
鸦巢生凤　　鸦默雀静　　莺莺燕燕　　忧谗畏讥　　于心何忍
踰墙钻穴　　灾梨祸枣　　斩将搴旗　　整军经武　　政简刑清
至大至刚　　遵养时晦　　春风不入驴耳

第三种情形，一些词语两典均收录，但《新编》为所收的
词语标以 文 符，视为典雅词语；《现汉》却未为所收词语标以
〈书〉符。例如：

病逝　　剥削　　差可　　澄莹　　大白　　大观　　大肆　　大限
底蕴　　分娩　　奋力　　媾和　　姑且　　姑息　　孤孀　　故道
故实　　故态　　故址　　寡情　　寡言　　寒窗　　寒光　　合璧
宏旨　　挥霍　　寄情　　寄语　　唧唧　　娇娆　　娇娃　　截然
近似　　痉挛　　就寝　　就教　　就义　　就正　　就中　　坎坷
刻骨　　恳挚　　吭气　　烙铁　　力争　　媚骨　　梦呓　　梦魇
妙手　　年迈　　年少　　媲美　　平身　　平昔　　凭恃　　凭险
瘥愈　　如弟　　如兄　　孺人　　失欢　　失着　　师承　　授命
吮吸　　宿疾　　天骄　　天籁　　天趣　　完竣　　往昔　　妄求
威迫　　巍峨　　巍巍　　委实　　奚落　　娴熟　　娴雅　　小憩
小视　　寻机　　延宕　　已然　　吟味　　引咎　　幽趣　　幽思
尤甚　　瘐死　　靳然　　征尘　　征途　　支绌　　执绋　　姿容
安之若素　　暴虎冯河　　暴戾恣睢　　暴殄天物　　弊绝风清
惩前毖后　　嗤之以鼻　　尺幅千里　　宠辱不惊　　大醇小疵
大放厥词　　大腹便便　　大谬不然　　大相径庭　　大智若愚
待价而沽　　得其所哉　　吊民伐罪　　峨冠博带　　方枘圆凿

方兴未艾　夫子自道　姑妄言之　姑息养奸　固若金汤
好整以暇　和光同尘　家徒四壁　截长补短　居心叵测
夸父追日　夸夸其谈　沧肌泆髓　梦寐以求　目不窥园
念兹在兹　奴颜媚骨　日薄西山　日就月将　如丧考妣
如数家珍　如汤沃雪　如蚁附膻　如坐针毡　孺子可教
尸位素餐　失之交臂　始作俑者　探骊得珠　探赜索隐
妄自菲薄　围魏救赵　尾大不掉　乌飞兔走　形单影只
形影相吊　学富五车　循名责实　延颈企踵　崭露头角
战战兢兢　属垣有耳　左支右绌　坐以待毙
失之毫厘谬以千里　失之东隅收之桑榆

第四种情形，一些词语两典均收录，但《新编》未标以 文
符，不视为典雅的词语，《现汉》却标以〈书〉符，视为典雅词
语，例如：

半子　采撷　城阙　对酌　窎远　分蘖　渐次　居丧
峻急　匮乏　昆仲　涟漪　敛迹　庐舍　曼妙　峭直
攘夺　庶民　庭除　土仪　推戴　推许　婉丽　希冀
欣美　幸甚　燠热　原宥　怨毒　整肃　周章

第五种情形，一些词语，《现汉》收了，或标或不标〈书〉
符，《新编》却未收，例如：

丛山（未标〈书〉）　妒火　拊膺　挤轧（未标〈书〉）
峻拔（未标〈书〉）　嚣杂（未标〈书〉）
妍媸　奄然　擘窠书（未标〈书〉）

不难看出，海峡两岸对典雅词语的关注度是不一样的，《新
编》对典雅词语的关注度远远重于《现汉》。我们看到有相反的
情形，但那毕竟是极少的情况，与上一种情形相比不成比例。除

此之外，还有一种情形，就是一些词语两典均有收录，作为读者，我们感觉它们都是典雅的，但是《新编》不标 文 符，《现汉》也不标〈书〉符，都不认为它们是典雅词语。这一类词语，为何我们感觉它们是典雅的，而两典均未视为雅词，可以存疑，留待未来作研究。例如：

忖度　忖量　凭眺　峻峭　怡然　怡悦　得鱼忘筌
好高骛远　年高德劭　探囊取物
太阿倒持　席不暇暖　忧心忡忡

三

汉语语文工具书，对不雅的词语不可谓不关注，但关注度远远不及典雅的词语。这自然与汉族人羞于将一些不雅的词语说出口的心理和习惯有关，比如与性事有关的词语，与人排泄有关的词语等等，词典一般都不直接收条。有些早已成熟的收条原则，一遇一些不雅的词语，收取的原则可能就会打折扣。举一个例子看看："咽喉"和"嗓子"是指称同一事物物件的一对异名同实词，前者一般用于郑重的场合，风格凝重，后者常用于日常会话，风格随便，两词《现汉》俱收。但是同样情形的一些词却未必都能为《现汉》俱收，例如"肛门"和"屁眼儿"，也是指称同一事物物件的一对异名同实词，前者多用于医学等正式的场合，比较庄重，后者常用于街谈巷议，风格俚俗，《现汉》只收前者，不收后者。这是语文工具书对俚俗词语所采取的一种回避的方式。回避，还可有其他的方式，比如收婉辞以对其所指的事物对象加以曲折的反映，也是其中之一。婉辞问题有很多学者做过研究，此处不赘。

俚俗词语是不雅的词语，但不雅的词语未必就是俚俗词语。《现汉》所收的不雅词语，一类是来自方言的，用〈方〉作标记，例如"挤咕、了手、亮堂、拉稀、唠嗑、落架、粮户、凉薯、利索、火蝎子、脚底板、脚孤拐、脚踏车、酒吧间、两码事"，一类来自纯粹口语的，用〈口〉作标记，例如"家当、篓子、零吃、临了、毛票、就算、拉锁儿、聊天儿、几维鸟、两回事、密匝匝、密密麻麻"。《现汉》标以〈方〉符，虽然意在表明该词语非共同语词语，却也彰显出它们非正统和主流的地位；标以〈口〉符，尽管旨在说明该词语语体上的特点，但也分明表现出它们难登大雅之堂的词语身份。不能不承认，来自方言的词语和来自纯粹口语的词语，其间的界限并不容易划清，因此《现汉》也曾有过取消〈方〉符，将该类词语并入〈口〉符类词语中的情形。这件事本身也说明我们的对俚俗词语的研究还远远不够，还有待深化。

《新编》对不雅的词语虽未设专门的 俗 的标记，却也设了 方 符，所收词语例如：

捵　攂　捂　攥　把脉　抄手　扯淡　扯皮　抽斗　搭拉
打拼　抵事　改锥　拱木　狗屎　挂表　拉倒　拢子
拿乔　排揎　披萨　捎带　烧心　收惊　挑眼　择席
招眼　找头　抓挠　抓瞎　摆谱儿　炒鱿鱼　扯嗓子
抽冷子　打闷雷　打嘴巴　接茬儿　拿大顶　挠鸭子
挪窝儿　炮筒子　撒鸭子　挑刺儿　找碴儿　找零儿
摆龙门阵　拍老腔儿　灰不溜丢

但是更多的不雅的词语，还是在释义语中予以说明的。例如"伤筋动骨"（俗称筋骨受伤），"像姑"（旧时北方酒楼陪酒男优的俗称），"元老"（俗称在某一机关任职年资最深的人），"升天"(俗称人死了是升天),"吊车"(起重机的俗称),"吊膀子"(男女相勾引,俗称吊膀子),"吊儿郎当"(形容男人的行为放荡,态度轻佻,做事不认真。是非常粗俗、女子不宜说的话),"吃饭防噎"(俗谚),"四脚蛇"(蜥蜴的俗称),"圆鱼"(鳖的俗称),"地皮"(俗称可供建筑房屋的土地为地皮),"地狱"(俗称阴间的牢狱),"坯"(俗称坯子),"城垛口"(城堞(城上的短墙)的俗称),"墁"(俗称抹子、墁刀),"女大当嫁"(俗语),"女大十八变"(谚语),"女大不中留"(谚语),"姑子"(华北口语背地里称尼姑叫"姑子"),"娘儿"(北平话里称呼姑姑有叫"娘儿"的),"嫁鸡随鸡嫁狗随狗"(俗语),"礼多人不怪"(俗语),"孟不离焦、焦不离孟"(俗语)。然而,一些明显是俚俗的词语却又未加标注,例如"差不离、犯不上、狗吃屎、穷光蛋、巴高枝儿、就汤下面、悄默声儿、直眉瞪眼、打鸭子上架、空口说白话、拐弯儿抹角儿、拉不断扯不断"。明显是口语词,也未加标注,例如"当是、糊弄、算是"。

比较而言,《现汉》和《新编》对俚俗词语的关注度远不及对典雅词语的关注度。俚俗词语,语文工具书不去关注,却并不妨碍它们会在一些人的口中爆出。李登辉嘴里的"卵葩",大陆新生代嘴里的"屌丝",都是俗得不能再俗的俚俗词语了。不过细究起来,两岸还是有区别,"卵葩"是闽南话早就存在的,而"屌丝"却是普通话现造的。

【参考文献】

[1]　李雄溪、田小琳、许子滨 2009《海峡两岸现代汉语研究》,香港:文化教育出版社。

[2]　周荐 2001《词语雅俗论——兼谈易本烺〈常谭搜〉的收条、分类等

问题》，京都：《立命馆言语文化研究》13 卷 1 号。

[3] 周荐 2010《雅俗的消长与词汇的发展》，《中国辞书论集》第 8 辑，武汉：崇文书局。

[4] 周荐、董琨 2008《海峡两岸语言与语言生活研究》，商务印书馆(香港) 有限公司。

（周荐 澳门理工学院澳门语言文化研究中心）

两岸四地语言文字协调的基础与愿景[*]

—— 从香港和内地为"老年痴呆症"更名谈起

◎赵世举

由于众所周知的原因，本来同语同文的两岸四地却在语言文字方面产生了一定的差异。差异的存在，客观上给交流等方面带来了一些不便，这是不争的事实。

无论是两岸四地频繁交往和世界"汉语热"的现实需求、科技等领域的普遍期待，还是应对全球化信息化的客观要求，都需要开展两岸四地的语言文字协调。

但，能不能协调？怎样协调？不少人还是心存疑惑。

比较分析 2012 年内地媒体和 2010 年香港有关团体开展的为"老年痴呆症"更名的活动，我们可以从中获得不少启示，或可增强信心。

一、事件始末

中新网 2010 年 7 月 14 日根据香港《明报》报道，香港中文

* 本文为教育部哲学社会科学研究重大课题攻关项目"新形势下国家语言文字发展战略研究"（10JZD0043）和武汉大学自主科研项目"我国语言文字发展现状研究"的阶段性成果之一。

42

大学前校长、诺贝尔奖得主高锟的夫人黄美芸女士认为，"老人痴呆症"这个约定俗成的名称，致使一些患者不想被贴上负面标签而延迟求医，她正与香港中文大学合作推动"老人痴呆症"改名运动，并将通过中大旗下的赛马会耆智园痴呆症综合服务中心举办正名比赛，邀请各界为老人痴呆症想出一个更贴切名字。[1]

新华网香港 2010 年 10 月 29 日报道说：这项正名比赛自 4 月启动，最终，香港小学生陆子庭所提交的"脑退化症"一词成为冠军之选。该活动得到了香港特区政府卫生署、医院管理局、平等机会委员会、香港中文大学医学系、香港大学李嘉诚医学院等 18 个机构和组织的支持。高锟及夫人黄美芸为比赛担任评委并出席了颁奖典礼。比赛评委、赛马会耆智园总监郭志锐表示，此次比赛旨在选出一个贴切反映病症、带出正面讯息的中文名字，让大众借机正视这一病症，消除"痴呆症"可能引致的歧视。[2]

值得关注的是，时隔两年，内地有关方面也大张旗鼓地发起为老年痴呆症更名活动。

2012 年 9 月 22 日《新京报》在题为《消除社会歧视 为"老年痴呆"正名》的新闻中报道：中央电视台联合新京报等多家媒体，共同发起"关注失智老人"新闻公益行动和为"痴呆"正名问卷调查，并给出了"老年痴呆症"、"失忆症"、"失智症"、"脑退化症"、"阿尔茨海默病"、"其他"（请写明）这几个选项，在新浪官方微博"新京报"和"CCTV 新闻值班室"、央视网、腾讯

1 《高锟太太推动"老人痴呆症"正名，望新名消除歧视》，http://www.chinanews.com/ga/2010/07-14/2400881.shtml。

2 《香港将"痴呆症"改称为"脑退化症"》，http://news.xinhuanet.com/gangao/2010-10/29/c_12718065.htm。

网、开心网、雅虎网等接受公众投票。

截至 2012 年 10 月 23 日 11 时，投票总数达 1347247 票。其中得票最高的名称为"脑退化症"，共计 494273 票，占 36.69%；其次为"失忆症"259217 票，"失智症"200778 票，"阿尔兹海默病"200443 票，"老年痴呆症"仅得 129459 票，占 9.6%。[3] 中央电视台主持人文清在央视新闻频道演播室宣读完最终投票结果后，代表中央电视台将《为"痴呆"正名倡议书》正式递交给医学名词审定委员会秘书长张玉森。

尽管这两次更名活动的结果至今还没有得到官方的正式认可，但其带来的社会影响则是很大的，尤其是作为一种社会语言现象，在不少方面颇富启示，很值得研究。

二、更名活动的启示

考察两地为"老年痴呆症"更名活动情况可以发现，颇有共性。具体表现是：

其一，参与踊跃。尽管只是为一个病名问题，但得到了广泛关注。从媒体、学术专业组织、学校、政府部门，到民间团体、社会大众、著名人士，连小学生都积极参与。仅内地参与网络投票的人数就达 130 多万人。

其二，观念一致。从发起者的动议，到参与者的呼应，都共同地体现出尊重他人、关心疾苦的人文情怀和共同的价值取向。

3　《百万网友投票支持"老年痴呆症"改名》，《广州日报》2012 年 10 月 24 日。

其三，用词趋同。两地主流民意不约而同地选择了"脑退化症"名称。

其四，采纳谨慎。两地有关部门都没有盲目采纳活动结果，而是都在审慎考量。

由此可见，两地更名活动尽管没有相互沟通，但却表现出高度的一致性。这种一致性并非偶然，它实际上是两地深层天然联系性的反映。它也表明两地语言文字协调有着良好的共同基础和现实可行性。

根据两地为"老年痴呆症"更名活动的启示和两岸四地历史与现状的实际，我们感到，两岸四地语言文字协调是具有良好基础和条件的。

1. 各种需求的自然驱动

当代社会现实，有很多方面的迫切需求，驱使我们要对两岸四地的语言文字进行协调。举例来说：

第一，交流的需求。由于两岸四地在经济上的密切联系性和相互依赖性，以及科技、文化、教育等领域的交流合作日趋频繁，顺畅无碍的语言文字交流无疑是普遍的基本要求。但客观现实是，两岸四地虽然都使用的是共同母语，但无论是在语音、词汇、语法，还是在文字等方面都存在着一定的差异。仅以词汇为例，社区词的出现、外来词借译的不同、同形异义词和同义异形词的存在、科技术语的差异等，都给人们的交流带来了困难。因此，人们希望能减少障碍，消除隔阂，避免误解，实现无间沟通。这已成为人们的普遍愿望。就连第五届两岸经贸文化论坛也发出了如下呼吁："两岸使用的汉字属于同一系统。客观认识汉字在两岸使用的历史和现状，求同存异，逐步缩小差异，达成更多共识，使两岸民众在学习和使用方面更为便利。鼓励两岸民间合作编纂中华语文工具书。支持两岸学者就术语和专有名词规范化、辞典编纂进行合作，推动异读词审音、电脑字库和词库、地名审音定字及繁、简字体转换软件等方面的合作。"[4]

第二，信息化建设的需求。以计算机技术和网络技术为核心的信息技术的发展，把世界带入了信息化社会。在信息化社会，一种语言文字的计算机处理能力和数字化资源的拥有量，将决定该语言文字拥有者的国际地位、综合实力和发展能力。因而，加快两岸四地共同母语汉语汉字的信息化建设，是我们两岸四地的共同使命和紧迫任务。而语言文字信息化的前提是，必须实现语言文字的规范化和标准化。因此，语言文字的协调是信息化社会的必然要求。通过协调，逐步推进汉语汉字的标准化，以利于两岸四地协同进行汉语言文字信息化建设，努力争取汉语言文字在信息化社会的优势。

第三，科技发展的需求。科学技术的发展，尤其是信息科技和信息产业的发展，不断对语言文字的规范化标准化提出新要求，两岸四地语言文字的必要协调，既可满足科技发展和产业发展本身的需要，也可方便开展科技交流与合作。

第四，社会管理和社会服务的需求。随着两岸四地交流合作的日益频繁和不断深化，两岸四地社会管理和社会服务的交集也不断扩大，这也同样需要语言文字的协调，以降低管理和服务成本、提高管理效率和服务质量。例如人名地名用字的协调、来往文书语言文字的协调、注音形式的协调、语言服务的协调等。

第五，汉语国际传播的需求。随着中国国力和国际影响力

4　《第5届两岸经贸文化论坛达成共同建议（全文）》，2009年7月12日，http://
news.163.com/09/0712/17/5E1P63NC000120GR.html。

的不断增强，世界对汉语的需求日益旺盛；全球化的推进和人类文明的发展，在越来越小的"地球村"里，不同语言的交流，不同文化的对话与交融已势不可挡，保护世界文化的多样性，促进丰富多彩的语言文化之间的相互理解、良性互动和共同发展已是当务之急。这些都需要汉语和中华文化进一步走向世界。尽管大陆的汉语国际推广和台湾的对外华语教学，都已取得了显著的成效，但与世界的需求和汉语应有的国际地位及影响还有相当的距离；两岸四地的语言文字差异，客观上增加了世界汉语学习者的困难和负担，也影响了汉语国际传播的效率和效果。从这个方面而言，两岸四地的语言文字协调也已成为必要要求。通过协调，可减少差异，逐步建立一致的教学标准，协同开展汉语国际传播工作，这必定大大加快汉语和中华文化走向世界的进程。这是两岸四地共同利益之攸关。

第六，语言文字自身发展的需要。语言文字是社会发展的产物，也是为社会服务的最重要工具，因而它总会随着社会的发展而发展，不断地调适自己，以满足社会发展的需要。可见，语言文字协调其实也是语言文字自身在发展过程中的内在要求。

以上所述的各种现实需求，都是语言文字协调的驱动力，也为开展协调提供了机遇，创造了条件。

2. 血脉相连的历史根基

两岸四地，本为一家。虽然由于历史原因分而治之，但割不断的共同血脉，仍滋养着共同的文化传承和基本文化精神。也正是这种天然的血缘联系和共同的文化根基，凝聚着历经沧桑的两岸四地，维系着形分而神不散的社会现实。这是两岸四地语言文字协调最坚实的基础和最重要的内驱力。

其实，从另一个方面来说，语言文字作为民族的标志和民族文化的最重要组成部分，其本身也发挥着十分重要的文化传承和民族凝聚的作用。英国哲学家洛克说："人天生宜于发出音节分明的声音 —— 上帝既然意在使人成为一个社会的动物，因此，他不仅把人造得具有某种倾向，在必然条件之下来与他的同胞为伍，而且他还供给了人以语言，作为组织社会的最大工具、公共纽带。"[5] 作为社会纽带的语言，把不同的一个个个体凝聚为一个共同体，编织成一个社会网络，生活在这个网络中的任何成员都不可避免地需要借助共同的语言来建立广泛的社会联系，与他人实现有效的交流、沟通和协同，并由此寻求和得到族群认同、社群认同、阶层认同、文化认同、乃至情感认同，以满足自己的生活需要和人生目标。这是每一个人的必然需求，这也促成了一个人对族群的向心力和对民族共同语的高度依赖性，从而也造就了语言的凝聚力。因此，一个族群要保证自己成员间的有效沟通，努力维护自己母语的一致性也是内在必要要求。

与此相联系，两岸四地共同的民族血脉和文化根基，也决定了共同母语 —— 汉语言文字 —— 的基础、内核和发展方向，从而也决定了两岸四地语言文字协调的可行性。

3. 同语同文的天然联系

中华民族孕育了汉语汉字，虽历经数千年演变和因分治而带来的空间隔膜，但汉语汉字作为两岸四地共同的母语，其主体并未改变，仍具有高度的一致性。就语言要素来说，不仅相对稳固的语音、语法变异微殊，就连任何语言都同样发展变化最快的词

5　　洛克《人类理解论》，商务印书馆 1981 年版，下册，第 383 页。

汇，其核心词汇部分也差异不大。而差异最为明显的，主要表现在一般词汇上。这表明，两岸四地同语同文的天然联系，决定了协调只是系统内部涉及小局部的微调，并非伤筋动骨的大动作。其可操作性也是显而易见的。还有一点值得我们思考的是，不宜以消极的眼光去看待两岸四地语言文字的差异，其实，差异的存在也是我们母语发展多样性和丰富性的表现，有些差异具有个性特色和互补性，因而差异并非都是要摈弃的对象，对于有特色的和需要的差异成分肯定要保留，只是对于某些冗赘的或与主体不协调的差异进行适当的微调、整合和优化，以保证我们母语体系的一致性、简约性和适用性。因此，应该相对容易形成共识。

4. 已有尝试的经验积累

实际上，过去两岸四地已有各种不同形式的协调，并且积累了一些经验。

两岸科技名词的协调就是一个比较成功的例子。自1994年开始，全国科学技术名词审定委员会就开始推动两岸科技名词术语协调工作。经两岸有关方面协商，通过采取两岸分别确定牵头单位、分别确定科技名词蓝本、共同召开研讨会、正式公布出版等方式和环节，开展了两岸科技名词的对照工作。[6]迄今，已先后启动了近30个学科的科技名词交流、对照与统一工作，两岸专家共同召开研讨会十多次。其中，航海、药学、化工、信息科学技术等10个学科已正式出版了两岸科技名词对照本。不仅如此，过去一些不一致的名词，通过协商也确定了统一定名。例

6　刘青《全国科技名词委的两岸科技名词对照工作》，《海峡两岸语言与语言生活研究》（周荐、董琨主编），商务印书馆（香港）2008，第62页。

如昆虫学名词中的"tropham-nion",大陆叫"滋养羊膜",台湾叫"滋养鞘"、"圆卵膜",经过研讨,统一定名为"滋养羊膜"。又如 101-111 号元素,国际纯粹与应用化学联合会 (IUPAC) 对其重新命名之后,全国科技名词委在确定其中文名称过程中,及时征求台湾专家的意见,两岸化学专家经过研讨,对 11 个元素的定名达成了一致意见。于是,目前两岸 100 号之后元素的名称是完全一致的。[7] 另据有关人士介绍,2006 年 10 月,第四届海峡两岸大气科学名词学术研讨会在乌鲁木齐召开,重点对新名词进行了研讨。会前,两岸新名词只有 38% 是一致的;会后,一致率提高到 80%。最近,因为新名词的增加,两岸大气科学新名词一致率提高到了 90%。[8]

在两岸四地合作编写汉语工具书方面也颇有成效。早在 1996 年 6 月,北京语言大学就联合台湾"中华语文研习所",开始编纂《两岸现代汉语常用词典》,在北京和台北设立编辑部,由大陆出版简体字本,台湾出版繁体字本,其中简体字本已于 2003 年由北京语言大学出版社出版。2010 年商务印书馆出版的李宇明主编《全球华语词典》,也是两岸四地及新加坡马来西亚学者合作的成果。2009 年 6 月,台湾地区领导人马英九提出两岸民间合编《中华大辞典》的主张,随后得到了大陆有关方面的积极响应,经两岸有关方面磋商,很快启动了编纂工作。这些工具书的编纂,不仅为协调积累了经验,而且也为协调提供了依据,为母语和谐发展创造了条件,奠定了基础。

至于两岸四地潜移默化的自发协调和趋同,也是不胜枚举

7　《海峡两岸科技名词交流统一》,《光明日报》2009 年 8 月 3 日。

8　《两岸合编词典鲜为人知的故事》,《人民日报》2012 年 4 月 6 日。

的。例如自 50 年代起大陆开始的大规模的汉字简化和台湾开展的关于汉字简化的讨论及动议，1995 年台湾旺文社出版公司编纂出版《新编汉字字典》（繁简对照，注音字母汉语拼音并列），1999 年台湾开始采用汉语拼音，本世纪以来台湾日渐增多的对照式地使用简体字，大陆普通话对港澳台词语的吸收，包括香港和内地发起的为"老年痴呆症"更名的默契，等等，尽管没有直接的协商操作，其实都是无言的协调和自然的认同。

综上所述，两岸四地的语言文字协调具有很好的基础、条件和可行性。

三、若干建议

为了更好地做好两岸四地的语言文字协调工作，我们提出如下建议：

1. 建立组织，负责规划和实施

已有的协调工作大多带有自发性、分散性、局部性，缺乏统筹规划和组织协调，效率和效果都非常有限。为了有效推进更为广泛的协调工作，需要整合力量，设立组织，统筹规划，系统实施，协同工作，促使协调工作主动化、有序化、系统化、常态化。在这个方面，全国科技名词委协调科技名词的做法和两岸合作编纂《中华大辞典》的经验可资借鉴，"两岸经贸论坛"的做法也可参考。以"两岸经贸论坛"为例，该论坛于 2005 年 4 月由时任国民党主席连战与时任中国共产党总书记胡锦涛商定成立，由中共中央台办海峡两岸关系研究中心和中国国民党国政研究基金会联合主办，旨在以该论坛为平台和桥梁，推动两岸经贸合作，共同造福两岸人民。后来扩大为"两岸经贸文化论坛"。

该论坛已连续举办八届，在统筹协调和全面推进两岸经贸文化的交流合作方面发挥了巨大作用。就包括两岸合作编纂《中华大辞典》事宜也是在该论坛第五次会议上确定的。因此，我们觉得有必要成立由两岸四地学者、业务部门、研究机构、学术团体等组成的跨境语言文字协调组织，具体负责两岸四地语言文字协调的统筹规划、学术研究、标准制订和具体实施等工作。在现阶段条件尚不成熟的情况下，该组织可采取民间主导、相关业务部门扶持的方式进行运作。

2. 广借力量，利用社会智慧

语言文字协调是一项十分复杂的工作，牵涉面广，涉及的问题多，需要借助不同方面的力量集思广益，以保证协调的正确性和可行性。香港和内地为老年痴呆症更名采取大众征询的方式，并邀请大学、科研机构、民间组织、相关业务部门参与，这也是可借鉴的做法之一。广泛借助社会力量开展语言文字协调，不仅有利于借重社会资源，了解民意，会聚民智，寻求解决问题的最佳方案，而且也有利于社会达成共识，保证协调的可接受性和有效性。

3. 媒体联动，引导公众趋同

两地尤其是内地为老年痴呆症更名，媒体发挥了重要作用。这是一种很好的做法。因为信息化时代，媒体日益发达，媒体的力量更加彰显，充分发挥媒体的作用，十分重要。我们可通过媒体的积极引导和示范，促进语言文字由自发性、无序性的自然俗成转变为积极的引导性约定，以减少差异，消除隔阂，实现两岸四地语言生活的和谐大同。建议有关方面联络两岸四地各种媒体（包括新兴媒体），构建四地媒体语言文字协调联动平台和机制，并且制度化、程序化，持之以恒地开展丰富多彩的语言文字协调工作，营造健康、和谐、规范的社会语言生活。

4. 学界对话，提供学术支持

相关的学术研究，是保证协调的科学性和有效性的重要条件。过去两岸四地已在语言文字的基础研究等方面开展了一些卓有成效的对话和合作，比如包括本次会议在内的历届海峡两岸现代汉语问题学术研讨会等。但规模有限，涉及领域有限，参与人员有限，频次也有限，尤其是直接与协调工作相关的研究还十分缺乏。因此，进一步加强两岸四地学界平等对话，有针对性地开展协调研究，为协调提供学术基础，也是当务之急。

5. 社团协调，制订规范标准

要实现两岸四地语言文字的和谐一致，制订统一的各种规范和标准是必需的。标准的制订要超越意识形态和官方局限，摈弃偏见，平等协商。可利用两岸四地民间学术团体建立协商组织和协商机制，根据具体需要，组建不同类型的研制小组，研制汉语汉字的不同规范和标准，以作为两岸四地语言文字应用的依据和参考。

6. 共建平台，实现资源共享

两岸四地携手共建数字化的多功能的汉语言文字资源共享平台，既是开展两岸四地语言文字协调的基础，也是功在当代利在千秋的惠及全球华人乃至全人类的大功业。资源平台建设可以采取整体设计、分步实施、持续建设的办法，充分利用现代科技手段尤其是云计算技术，系统整理，科学存储，全面囊括汉语言文字知识、语料和文献等，以供查阅、研究和永久保存之用。其实这方面已经有一定的基础，例如 2012 年 2 月 8 日两岸同时同步正式开通的由两岸学者合作完成的网络资源库"中华语文知识库"（网址为：大陆 http://www.zhonghuayuwen.org，台湾 http://chinese-linguipedia.org），就是一个很好的尝试。两岸四地已经出版的各类相关字典词典，已经建成的各类数字化语料库和文献库等，都是建设理想中的数字化的多功能的汉语言文字资源共享平台的基础。

（赵世举　武汉大学文学院）

《两岸科学技术常用词典》的收词和释义

◎李志江

　　2009 年 7 月，第五届两岸经贸文化论坛在长沙举行，签署了《第五届两岸经贸文化论坛共同建议》，其中之一是"鼓励两岸民间合作编纂中华语文工具书"。根据这个建议，两岸的专家学者于 2010 年 3 月在北京达成共识，由国家教育部和台湾"中华文化总会"牵头，共同编纂中华语文工具书。其中，工具书中的科技部分，由全国科学技术名词审定委员会和台湾"教育研究院"合作完成。计划用 2~3 年的时间编纂一部中型的《两岸科学技术常用词典》，用 4~5 年的时间编纂一部大型的《中华科学技术大词典》。

　　《两岸科学技术常用词典》与《中华科学技术大词典》都服务于海峡两岸科技名词交流对照统一工作，以实现规范化成果的社会共享。二者各有侧重，互为补充。前者面向社会大众，后者面向科技专业工作者；前者收词强调常见常用（主要学科，收录 3 万条以下），后者尽量收多收全（涵盖 100 个学科、收录 40 万~50 万条）；前者有注音、释义，后者则没有。二者都是在近十几年来两岸科技名词对照统一工作不断推进的基础上进行的，既是这项工作不断深化的结果，也必将进一步推动这项工作的开展。

　　《两岸科学技术常用词典》由全国科学技术名词审定委员会事务中心和台湾"国家教育研究院编译发展中心"（原"国立编译

馆"）负责编纂。大陆方面的专家主要负责确定词典的收词及编写释义，台湾方面的专家主要参与词目的中文名称、英文名称以及读音的审定。

两岸的专家学者就本书编纂的具体问题进行会商，最后确定：

词典的读者对象　具有中等文化程度以上的非本学科专业的社会大众。

词典的收词　以基础学科和应用学科的基本词汇为主，既注重系统性，又突出实用性，对那些已经进入社会生活而两岸使用有差异的给予特别的关照。共 2 万 ~2.5 万条；总字数 250 万 ~300 万字；彩色插页 20~30 页；黑白插图 1000~1500 幅；相关附录 12~16 个。

词典的释义　逐条分列词形（简繁体）、注音（汉语拼音和注音字母）、英文、科学概念、知识背景、文化意义等。

词典的资料来源　主要是两岸现行的中小学教材、科普读物以及主流媒体（包括报刊、广播电视、网络）资料；也包括两岸已出版的权威专科辞书以及名词审定的已有成果。大陆方面提供了全国科学技术名词审定委员会已经公布的 85 个学科名词、17 个学科两岸对照名词、《辞海》和《新华词典》等辞书中的科技词目、中小学教材教辅和科普读物；台湾方面提供了台湾地区中小学教材中的科学名词。

词典的出版　预计 2013 年全部完稿，交付出版社，2014 年底正式出版。大陆方面将由商务印书馆出版纸质版及网络版，台湾方面将只出版网络版。

2010 年 9 月，大陆方面的科技辞书编辑部正式成立；2011 年初，词典编纂工作全面展开，有 20 余个学科和专业的 32 名专家参与其中；2012 年 8 月，初稿的编写工作基本结束，审稿工作从此开始。两岸专家不断通过网络传送稿件，交换意见，多次当面沟通，进展是比较顺利的。

下面，笔者根据本词典的编纂实践，阐述收词和释义的特点，以期得到方家的指教。

一、《两岸科学技术常用词典》的收词

《两岸科学技术常用词典》的收词范围和特点，正如书名所列，在于常用的科学技术词汇和两岸的科学技术词汇两个方面。就其范围而言，它收录的是科学技术词汇，即不包括一般的语文词汇和社会科学词汇，而且是普通读者常见的，不是供某一学科的专业人士使用的；就其特点而言，它兼顾大陆和台湾两个方面，两岸名词一致的要收，不一致的也要收。尤其是不一致的，对于彼此相互了解，求同存异有着重要的积极意义。

常用的科学技术词汇

常用的科学技术词汇，主要是基础学科和应用学科的基础词汇。这些学科有：数学、物理、化学化工、医学、生物、地理、地质矿物、天文气象、环境保护、工业、农业、建筑、交通、计算机、通信、自动化、航空航天、航海船舶、纺织服装、军事装备、心理学、音乐等。为编写方便起见，我们根据不同学科的科学技术词汇在两岸中学教材中的分布，考虑到它们与大众日常生活的密切程度，确定大的学科收词在 1000 条左右，中小学科收词在 500 条左右甚至更少。基础学科的收词要偏于紧，强调系统性；新兴学科的收词要适当放宽，突出实用性。有了总体的原则，收词平衡就有了大致的保证，避免了畸轻畸重的现象。但也不过分拘泥，比如医学词汇为中医单设一科，意在弘扬祖国的传统医学；台湾方面已经审定了音乐词汇，我们也收入一些以便相互比对，等等。具体情况见下表：

学科名	收词数量	学科名	收词数量	学科名	收词数量	学科名	收词数量
数学	965	机械	1145	航空航天	440	测绘	158
物理	931	气象	546	航海船舶	532	农业	约700
化学化工	1463	天文	约200	轻工	980	生物	约1800
西医	1442	环境保护	587	电工	341	军事装备	558
中医	990	计算机	约950	电力	267	建筑	约500
地理	1399	通信	约700	纺织服装	465	心理学	275
地质矿物	701	自动化	122	交通	256	音乐	502
总论	约200						

两岸的科学技术词汇

由于两岸分隔长达半个多世纪，彼此缺乏沟通，导致了科技名词的定名不尽一致，出现了相当数量的"一国两词""一物多名"的现象。其差异因学科不同而比例不同，就整体而言，数量还是可观的。我们从大气科学、计算机科学、医学科学3个学科中选取部分名词，列举如下：

大气科学

大陆名	台湾名	大陆名	台湾名	大陆名	台湾名
阳伞效应	伞效應	积雪	覆雪	过冷却雾	過冷霧
潮汐波	潮浪	环境空气质量	環境空氣品質	大气噪声	大氣雜訊
降尘	落塵	霍尔效应	哈爾效應	日食	日蝕
赤潮	紅潮	极地	極區	霜凇	高霜
风向标	風標	大陆架	[大]陸棚	太阳耀斑	日焰
厄尔尼诺	聖嬰、艾尼紐	狂风	風暴	地貌学	地形學
拉尼娜	反聖嬰	大气圈	[大]氣圈	小气候	微氣候

计算机科学

大陆名	台湾名	大陆名	台湾名	大陆名	台湾名
用户	使用者	二进制位	二進位位元	集成电路	積體電路
人工智能	人工智慧	字节	位元組	链接	連結
字符	字元	显示屏	顯示幕	软件包	套裝軟體
光标	遊標	彩色打印机	彩色印表機	界面	介面
循环	回圈、迴圈	双击	按兩下	模块	模組
内存	記憶體	顶级域名	頂層網域名	外围电源	週邊電源
芯片	晶片	密钥	金鑰	公钥	公開金鑰
插件	外掛程式	私钥	私密金鑰		

医学科学

大陆名	台湾名	大陆名	台湾名	大陆名	台湾名
期望寿命	預期壽命	反馈	回饋	雌激素	求偶素類
康复	機能回復	凝血因子	血凝固因數	抗雌激素类药	抗雌性素藥
脑膜	腦脊髓膜	足弓	環狀軟骨弓	抗抑郁药	抗抑鬱劑
神经元	神經單位	脑梗死	大腦梗塞	脱氧核糖核酸	去氧核糖核酸
甲状旁腺	副甲狀腺	白细胞	白血球	布氏菌病	布氏桿菌病
二尖瓣	僧帽瓣	鱼际	拇指球	前列腺	攝護腺
体循环	全身迴圈	鼻旁窦	鼻副竇、鼻副腔	附睾	副睾

　　为了改变这种"一国两词""一物多名"的现象，两岸的相关机构和专家学者陆续开展了各个学科的名词对照工作，成绩显著。至 2013 年的上半年，已经完成了 19 个学科名词的快速对照，正式出版了 17 个学科的名词对照，除上述学科外，另有 8 个学科的名词对照在网上公布。《两岸科学技术常用词典》编写中坚持将所收词目与已完成两岸对照的名词逐一比对，凡两岸

名词命名有差异的均单立条目；所收词目尚未完成两岸名词对照的，或虽已完成而未涉及的，则请台湾同行逐一审核，凡有差异的均单立条目。单立条目既是表示彼此尊重原有的规范成果，也是为了读者查检的方便。

立目的特点主要体现在以下方面：

1. 体现两岸汉字的用字、注音的异同

例 1

打击乐器（大陆）dǎjī yuèqì

打擊樂器（台湾）ㄉㄚˇ ㄐㄧˊ ㄩㄝˋ ㄑㄧˋ

a percussion instrument

又称"击乐器"。通过乐器本身的碰撞、摩擦、敲打而发声的乐器。按打击方式和音响效果不同，可分为鼓类（如大堂鼓、板鼓），钹类（如大钹、中钹、小钹碰铃），锣类（如小锣、云锣）和板类（如梆子、木鱼、竹板）；按材质不同，可分为皮革类（如大鼓、腰鼓），金属类（如锣、钹、铃、钟），竹木类（如竹板、木鱼），石材类（如磬）；还可按音高不同，分为定音类（如定音鼓、云锣）和不定音类（如梆子、京钹、大鼓、低音锣）。

例 2

伽马射线（大陆）gāmǎ shèxiàn

伽瑪射線（台湾）ㄐㄧㄚㄇㄚˇ ㄕㄜˋ ㄒㄧㄢˋ

γ-ray，gamma-ray

又作"γ射线"。放射性原子放射出的电磁波。是波长在10^{-10}m以下的光子流。能量很高，穿透物质的能力很强，但电离作用很弱。工业上用于金属探伤，医学上用于消毒和治疗肿瘤等。

60

2.比对两岸科技名词的同物异名或同名异物

例 3

矽（大陆）xī

矽（台湾）ㄒ丨ˋ

silicon

大陆地区为非金属元素"硅"的旧称；台湾地区为这种元素的正称。参见 ×× 页"硅"。

【知识窗】

19 世纪末，清人徐寿等联系土壤和硅酸盐，为非金属元素 Si 造字为"硅"，取"畦"音读 xī。之后民间却将它按"圭"的字音读作 guī。1935 年前后，将读 xī 的 Si 元素名称写作"矽"。20 世纪 50 年代，大陆一些化学家认为"矽"与"锡、硒、烯、醯"等字读音相近，容易混淆，又将 Si 的名称改回用"硅"，读作 guī。中国大陆以外地区仍沿用"矽"为 Si 的名称。

例 4

黑客（大陆）hēikè

骇客（台湾）ㄏㄞˋㄎㄜˋ

hacker

利用网络的安全缺陷和漏洞对系统进行攻击、破坏或窃取资料的人。

例 5

<u>土豆</u>（大陆）tǔdòu

potato

即"<u>马铃薯</u>"。

<u>土豆</u>（台湾）ㄊㄨˇㄉㄡˋ

peanut

即"<u>落花生</u>"。

二、《两岸科学技术常用词典》的释义

《两岸科学技术常用词典》的释义，在词目和词形确立之后，要依次给出注音（汉语拼音和注音字母）、英文对译词、本词目的异名词、概念的释文。必要时还可附列知识窗，交代相关的背景材料、文化意义等。释义元素的多少及内容表述的深度，介于专科词典（如《辞海》）和语文词典（如《现代汉语词典》）之间。

与通常的语文词典或专科词典相比，释义的特点还有以下方面：

1. 注重释义的文化内涵，设置知识窗介绍背景材料

例 6

牡丹（大陆）mǔdān

牡丹（台湾）ㄇㄨˇㄉㄢ

Paeonia suffruticosa

又称"木芍药""富贵花"。芍药科，芍药属。多年生落叶灌木。复叶，多二回三出。花单生枝顶，花瓣倒卵形，顶端呈不规则的波状，雄蕊瓣化，花径 10~30cm，颜色有红、紫、粉、黄、

白等，花期 4~5 月。原产中国秦岭和大巴山一带，现各地栽培，品种繁多，是著名的观赏花卉。根可入药，称丹皮。

【知识窗】

牡丹花大色艳、富丽端庄，被誉为"花中之王"，当作富贵吉祥、繁荣兴旺的象征。栽培始于晋，兴于隋，盛于唐，极盛于宋，洛阳牡丹、菏泽牡丹最为有名。唐刘禹锡《赏牡丹》诗有"惟有牡丹真国色，花开时节动京城"。

例 7
蜃景（大陆）shènjǐng
蜃景（台湾）ㄕㄣˋ ㄐㄧㄥˇ
mirage

发生在大气中的一类光学现象。当光线穿越密度变化很大的空气层时，产生折射或全反射，把远处本不可见的景物显示在空中或地平线以下。这种奇异幻景多出现在滨海或沙漠地区。按形成时的气象条件不同，可分为上现蜃景、下现蜃景、侧向蜃景、复杂蜃景等。

【知识窗】

平静的海面或广袤的沙漠有利于产生蜃景形成所需的气象条件。古人误以为出现在海面上的蜃景为蜃（大蛤蜊）所吐之气形成，旧称蜃气。晋代伏琛《三齐略记》："海上蜃气，时结楼台，名海市。"后常用"海市蜃楼"比喻虚幻而不可持久的事物。

2. 普及科技知识，贴近社会生活

例 8

水（大陆）shuǐ

水（台湾）ㄕㄨㄟˇ

water

化学式 H_2O，分子量约为 18。无臭无味液体。浅层时几乎无色，深层时呈蓝色。有气、液、固三种状态，晶态的水通称为冰，气态的水通称为水蒸气或汽。常压下，水在 0℃ 以下结晶成冰、霜和雪，100℃ 沸腾放出水蒸气。广泛存在于自然界。

【知识窗】

水几乎占地球表面的四分之三，形成江河湖海、寒冷地区的冰和空气中的水蒸气。地球上水的总量约为 1.4 万亿吨。动植物中含水一般在 70% 左右，人体的 60% 左右由水组成。水是动植物生存和工农业生产不可缺少的物质。溶于水的非金属氧化物形成酸，溶于水的金属氧化物形成碱，都是重要的工业原料。水资源问题一直是人们高度关注的焦点。

例 9

帽（大陆）mào

帽（台湾）ㄇㄠˋ

hat, cap

通称"帽子"。遮盖头部起防护或装饰作用的服饰配件。多由织物、编织物、毛毡、皮革、麦秸、麻绳、马鬃毛、橡胶等制成，分为帽顶、帽檐（帽盆）或帽身等部分。有无檐帽、有檐帽、罩帽、兜帽、盔帽、冠等种类。

【知识窗】

(1) 制作精确合尺寸的帽子需要测量帽围和帽深。从前额发根处量起，通过后头部隆起点以下 2cm 处绕头围量一周，再加放 1~2cm 即为帽围；双耳根以上 1cm 处通过头顶间的距离为帽深。帽子的成型主要有模制和缝制两种方式。(2) 戴帽曾有很强的礼仪性，在欧美一度作为上层社会女性穿戴的必需品，需注重场合的变化。较正式的女装中，帽饰作为服装的一部分，进入室内也不脱掉。

3. 反映科技发展的新面貌、新概念

例 10

北斗卫星导航系统（大陆）Běidǒu Wèixīng Dǎoháng Xìtǒng

北斗衛星導航系統（台湾）ㄅㄟˇㄉㄡˇ ㄨㄟˋㄒㄧㄥ ㄉㄠˇㄏㄤˊ ㄒㄧˋㄊㄨㄥˇ

Beidou (COMPASS) Navigation Satellite System

卫星导航系统的一种。中国自主研发，独立运行。由空间段、地面段和用户段三部分组成：空间段包括 5 颗对地静止卫星和 30 颗非静止轨道卫星；地面段包括主控站、注入站和监测站等若干个地面站；用户段包括北斗用户终端以及与其他卫星导航系统兼容的终端。

【知识窗】

北斗卫星导航系统是继美国全球定位系统 (GPS) 和俄罗斯全球导航卫星系统 (GLONASS) 之后的第三个成熟的卫星导航系统。2012 年 12 月 27 日，正式对亚太地区提供无源定位、导航、授时服务。计划 2020 年左右覆盖全球。

例 11

细颗粒物（大陆）xìkēlìwù

細粒狀物（台湾）ㄒㄧˋ ㄌㄧˋ ㄓㄨㄤˋ ㄨˋ

fine particulate，PM2.5

漂浮于大气中的空气动力学等效直径（粒径）小于等于 2.5 微米的颗粒物。在大气中滞留时间长，可远距离传输。易被人体吸入，沉积于呼吸道、支气管甚至肺泡内，对健康危害严重。

【知识窗】

近年来，中国大陆部分地区因雾霾天气影响，悬浮于空气中粒径小于等于 2.5 微米的颗粒物（PM2.5）严重超标，危害人体健康，受到社会的广泛关注。专业技术领域中，PM100（粒径小于等于 100 微米的颗粒物）称为“总悬浮颗粒物”，PM10（粒径小于等于 10 微米的颗粒物）称为“可吸入颗粒物”，但是 PM2.5 进入社会生活较晚，一段时间内“细颗粒物”“可入肺颗粒物”“空气细颗粒物”“微小颗粒物”“可吸入细微颗粒物”“细粒子”“微细悬浮粒子”等多种命名并存。2013 年 4 月，大陆方面经过研讨审定，决定推荐使用“细颗粒物”。并提出，

"PM2.5"或"PM$_{2.5}$"仍可作为符号在一定范围内使用。

结语

  两岸携手编纂的《两岸科学技术常用词典》，是两岸文化交流的一个组成部分。词典编纂的本身既是对两岸常用科技名词建设的进一步梳理，又在相互对照中加强了交流，求同存异，还通过释义的方式，向社会大众普及了科学知识，当然是很有意义的事情。要把这个有意义的事情做好，使之具有鲜明的特色，达到相当的高度，假如没有精益求精的追求，没有如履薄冰的严谨，没有日复一日的努力，那是根本不可能的。作为这部词典的编者，我们愿尽绵薄之力。

（李志江　中国社会科学院语言研究所）

社情词和社情语义背景分析[*]
——以"领导、南巡、农民工"等词为例

◎戴昭铭

提　要："社情词"指社区词中表现政治、经济、文化的特殊情况的词语；"社情语义"指社情词在特定的言语社区的使用中形成的特殊的语义内容和语义色彩。本文从"领导"、"南巡"、"农民工"等 3 个词在大陆汉语的使用情况中分析其特殊语义形成的社会背景，意在表明对社情词语义背景的分析研究有助于加深词语与社会的关系的认识，丰富言语社区理论指导下的研究成果，使社会语言学更加充实和完善。

关键词：社情词；社情语义；领导；南巡；农民工

引　言

"言语社区理论是当代社会语言学的重要理论，但是目前还

---

[*] 本文原题为"国情词和国情语义背景分析"，采纳会友的高见后改为现题。对不吝赐教的会友特此致谢！

没有得到充分的发展。"（徐大明 2004）田小琳女士的"社区词"理论及实践，从词汇方面推动了言语社区理论的发展。本文的研究可以作为对言语社区理论和"社区词"研究的支持。不过本人觉得，"社区词"似还可以分为"社情词"、"异名词"和"特有词"3 种："社情词"指意义内容表现社会政治、经济、文化的特殊情况的词语，如本文所研究的 3 个词语，另如台湾的"拜票"、香港的"两文三语"之类；"异名词"即同实异名、仅有使用地区差异的词语，如"固定电话"/"座机"（大陆）和"固网电话"（香港）；"特有词"指仅在某一或部分华人社区使用的词语，如泰国华语的"借词"（义同普通话"借口"）、新马华语的"看水"（义同普通话"望风"）。"特有词"不易在其他社区得到理解、使用和流行，而"社情词"通过媒体传播，可在其他社区得到一定程度的理解、使用和流行。

"社情语义"指社情词在特定的言语社区的使用中形成的特殊的语义内容和语义色彩。社情语义背景，即与社情词语义的形成相关联的社会体制、意识形态及特别的社会事件等理据性因素。本文试图通过对 3 个"社情词"的个案研究表明："社情词"的研究不应局限于对其"社区词"身份的指认，而应致力于其社情语义背景的揭示和分析。这样的研究任务并不轻松，但确能显示社会语言学研究的力度及可能达到的深度。

一、"领导"：从高频词到泛尊称

"领导"是一个现代汉语词，大概产生于 20 世纪初。其词义有两项：A. 动词义：率领并引导；B. 名词义：相当于"领导者、领导人"。名词义系由动词义引申、发展而成。在当代汉语中，"领导"是一个高频词[1]。不过，"领导"成为高频词，只是 20 世纪 50 年代以后的事。目前我们查到的此词出现的最初文本，是 1919 年 3 月 5 日在莫斯科召开的共产国际第一次代表大会第四次会议上中国代表刘绍周（刘泽荣）的祝词。其中有两处用了"领导"，据此可推断汉语的"领导"源自对俄语动词 руководить 的意译：

> 伟大领袖孙中山领导他们齐心合力推翻了清王朝。
>
> 本国际是俄国共产党创立的。这个党领导的政府，为世界劳动人民的利益，为各国人民的自由而对世界帝国主义宣战。[2]

1920 年，瞿秋白被北京《晨报》聘为旅苏记者，在赴苏途经哈尔滨时写下的《饿乡纪程·绪言》中有这样一句：

> 灿烂庄严，光明鲜艳，向来没有看见的阳光，居然露出一线，那"阴影"跟随着他，领导着我。[3]

句中"领导"的主语"阴影"，当指苏俄的十月革命思潮，

1　据《现代汉语频率词典》，"领导"词频数据为：次数 345，频度 332，累积频度 62642，序次在"搞"和"咱们"之间。

2　两句见于《共产国际有关中国革命的文献资料（1919-1928）》，中国社会科学出版社 1981 年出版，第 13 页和 14 页。据该书第 12 页的脚注，刘绍周的"祝词"系据 1919 年 3 月 6 日《真理报》上的文本译出。源文本固然是俄文，但据同页所载该次会议记录谓"刘绍周（中国）讲中文，然后用俄语继续发言"推想，刘既擅长中俄两文，那么或者他当时手头有中文文本，或者他至少头脑中有中文文本，只不过我们现已见不到他的中文文本。尽管我们所见的这篇祝词是上世纪 80 年代的译文，但仍可推断刘绍周原先手头或头脑中的中文文本中所使用的应为相当于俄文 руководить 的"领导"。

3　见于东方出版社 2007 年 4 月出版的《瞿秋白游记》（《饿乡纪程》《赤都心史》合辑）。《汉语大词典》用作书证的句子即此句，但与本文所引略有不同，恐系版本不同之故。

或"共产国际"所尊奉的马克思列宁主义。中国革命是在这一"思潮"和"主义"引领下发生和进行的,这就是"领导"动词义产生的语义背景。不过,尽管瞿秋白此文可视为使用"领导"动词义的早期中文文本,然而无论在中国革命理论的缔造过程中,还是在"领导"一词动词语义的传播过程中,最有影响的还是毛泽东的论著。据我们统计,《毛泽东选集》(1-4 卷)共使用"领导"638 次。其中写于 1926 年的第一篇《中国社会各阶级的分析》中的用例如:

> 工业无产阶级是我们革命的领导力量。

由上可知,"领导"的动词义是在中国革命的背景下产生的,它使用的主要语境是革命动员,用以指无产阶级及其先锋队共产党对广大群众的"率领并引导"。

令人深思的是,尽管"领导"一词在 20 世纪上半叶的革命文献中已有较广泛的使用,然而出版于 1947 年的首部收载白话语词的辞书《国语辞典》却未见载录。这是怎么回事呢?其实这里也有一个话语环境或语义背景的问题。《国语辞典》是上世纪上半叶"国语运动"的副产品。"国语运动"兴起之初,无产阶级革命思想尚未传入中国。"国语运动"进入高潮的 20 - 30 年代,革命力量还是"星星之火",从欧美传来的资产阶级政治意识形态在社会中居于主流。当时编者们究竟是否见过"领导"一词,不便妄断,但在他们所处的"国统区"中很难闻见无产阶级的革命话语,他们所熟悉的文本中没有使用"领导"的语料,则是可以断定的。政权更迭,世事沧桑。"领导"一词首次正式收载的辞书,竟是 1973 年内部发行的试用本《现代汉语词典》(以下简称《现汉》)。此时距"领导"一词的产生已半个多世纪。

在《毛泽东选集》中,"领导"一词用为"领导人"、"领导者"的名词义，仅有 6 次。其中首次见于 1936 年写的《中国革命战争的战略问题》，另 5 次见于 1943 年写的《关于领导方法的若干问题》。全书中动词义与名词义的频次比，是 105 比 1。此时名词义的"领导"还是一个集合名词，还没成为称谓词，其典型用法是"领导和群众相结合"。

　　中共建立全国政权后，"领导"一词使用频率空前高涨，而名词义"领导"使用频率增长尤其快。《现代汉语辞海》（倪文杰等主编，人民中国出版社 1994 年出版）是以描写汉语搭配状况为任务的词典，其中收列含"领导"一词的常用组合计 200 条，动词义和名词义的组合分别是 98 条和 102 条。名词义"领导"不仅组合能力已超过动词义"领导"，而且已从集合名词发展成了称谓词，其使用频率更是大大高出动词义"领导"。凡从上世纪 50 年代生活过来的大陆人多有这样的印象：用"领导"尊指各级各类的"负责人"，是"新社会"兴起的语言新习惯。发展至今，上自中央，下至乡村、班组，无论正副职负责人，当不需、不便或不必用所任职务称呼时，都可以称为"领导"。下面是一则新近的用例：

　　"领导生病了"、"领导关机了"、"领导负责，我不知道"……河南兰考 7 名孤儿火灾遇难事件发生已经 5 天，本报记者向民政部提出采访申请，却碰上了各种"踢皮球"，十几通电话找不到负责领导。[4]

　　为什么"带领、率领、引导"等动词至今未能滋生出名词义，而与它们近义的"领导"不仅从动词义滋生出了相应的名词

4　艾原《领导不在，作风难改？》，刊于 2013 年 1 月 9 日《人民日报》。

义，而且还变成了一个高频使用的称谓词呢？可以尝试的解释是：1."带领、率领、引导"是未必与革命话语挂钩的普通动词，而"领导"则是共产革命话语系统的一部分，具有神圣、正义的语义色彩；2.革命是少数先知先觉发起的、高度集权和高度组织化的、须自上而下层层领导的社会运动；3."领导者"和"群众"（类似"牧人"和"羊群"）是革命运动中两个相对相依的基本角色群，各级领导者承担着相应责任，在群众中享有相应权威和声望；4.革命成功，整个社会自上而下都普遍建立了"领导者领导群众"的运转机制，"领导者"权势陡涨，用"领导"转指并尊指上司就成了群众交际的日常需要。由此可见，"领导"一词的语义变化是在当代中国的社情背景下发生和实现的。

值得注意的是，进入新世纪后，"领导"一词的用法又有了新变化：成了"泛尊称"。2011年8月底，互联网上出现一篇署名为"天蔚"的短文《领导啊，领导！》。其开头一段说：

今年夏天回国，跟朋友一起去吃饭。服务员莫不一口一个"领导"来称呼：领导请坐，领导请点菜。好生纳闷！怎么我们这辈人都成了领导？朋友解释说，这是时髦，最新的"敬称"。过去称"同志"，后来变"师傅"，改革开放以后称"老板"。（中略）现在一个新的"敬称"出现了——"领导"。不管官位高低，一律以"领导"相称。

作者接着从社会语言学角度对这一语言现象进行分析：

从中央领导到地方领导，直至基层办公室，都有领导。称别人为领导的将自己放在'Inferior'地位，把对方放在'Superior'地位。谦卑与尊称"一听了然"。社会语言学中有一个变项用来解释选择称呼词的规则，叫做'Solidarity'（和谐）和'Power'

（权势），如果说话双方社会地位有差异，这个因素就起作用。对有"权势"者必然选择"尊称"、"敬称"。

作为称谓词的"领导"具有 Power（权势）因素，可以理解；但在党政机关甚至社交场所（如饭店）用"领导"作面称而具有 Solidarity（和谐）功效，以至把原本与"群众"对义的"领导"变成泛尊称，就恐怕只有在当代中国官本位社会中才有可能性，才具有可理解性。大陆中国半个多世纪不断被"加强领导"的重要效应之一，就是"被领导"的群众已经俨然普遍处于弱势。不过，在党政机关，"领导"和"被领导"是按职位高低层层相对的，"被领导"者不一定是彻底无权势的"群众"，只是面对职位更高的领导者处于相对弱势而已。官大一级压死人。在官场里，"和谐"的等义词就是"服从、依从"。"同志"只能体现平等，上级的职务称谓只能传达公共的敬重，而"领导"不仅能表示对上司服从、依从之意，还能传递一种亲密感情。当然，不是随时随处都可以对上司称"领导"的，关键在于对关系亲疏、感情远近、场合环境的适当把握，但说话人大多能够凭对官场潜规则的领会而运用自如。于是，"领导"一词取代了各种称谓，成了党政机关里流行的面称。

至于上文"天蔚"所述饭店服务员对顾客称"领导"，其实是官场风气向社会扩散的结果。盖因高档饭店常有公款宴请，顾客常为官员，故经理规定无论是否官员，服务员一律须以"领导"相称。低档饭店、小餐馆目前尚无这一称谓。但在旅游景点中格式化的导游辞中，已不难听到"各位领导"这样的称呼语。把不是领导或并非以上司身份出面的人称为"领导"，其中隐含的社情语义背景是：只有领导人或政府官员才是真正受尊敬的人。这一泛尊称眼下已进入大学校园。笔者曾多次听到照相师对出席国际学术会议的学者称"领导"，还曾听到大学生对军训团参谋口口声声叫"领导"。这样滥用的结果，已经使"领导"变得近似谀称了。使用者不过为了奉承一下以求和谐，结果是对"领导"一词的糟蹋。

然则，另一方面，改革开放以来，中国社会从淡化革命发展到"告别革命"后，"领导"一词早期的革命油彩业已淡化，其使用范围也已超越革命语境，有了更为广泛合理的用法表现。当前已出现了"欧盟领导人"、"美国领导人"、"奥巴马的领导能力"、"美国的领导地位"之类的组合。在这些新用例中，"领导"的感情色彩已经中性化。在管理科学和领导科学中，"领导"已经成为一个核心术语。"百度百科"上对这一术语的定义是：

> 领导是领导者为实现组织的目标而运用权力向其下属施加影响力的一种行为或行为过程。领导工作包括五个必不可少的要素：领导者、被领导者、作用对象（即客观环境）、职权和领导行为。

"领导"词义这一重要变化，其象征意义不可低估，正是中国经过30余年的发展开始融入世界的表征之一。毕竟，改革开放、全球化发展是中国的大趋势，也是影响汉语发展最深厚雄强的社情。

二、"南巡"：革命领袖被披上康乾龙袍

2013年2月23日百度网页搜索的相关结果，"南巡"是10500000个，"邓小平南巡"是1670000个，习近平南巡是1450000个，"毛泽东南巡"是2060000个，"南巡讲话"是1820000个。足见"南巡"一词在当前使用频率之高。这是一个新词吗？笔者手头的几本新词语词典多未收此词，只有《中国当

代流行语全览》和《中国时尚热点新词速译》收了"南巡讲话"[5]，《现代汉语新词语词典》收了"南巡"，后者的条文为：

> 南巡　nánxún【动】特指邓小平同志于 20 世纪 90 年代初到我国南方巡察。如：南巡讲话。

此条释文所述事实不错，只有"特"字似乎赘余，姑置莫论。先讨论一个奇怪现象：从 1992 年到 2012 年，《现汉》曾经 4 次修订再版，不断扩充，却从未收载此词及相关组合。莫非编辑们认为此词既非新词，也无新义？不可能。此词固然不算新，用来指 1992 年邓小平的南方之行，则是人所共知的新义，编辑们不会不知道。知道而坚持不收，唯一可能的解释只有一个：政治不正确。

2012 年在香港出版的美国历史学家 Ezra F.Vogel（傅高义）教授的《邓小平时代》一书，披露了与"南巡"一词有关的情节：

> 随着邓小平南行的消息得到全国报道以及政策开始发生变化，邓小平的讲话也成了著名的"南巡谈话"。"南巡"是帝制时代皇帝巡视南方（指长江流域，不像邓小平南下那么远）时使用的说法。为了消除邓小平像个皇帝的印象，官方的说法换成了更为中性的"南方谈话"。[6]

确实，21 年来，尽管在各种媒体中，"邓小平南巡"、"南

5　《现代汉语新词语词典》，亢世勇、刘海润主编，上海辞书出版社 2009 年出版；《中国当代流行语全览》，夏中华主编，学林出版社 2007 年出版；《中国时尚热点新词速译》，朱诗向编著，对外经济贸易大学出版社 2002 年出版。

6　引文据冯克利所译、香港中文大学出版社出版的繁体中文电子版。英文原书名为 Deng Xiaoping and the Transformation。这段译文中"南巡谈话"、"南方谈话"的"谈"，国内多为"讲"。

巡讲话"已成固定用法（以至 Ezra F.Vogel 此书第 23 章也不得不用"邓小平南巡"为标题），但在中共官方正式文件中，对邓的那次南方之行，却从未用过"南巡"字样。原因正如 Ezra F.Vogel 所说，"南巡"旧时只能用于皇帝。

"巡"字本义，《说文解字》谓"视行也"。段注："视行者，有所省视之行也。天子适诸侯曰巡狩，巡所守也。"尽管"巡"的本义"视行"（边看边走）是人的普通行为，非天子也可用，如"巡夜、巡诊、巡警"，但天子的"视行"意义格外正大，必须录入史籍。如《书·泰誓下》："王乃大巡天师，明誓众士。"《左传·哀公元年》："在国天有菑（灾）疠，亲巡孤寡而共（供）其乏困。"这样的用法多了，即便不明确出现行为主体，一些"巡"也能表示"帝王视行"了，如："巡方"，（天子）出巡四方；"巡功"，（天子）巡视各地，检查政绩；"巡民"，（国君）巡察民情；"巡师"，（皇帝）视察军队；"巡陵"，（天子）参谒祖陵；"巡岳"，（天子）巡狩邦国至四方之岳而封禅；"巡驾"，指天子出巡的车驾。于是"巡"就似乎是专指天子视察了。在"贵贱有序，尊卑有差"的封建礼制中，帝王专用的词语他人是不得僭用的，像"崩"专指帝王之死，"巡"字的帝王专用性亦近此。

至于"南巡"，更是一个专指帝王到南方出巡的词。《汉语大词典》"南巡"条所引书证：

《书·舜典》：五月南巡守，至于南岳。

《宋书·文帝纪》：昔汉章南巡，加恩元氏。

明·王世贞《觚不觚录》：朱成公扈驾南巡，给舆后，遂赐常乘。

清·王士祯诗：如何万乘君，南巡来建康。

而其中最为著名的，当属清代康熙、乾隆二帝各六次的南巡，其事迹著录于史籍，传播于民间，演义于小说，图绘于画卷，均以"南巡"为题。但即便如此，"南巡"一词还是一个历史词。只是在电视剧把康乾故事搬演上荧屏后，才使"南巡"一词重被当代人熟知。

辛亥革命结束了帝制，与帝制相关的大批词语大都进了历史博物馆，"南巡"只是此类词语之一。文化大革命中的毛泽东的权威堪比皇帝，他的南方之行在官方文件和媒体中也只是说"巡视大江南北"，而没说是"南巡"。为什么？在中共的意识形态话语中，无产阶级革命是消灭剥削阶级、埋葬剥削制度的革命，毛泽东是革命领袖，封建皇帝是地主阶级的总头子，如果把封建皇帝的专用词语"南巡"用到毛泽东身上，那不等于说毛泽东是皇帝吗？这岂止是贬低毛，更是阶级混淆，是最严重的政治错误！可见，当年官方不说"毛泽东南巡"，1992年后官方不说"邓小平南巡"，都是政治正确的需要。然而，毛泽东时代媒体好控制，"毛泽东南巡"字样一直没能出现。而改革开放以后，媒体管制相对宽松了，尽管官方不说或不让说，不少媒体却不遵守。媒体人多势众，官方的管控倒成了弱势，以致一个"政治不正确"的说法"邓小平南巡"、"南巡讲话"居然流行开来，"习非成是"了。

"南巡"一词之所以复出成功，除了上述原因外，还有社会心理的深层原因。上世纪80—90年代，经过拨乱反正和改革开放，中国民众心目中对邓小平的好感，已经超过了毛泽东。对邓小平，人们最喜欢的是他的平易务实的作风。Ezra F.Vogel 在他的书中写道：

> 邓小平曾说，他要让人们记住一个真实的他。他希望人们好好地记住他，但不想让人们像吹捧毛泽东那样为他大唱赞歌。毛主席自视为功高盖世的皇帝，邓小平则从不自视为"天子"。他只想让人们记住他是一个凡人，是"中国人民的儿子"。

然而，对于这样一个领导人，人们却偏偏要说他"南巡"，难道人们一方面爱戴他，同时又用这个词来抹黑他，说他的行为类同皇帝吗？或者，使用"南巡"字样的人竟不知此词带有"封建印记"吗？都不是。真实的情况应该是那些舞文弄墨者和书报编审都在明知故犯或假装糊涂，有意让"邓小平南巡"、"南巡讲话"流行开来。就是说，即便邓小平不自视为"天子"，人们也宁愿让他当一次不是皇帝的"皇帝"，"南巡"一下。结果歪打正着，"南巡"成功了，邓小平却"被龙袍"了。

尽管如此，人们仍然不是在恶搞，而是在表示善意。

虽然，经过辛亥革命，封建帝制已经结束了近百年，但是，由于民主启蒙不彻底，民主制度不健全，民主思想没普及，现代公民社会尚未形成，封建家长制的根基仍然牢固存在。在中国民众意识深处，"好皇帝"情结挥之不去，在多数民众的观念中，往往分辨不清"中国大家庭"的"家长"和一个"革命领袖"之间究竟有多大差别。如果真要让他们在"好皇帝"和"坏民主"之间做一下抉择，也许他们真会宁肯投票给前者。就是说，社会心理中对于皇帝的"反动性"的认知，实际上并未达到革命意识形态所要求的程度。人们隐隐中倒是觉得，皇帝是贵人、能人、圣贤、英雄、大头目，值得崇拜向往；而邓小平扭转乾坤，再造中国，其权力、地位和功绩都远远超过皇帝了，让他"南巡"一下有什么不可以的呢？毕竟他是我们这个十三亿人的大家庭的总头头儿，康乾二帝不也就是大清国的头头儿嘛，可是康乾二帝的"南巡"哪有邓小平的"南巡"伟大！如果用"南行"、"南方之行"、"南方谈话"、"南方讲话"来指称，人们总觉得太轻描淡写，太一般化了，显不出"南巡"、"南巡讲话"等词语含有的无上权威意味儿。既然如此，那就说他是在"南巡"，"南巡"中的谈话就是"南巡讲话"。说了又能怎么样？果然没有"怎么样"，全体中国人民都接受了。

然而，"南巡"的使用并未止于此事。这个词既然那么好，那么就应当扩大它的使用范围。果然，"南巡"一词的用法还在发展。新世纪中又出现以下 3 种现象，都很有意思：

一是"南巡"不限于指邓小平 1992 年那次特别的南方之行，而是可指称邓小平的所有南方之行。2002 年解放军文艺出版社出版了童怀平、李成关所著的书，书名是《邓小平八次南巡纪实》。一次可以，其余七次当然也可以。

二是把"南巡"用在以往从未用过的毛泽东身上。2010 年中央文献出版社出版了赵志超所著的《走出丰泽园：毛泽东南巡纪实》。书中所述毛的南巡计 12 次，每章写一次，标题一律为"第 × 次南巡"。其中情由很简单：邓小平可以南巡，毛泽东难道不可以南巡？

三是把"南巡"用到新领导人身上。习近平在中共十八大上当选为总书记后，于 2012 年 12 月 7 日南下深圳视察，所走路线即邓小平 1992 年南巡的路线。对这次视察，网络媒体普遍称为"习近平南巡"。

看来，"南巡"一词在当代汉语中已经生根，并具有了"国家领导人到南方视察"的明确意义。无论中国官方和《现汉》对它看法和态度如何，都不能影响它的使用。

作为一个研究者，我本人原来很不认同上述"南巡"的新兴用法，更不欣赏通过这一"死词复活"事件所认知到的社情语义背景。然而，在全体社会的语言习惯面前，任何个人和机构的反对都是无效的。赵元任先生当年曾认为"习非成是"是使语言产生变化的"最强大的社会力量之一"，主张学者对语言问题的是非标准宜取明智通达的态度，因为"学者的工作就是记录习惯用法"[7]。因此我现在打算放弃原来的批评态度，而改为观察、分析和记录的做法。本人也希望《现汉》能放弃"视而不见"的回避态度，及时追上汉语的变化，忠实记录汉语事实，庶几不违背其一贯坚持的编纂宗旨。

三、"农民工"：矛盾的语义和歧视的称谓

"农民工"是中国大陆改革开放以后出现的最为庞大的社会群体。这个群体此外还有"农工、民工、打工仔／妹、进城务工者、外来务工人员、外来工"等名称，但"农民工"一词最为人熟知，不仅常用于媒体报道，而且已进入政府文件和学术论文，还被用为小说和电影的题名。2008 年中央电视台的"春晚"还曾表演过《农民工之歌》。据说"农民工"一词是中国社会科学院的学者张雨林在 1984 年提出的[8]。此词 1987 年已被收入沈孟璎编的《新词·新语·新义》。然而在长达 20 多年的时间中，它一直没被收入权威性辞书。直到 2012 年它才进入了《现汉》第 6 版。此时农民工的总数已达到 2 亿多人，指称新一代农民工的词"农二代"也已经流行好几年了。2009 年底农民工的群体形象已登上了美国《时代周刊》的封面。

为什么对这样一个举世瞩目的社会群体的名称，《现汉》的收载竟如此迟滞？是欠缺语料吗？是编者语感麻木了吗？显然都不是。可能是由于这个词的语义和感情色彩均有问题，使辞典编

7　参见赵元任《什么是正确的汉语》，《江西师范大学学报》1989 年第 3 期。

8　见《新周刊》第 294 期《乡村新辞典》的"农民工"条，2009 年 3 月 1 日出版，第 44 页。

者长期举棋不定，在观察等待。然而现在尽管已经收载了，问题依然存在。

首先，《现汉》对"农民工"的解释是"进城务工的农民"，这在语义上是矛盾的，在逻辑上是不通的。这是个偏正式复合词，"工"是中心语素，"农民"是修饰性成分。汉语词汇中类似结构的词语很多，如：

学徒工　包身工　童工　青工　女工　黑工　石工

泥工　车工　铣工　翻砂工　焊接工　环卫工

清扫工　月工　日工　临时工　固定工　正式工

这些词的"工"都指"工人"，其前的修饰成分多表身份、职业、工种义。据此，"农民工"似应这样理解才对：

农民工：从农民转变而成的工人

但是，《现汉》的那条释文，中心词却是"农民"。这与上举众多复合词中的"工 = 工人"的语义相矛盾。"工"怎么成了农民？农民工不是工人吗？他们大多在建筑、制造、采掘、环卫、服务等历史上向来被称为"产业"[9]的岗位上工作，不正是工人阶级的主体"产业工人"吗？在革命年代的革命话语中，这些岗位上的先辈们还曾是光荣的、先进的领导阶级"无产阶级"呢？怎么几十年一转世后又返归农民了？《现汉》向来以严谨科学著称，定义式释义从未犯过被定义概念与释文的中心词如此冲突的逻辑错误。莫非是一时的疏误或有意曲解吗？似乎也不是。因为

9　环卫、服务等行业现在已被归为"第三产业"。

与《现汉》作出类似解释的还有呢——

　　农民工：进城打工的农民。[10]
　　农民工：指到城市打工的农民。[11]

　　确实，把"农民工"解释为"……农民"并非疏误或曲解，而比较符合当下国人的认知理解。在上世纪 50-70 年代的中国，工人阶级是"领导阶级"、"老大哥"、"国家主人翁"，文革中一度还曾进驻过"上层建筑"，领导和改造知识分子，政治地位优越，工资待遇高，生活条件好，有城市户口，有社会保障。尽管其中不少刚从农村招来，但一成工人，身份感马上就不一样。至今老人们还留有如民谣中"五十年代嫁工人"的美好记忆。90 年代国企改革后，工人地位大不如昔，收入也难比不少行业，风光已经不再，但与农民工相比，在编在岗的"正式工"至少还有城市户口、固定工资、劳动保障、医疗保障等等。可农民工呢？他们不过是"从农民中雇的临时工"[12]，他们干完工程或过春节时都得回农村去，他们的农村户口就决定了"农民工就是农民"的理解。可见，上述词典对"农民工"的解释完全是一种社情语义，这样的语义正是以下一些社情背景中产生的：自上世纪 50 年代坚挺至今的城乡户口二元制、改革开放后在城市的飞速发展中庞大的农民工群体仍难以被吸纳的客观现实……等等。

　　对于"农民工"一词词义和结构的矛盾，沈孟璎女士早就认

10　见《现代汉语新词语词典》，亢世勇、刘海润主编，上海辞书出版社 2009 年出版。

11　见《全球华语词典》，李宇明主编，商务印书馆 2010 年出版。

12　见周洪波主编《精选汉语新词语词典》（于根元审订，四川人民出版社 1997）中对"农工"一词的释文：【农工】nónggōng 农民工。即从农民中雇的临时工等。（例略）

识到了，她在《新词·新语·新义》中对"农民工"的释义是：

> 偏正型合成词。名词。由三个语素构成。有层次性。先是"农
> 民"构成偏正型，然后同"工"组成偏正型名词。主要指进城
> 承包工程的乡镇建筑队成员。这些农民已经冲破传统的与土
> 地耕作联系的束缚，转向别的行业，但同国营工厂工人和国
> 营农场工人不同，所以特称"农民工"。

这条释文所说的情况除了"主要指……"一句的内容被后来
发展的事实突破之外，其他仍然合乎现在农民工的情况。就是
说，改革开放 30 多年了，"农民工"一词收入沈书 28 年了，人
们对"农民工"身份的识解，仍然是比照"国营"（现称"国有"）
而言的。不过，沈女士并未明言农民工就是农民，这是她的谨慎
之处，而 20 多年后收载此词的几部辞书都明确断定农民工的"农
民"属性，反倒令人觉得情理难安了。

然而，尤其令人不安的是，"农民工"是一个歧视性的身份
称谓。形成其歧视性语义色彩的社情背景有两个方面：一是农民
地位的沦落，二是农民工地位的尴尬。

中国是个农业国，在漫长的历史中，"士、农、工、商"四
民既是社会职业的划分类别，也是个人身份的识别标记。在儒家
思想主导的重农社会中，工商业既不发达，且时时受到朝廷的
抑制打击。因此"四民"之中"农"居于"工、商"之前，占了
第二位。然而实际上，"士"不具有独立的职业属性，它排在首
位，是因为对文化的掌握和传承而受到尊崇。如果略去"士"，
则"农"居于首。这种地位不仅是理论上的，也是现实中的。当
时的人们并不以务农为耻。在革命年代，工人阶级由于代表先进
的生产力，在理论上是"领导力量"；"商"由于和"资本主义"
相联系，时不时就成了革命对象，所以无论是"工农商学兵"还

是"工农兵学商",[13]"商"总是在"工、农"之后。在革命话语尤
其是毛泽东思想中,占农民大多数的贫农和下中农是革命的依
靠力量。"没有贫农,便没有革命。"[14]以至"贫农出身"一度成
了重要的政治资本。祖上"三代贫农"者"根正苗红",不仅光
荣,而且可靠,能获组织信赖,他人钦羡。因此,尽管在上世纪
50 年代城乡二元体制社会形成后,农民的境遇与城市居民相比
已差得很多,但至少 50-70 年代在公开场合没人敢丑诋农民。农
民地位的彻底沦落大约发生在上世纪 90 年代商品经济大潮中,
此时其他行业和阶层的经济状况均大有改善,少数人甚至已经
"致富",唯独"农民、农村、农业"由于种种复杂的原因境况反
倒恶化了,以致形成了令上下惊呼的"三农问题"。新世纪初中
国社科院陆学艺先生主持的一项"中国十大阶层"研究中,"农
业劳动者"(农民)按其社会地位已被排为"老九",仅高于垫底
的"城乡无业失业半失业者",而实际收入"老九"反不如"老
十"。[15]诚然,这种状况的造成,社会体制难辞其咎。然而,一
些"城市人"不仅无视农民的优点,反而盯住甚至夸大农民的某
些缺点加以嘲弄。每年"春晚"都有丑化歪曲农民形象的小品。
人们对看不上眼的某些可笑品性,即便未必源自农民,也要斥之
为"真农民"。"农民"俨然已成为一个贬义的形容词,几乎与"土
气、愚昧、落伍"成了同义词。

　　至于"农民工",既然来自农民,自然也受到了自视优越的

13　"工农商学兵"是从解放前到"文革"前社会的流行排序,文革中被改为"工农兵
学商"。

14　出自《湖南农民运动考察报告》,见《毛泽东选集》(一卷袖珍本)第 21 页,人民
出版社 1967 年版。

15　见陆学艺主编《当代中国社会阶层研究报告》,社会科学文献出版社,2002 年。

"城市人"的歧视。其实与在家务农者相比，农民工除了打工收入差强人意外，并无其他优势。相反，由于长期离乡离土却难以融入城市，受到现代化城市熏染后不愿返乡务农，他们实际上已成为中国的"候鸟"或"漂萍"，其身份和角色比守家务农者还要尴尬。2002 年时任总理的朱镕基在《政府工作报告》中已把农民工归入"弱势群体"。稍后一度普遍发生的农民工讨薪难问题甚至惊动了温家宝总理，以致曾亲自出面为农民工"讨薪"。多年来，尽管政府在权益维护、社会保障、地位改善方面为农民工做了不少工作，但城乡二元体制问题尚未见有根本性突破，农民工受歧视的状况仍然存在。一篇近期文章述及，一个在湛江的 20 多岁的打工仔顾永松"最讨厌别人喊他农民工"，"在顾永松的心里，农民工是个带有污蔑意味的词"。[16]

　　2006 年 3 月，《国务院关于解决农民工问题的若干意见》下发，其中明确指出："农民工是我国改革开放和工业化、城镇化进程中涌现的一支新型劳动大军"，"已成为产业工人的重要组成部分"。据此，关于农民工的社会身份的属性，在理论认识上似乎已经明确，不再有疑义，然而，作为称谓的"农民工"和作为社会问题的"农民工"，已经扭结成"执柯以伐柯"的关系，人们已经无法避开这个称谓来讨论这个群体问题。尤其严重的是：国务院这个文件在保护农民工的同时，也把"农民工"这个称谓以中央政府的权威话语形式固定化了。可是这种"固定化"，却犹如药物把疮疡变成了疤痕，固定在社会和语言的肌肤上，看上去总令人觉得不舒服。几年来，一些政府官员、"两会"代表在会

16　见程超泽《中国贫富差异透视》，《读者》2013 年第 1 期。

议上多次呼吁取消"农民工"称谓，还有一些学者撰文论证抛弃"农民工"称谓的必要，然而却未见效果。两亿多的"农民工"不叫"农民工"，如何区分传统的产业工人和这"新型"的"产业工人"呢？二者毕竟不是一回事儿嘛。可以推断，大概正是在这样的背景下，犹豫多年的《现汉》终于把"农民工"收载到2012年的第6版中了。但遗憾的是，它竟然无视上述国务院文件中对"农民工"的定性，依然把"农民工"定义为"农民"。为什么要这样做？这是很难猜想明白的。事已如此，笔者在此不想臆断《现汉》的用意，也不想代拟一条未必妥当的释文，只是把问题摆在这里，供各位明公深思。

馀论

通过以上3条"社情词"的分析可以看出，一些看上去很简单的词语往往具有相当复杂的社情语义背景。社会语言学兴起以来，以语言变异为研究对象的美国学派力图通过变项分析以建立语言变体与说话人的社会身份之间的规则性关联。这在实质上是通过对语言使用状况的精细的量化的描写来解释不同变体出现的社会因素，其中的社会因素仅限于说话人，即变体使用者。这样的研究适合于比较微观的语言现象，但不应成为社会语言学的全部。社会因素不仅表现为微观的个人现象，更表现为宏观的社会体制、社会意识形态和社会变革运动，而后者对语言单位的发生、意义和用法的变化的动力作用更具有根本性。社情语义背景的研究是一种追本溯源的解释性研究，这种对隐藏在语言单位发生和演化现象背后的社会动力性因素的揭示和描述更能满足人们对"为什么"的思考爱好。长期以来，对语言变异和变化的微观研究的注重已经造成了对推动语言变异和变化的社会背景的宏观研究的忽略，语言变异和变化的社会动力性研究已经成了可以大而化之的薄弱环节。注重社情词并加强其社情语义背景的分析可以弥补这一薄弱环节，可以使社会语言学的言语社区理论和研究实践更加丰富和完善。这是本文研究中的一点理论思考，当否望能获得明教。

【参考文献】

[1]　徐大明，言语社区理论 [J]，中国社会语言学，2004(1)。

[2]　毛泽东，毛泽东选集（一卷袖珍本）[M]，人民出版社，1967。

[3]　Ezra F.Vogel（傅高义），邓小平时代(中文电子版)[M]，冯克利译，香港中文大学出版社，2012。

[4]　阮次山，邓朴方评说父亲的"南巡讲话" [J]，书摘，2012(12)。

[5]　国务院，国务院关于解决农民工问题的若干意见 [EB/OL]。http://www.gov.cn/jrzg/2006-03/27/content_237644.htm（中国政府网）。

[6]　张慧瑜，农民工，暧昧的命名与尴尬的主体位置 [EB/OL]。http://www.culstudies.com/html/lilunqianyan/qianyanhuati/2011/1005/9607.html（文化研究网）。

[7]　艾君，提议抛弃"农民工"这个歧视性称呼 [EB/OL]，http://news.cctv.com/20061201/104644_1.shtml（央视国际）。

[8]　林萧，改"农民工"称谓先得完善保障机制 [EB/OL]。http://theory.people.com.cn/GB/49156/16694747.html（新华微博）。

[9]　田小琳，社区词与中文词汇规范之研究[J]，世界汉语教学，2002 (1)。

（戴昭铭　黑龙江大学汉语研究中心）

再論規範詞語、社區詞語和方言詞語

◎ 田小琳

　　我曾在《規範詞語、社區詞語、方言詞語》(收入周荐、董琨主編《海峽兩岸語言與語言生活研究》一書，香港商務印書館，2008 年) 一文中，從流通範圍、背景來源、構詞成分三個方面分析了三者的異同及相互的關係。本文重點以《全球華語詞典》(2010 年)《兩岸常用詞典》(2012 年) 收詞情況為例，並參考《現代漢語詞典》第 6 版 (2012 年) 收詞情況，繼續對規範詞語、社區詞語和方言詞語相互關係的問題作進一步研討。

一、規範詞語

1. 規範詞語的內涵

　　《全國科學技術名詞審定委員會公佈 語言學名詞 2011》(商務印書館，2011 年) (下文簡稱《語言學名詞 2011》) 沒有給"規範詞語"下一個定義。對"全民性詞彙""通用詞彙"所下的定義，可作為參考。全民性詞彙是指："為一個社會所有成員共同理解和運用的詞彙。例如'山''水''人''蔬菜''國家'。"(見該書 05.060) 通用詞彙是指："通行範圍廣、普遍使用的詞彙。例如'社會''報紙''電視'。"(見該書 05.064) 由此可推論，現代漢語規範詞語是指：為現代漢民族所有成員共同理解和運用，通行範圍廣且普遍使用的詞彙。它包含基本詞彙和一般詞彙。一般詞

彙又可包括歷史傳承詞、文言詞（古語詞）、新詞語、方言詞、
外來詞（含字母詞）、社區詞、行業語等等。

2. 規範詞語的外延

　　我們認為，已出版的大家公認的漢語詞典所收的詞語，都
在規範詞語的範圍之內，即均為規範詞語的外延。例如，中國社
會科學院語言研究所詞典編輯室編纂的《現代漢語詞典》，其 6
版收單字約 13000 個，收詞條約 69000 個，包括近年的新詞新語
約 4000 條。又例如，李行健主編的《現代漢語規範詞典》，收單
字約 12000 個，收詞條約 72000 個，新版含新詞新語約 6500 條。
以及商務印書館辭書研究中心編的《現代漢語學習詞典》等。

　　李宇明主編《全球華語詞典》收詞約 10000 條，收錄兩岸四
地及世界各華人社區內使用的華語詞語。主要收入 20 世紀 80 年
代以來各華人社區常見的特有詞語。

　　為進一步推動兩岸各方面的交流，消除交流中的語言文字
障礙，兩岸語言文字工作者攜手合作，編寫《兩岸常用詞典》。
台灣方面，中華文化總會主編出版的《兩岸常用詞典》收單字約
5701 個，收詞約 27187 條。在凡例中說明，"詞典收錄範圍以台
灣及大陸北京地區流通之詞語為主"，收錄以下五類詞語：(1)
兩岸共同常用的詞語。在詞典中居多數。(2) 同中有異的詞語。
(3) 同實異名的詞語。(4) 同名異實的詞語。(5) 屬於一方而常
用的詞語。大陸方面，李行健主編的《兩岸常用詞典》在凡例"條
目收錄"中說明："本詞典共收海峽兩岸常用的和屬於一方特有
的字和詞語約 42000 條，其中字頭 7000 個，詞語約 35000 條；
兩岸共用的占 85% 以上，其餘為兩岸有差異的詞語。" 由此我
們認為，這兩部詞典所收的詞語也絕大部分屬於規範詞語的範
疇。

3. 規範詞語的來源

　　規範詞語也隨社會的發展變化在不斷地發展變化中，在不斷地新陳代謝中。它從口語和書面語新組造的新詞新語裏，從文言詞語、方言詞語、社區詞語、外來詞語（包括字母詞）裏，吸收營養，豐富自己。這個大詞語庫，永遠可以滿足現代社會人們的交際需要。下面僅從規範詞語與方言詞語、社區詞語關係中，舉例來看詞語之間互動的生動情況。

（1）規範詞典吸收方言詞語並推動其使用

　　現代漢語的標準語普通話以北方方言為基礎方言，因而，北方方言從來就具有強勢方言的地位。《現代漢語詞典》中以往就收有大量北方方言的詞語，第 6 版吸收了東北方言"忽悠""嘚瑟"，則不足為奇。"忽悠"是增添了新義："用謊話哄騙"。隨着趙本山連年在春晚表演的小品的流傳，"忽悠"近年用得比較廣泛。對收入"嘚瑟"一詞，我原本總心存懷疑。認為"嘚"用了該字原來沒有的四聲，是為記方音的，未必適合進規範詞典。但是，在今年 2 月 16 日的香港《蘋果日報》上，看到一則小消息"未婚妻送吻 貝氏風騷"，是譯自英國《每日郵報》的，裏面說"義大利前總理貝盧斯科尼意圖東山再起，將參加本月 24 日至 25 日舉行的大選，雖然民望偏低，但他顯然未放在心上，日前一臉嘚瑟，跟小他 49 年的貌美未婚妻撐抬腳，27 歲的巴斯卡更送上香吻（圖），讓他甜入心。"照片上貝氏的表情，的確是"因得意而向人顯示，炫耀"的樣子，這個地方用上"嘚瑟"實在貼切。香港譯者都能選用此詞，說明詞典裏選用了方言詞語後，有利方言詞語在更廣的範圍內使用。這是好事。

(2) 規範詞語吸收社區詞語並推動其使用

　　《全球華語詞典》主要收各社區的社區詞語。《兩岸常用詞典》也收屬於兩岸一方流通而常用的詞，即大陸和台灣各自的社區詞。李行健主編《兩岸常用詞典》在凡例中就舉了"屬於一方特有的詞語"，例如，大陸的"離休、綠色食品、群眾演員"，台灣的"拜票、草莓族、嗆聲"。中華文化總會的《兩岸常用詞典》也在凡例中舉出"屬於一方流通而常用的詞語"，例如，"台灣：白目、假仙、博愛座、三不五時"，"大陸：廠休、離休、官倒、個體戶"。《現代漢語詞典》吸收港澳台的社區詞逐版增多，不下三四百條。商務印書館辭書研究中心編纂的《現代漢語學習詞典》列有社區詞語的條目，例如，新加坡的"組屋"出詞條（見1703頁），還設有知識窗"新加坡的組屋"。知識窗還對有些社區詞進行辨析比較。這些權威詞典吸收了社區詞，便推動了社區詞在更多的社區使用。

　　在語言生活中，香港社區詞樓花、信用卡、物業、寫字樓、按揭、供樓、供車、炒樓、炒金、炒股、炒魷魚、打工、打工仔、打工妹、傳媒、廣告人、影帝、影后、演藝、藝員、度假村、水貨、水客、人蛇、蛇頭、草根、白領、藍領、打工皇帝、成人電影、問題銀行、金牌司儀等等現在也都在大陸廣泛使用。這都與各類詞典收入這些社區詞有關。

二、社區詞語

1. 社區詞語的內涵

　　《語言學名詞 2011》給社區詞（community expression）下的

定義是："某個社區使用的,並反映該社區政治、經濟、文化的特有詞語。例如,中國大陸的'三講''菜籃子工程',香港的'房奴''強積金',台灣的'拜票''走路工'。"(見該書 05.103)我 1993 年提出"社區詞"的概念,2009 年出版《香港社區詞詞典》,到 2011 年《語言學名詞 2011》收錄社區詞詞條,社區詞終於得到權威機構確認。

2. 社區詞語的外延

《香港社區詞詞典》在"說明"中提出"社區"的概念,指出"在使用現代漢語不同的社區,流通着一部分各自的社區詞。""具體地說,同屬中國的領土,中國內地、台灣省、香港特別行政區、澳門特別行政區,在使用大量的共通的現代漢語詞彙外,還有一些各自流通的社區詞。海外華人社區使用現代漢語時,也會流通一些各自的社區詞。"

《全球華語詞典》給所收詞語劃分了具體社區,在詞典"凡例"中指出,該詞典所收的詞語約 10,000 條,主要收錄 20 世紀 80 年代以來各華人社區常見的特有的詞語,涵蓋中國大陸(內地)、港澳、台灣,新加坡、馬來西亞、泰國、印尼等東南亞地區,還有日本、澳大利亞、美國、加拿大等地區。比起任何一部詞典來,該詞典提出社區的概念,並在每個詞條下標明"使用地區",這是一個大突破,表明現代漢語規範詞語將十分重視全球華人社區的語言運用。這使得漢語詞彙研究的眼光大大開闊了,不局限在大陸詞語和各方言詞語的研究上。雖然編的是一部詞典,卻可以看作是漢語詞彙研究上的一個突破。

3. 兩岸四地社區詞語的產生及研究

（1）兩岸四地社區詞語產生和活躍的社會原因

　　近年，兩岸四地社區詞語十分活躍，究其原因，主要來源於社會的變革，中國自 1978 年開始，實行改革開放政策，對外開放，對內搞活，徹底結束了文革十年的動亂局面，也結束了政治運動不斷的局面。國策改變，以經濟建設為重點，開始了大刀闊斧的改革。只是三十多年的時間，中國真正發生了翻天覆地的變化，讓世界驚歎。中國的綜合國力大幅度提高，國民經濟總產值（GDP）世界第二，成為世界經濟第二大國，外匯儲備世界第一。無論在改革開放中出現和存在多少需要解決的問題，改革開放的成果是巨大的，特別在中央的三農政策實施後，國家面貌還在不斷發生變化，例如，2006 年國家取消了農業稅；西部建設加快；電器下鄉；城鎮化步伐加快，城鎮人口已經超過農村人口，這是綿延幾千年的農業國中國未曾出現過的新情況。再例如，網路信息的迅速發展，手持各類手機、用漢語拼音輸入中文計算機和發短信、天天上網的人數，是以千萬億萬來計。這和三十多年前，即便大中城市的家庭，也還沒有一部固網電話來比較，不是天壤之別嗎？

　　社會的巨大變化最早最快反映在語言的詞彙中。三十年來，出版的新詞新語詞典有幾十部之多，有綜合的，有分類的，有編年的，這些詞典所收詞條大部分是改革開放以來流通在中國大陸的社區詞語。社會變化有多快，有多大，詞彙變化就有多快，有多大。不用說文革時期流通的政治詞語，歷屆的“政治運動”詞語已經被我們的語言生活滌蕩乾淨，就是上世紀七十年代末八十年代初的詞語，也有很多不用了。像“萬元戶”一詞，當時有一萬元就很了不起,令人羨慕,現在誰還用這個詞呢?"億萬元戶"已經不是個別的了。《現代漢語詞典》第6版不收"萬元戶"這個詞,也就三十年,它已經成為歷史詞語了。改革開放這個大社會背景是大陸社區詞產生的源泉,是大陸社區詞活躍的根本原因。這是社會語言學值得關注的研究課題。

港澳地區社區詞語活躍,也和中國的改革開放政策有關。改革開放給港澳的工商界、金融界帶來無限商機。港澳同胞通過到大陸投資、開工廠、旅遊、求學、探親、訪友等各種方式,熟悉瞭解國情,支援國家建設。特別在1997年、1999年香港和澳門相繼回歸祖國後,香港和澳門成為國家的兩個特區,實行資本主義制度五十年不變,實行一國兩制、高度自治、港人治港、澳人治澳的政策,社會得到更快地發展。在政治、經濟、文化方面都產生了一批新社區詞,例如,"基本法、特別行政區、特別行政區長官、特區、特首、高官問責制、建制派、泛民主派、紅籌股、紅籌指數、中國企業股、中資機構、強基金"等。澳門在回歸後,博彩業得到飛速發展,市容煥然一新。有關博彩業的社區詞語反映澳門社會的部分特點。總之,香港脫離了英國的殖民管治,澳門脫離了葡萄牙的殖民管治,這是中國近現代史上中國人民雪恥的重大歷史事件,其社會深層的變化還會繼續發展。還應注意到,港澳社區詞在近三十年對現代漢語詞彙產生深遠影響,豐富了詞彙庫存,並在現代漢語詞彙架構中要占一席地位。這也是社會語言學值得關注的研究課題。因為一國兩制的體制在世界上是沒有的,特別在中國的兩岸四地有着不同的社會背景,這不同的社會背景還影響到語言生活,更是世界稀有的情況。因而我們要補充創新自己的理論系統,不能只去生搬硬套西方的一些理論。

台灣和大陸的關係近年得到很好的發展,兩岸已經實現通商、通航、通郵、通婚，在政治、經濟、文化、教育各方面進行了廣泛的交流。可以說，兩岸關係和平發展，由開創期已經進入鞏固深化階段，是六十年來最好的局面。迄今，兩岸有幾千萬人互相到訪，赴台觀光陸客上百萬人，台灣更有幾十萬人常住內地，這個社會大背景必定產生不少新詞。像"陸生""陸客""陸企""陸資"是台灣對大陸學生、遊客和大陸企業的簡稱。反映台灣政治生態的詞語，有"藍營""綠營"和一系列以"藍""綠"為構詞語素的詞族"深藍、淺藍，深綠、淺綠"；反映選舉文化的詞語有"月台、掃街、拜票、謝票、走路工"，這些都折射出台灣當地的政治生態。

　　海峽兩岸、兩岸四地社區詞語的產生和活躍，是社會發展的反映。如果社會是一潭死水，詞彙也會定格在那裏。

(2) 東南亞等亞洲華人社區的社區詞語研究

　　據有關歷史資料記載，早在兩千多年前，就有中國人到東南亞地區定居。唐宋時期人數大增。到了明朝中葉，東南亞就出現一些千戶規模的華僑聚居地。鴉片戰爭後，中國淪為半封建半殖民地社會，大批城市貧民、農民被迫遠渡海外謀生，在東南亞各國的華人華僑人數急劇上升。由此奠定了東南亞華人華僑至今仍然在海外華人華僑中佔據壓倒數量。目前亞洲各國（除中國外）居住的華僑華人，約占世界華僑華人總數的八成以上。據不完全統計：印尼 600 萬人，泰國 465 萬人，馬來西亞 509 萬人，新加坡 200 萬人，菲律賓 110 萬人等。以上數字僅供參考，統計的年份不同，可能會有出入。但是已經可以看出大致的面貌。

　　東南亞華人社區詞的研究成果，首推汪惠迪編著的《時代新加坡特有詞語詞典》(新加坡聯邦出版社，1999 年)，還有徐複嶺編的《泰國華語特有詞語例釋》(泰國留中大學出版社，2007 年)。

此外,《全球華語詞典》的編委會除設有大陸編寫組、港澳編寫組、台灣編寫組,也有新馬編寫組。詞典的榮譽顧問有新加坡李光耀資政,學術顧問有新加坡學者周清海教授,而且詞典是在周清海教授的倡議下編寫的,可見,新加坡對該詞典的重視程度。這部詞典對於新加坡和馬來西亞的一些特有詞語收錄比較充分。

(3) 歐洲、美洲、澳洲、非洲華人社區的社區詞語研究

由上文所述,歷史上中國東南沿海省份的移民,主要居住在東南亞各國,距離中國較近。這也和過去的交通不便有關係。自上世紀七十年代末中國改革開放以來,中國的移民潮,主要湧向美洲、歐洲、澳洲的發達國家。世界各地來去自由,交通已不成為問題。大家公認的移民潮有兩次,一次是上世紀七十年代末八十年代初,改革開放後,隨着對外開放不少中國人開始走向海外闖世界;一次是在上世紀九十年代,以赴海外留學為主要形式,主力為年輕人,其中一部分學成後定居海外,也有不少回國的"海龜"(海歸)。目前,又有一些新富階層與知識精英移民,是否成為第三次的移民潮,還有待觀察。據不完全統計,目前移民美洲約 300 萬人,其中美國 200 萬人,加拿大 71 萬人,巴拿馬 14 萬人;移民歐洲約 125 萬人,其中法國 30 萬人,英國 20 萬人,俄羅斯 6 萬多人,德國 4 萬人;移民澳洲約 30 多萬人,其中澳大利亞 30 萬人,新西蘭 3 萬人。

三四十年以來的移民潮值得關注和研究,移民潮對華人社區語言生活的衝擊,更是我們從語言研究角度應該特別關注的。可以推論,在各國形成的華人華僑居住區,一定會有適應這些社區的一批特有詞語。在《全球華語詞典》的凡例中,已說明詞典所說的華人社區也包括澳大利亞、美國、加拿大等地區,但資料不算豐富,比較零碎,總的來看,這些華人社區的社區詞研究領

域，目前多為未開墾的處女地，有待熟悉當地社會的學者去開發和研究。

4. 社區詞語的創新意義

（1）社區詞語在詞典編纂中受到關注

承認了社區詞語的客觀存在，詞典裏便要考慮選取容納。這要分兩個方面來說。一方面是編纂包含華人社區社區詞的大詞典。目前集大成的《全球華語詞典》就是一個例子。周洪波、趙春燕文章〈華語詞典編纂狀況〉透露，商務印書館正在着手進行《全球華語大詞典》系統出版工程，針對不同華語社區的不同需求，先出版各社區的特色詞語分冊。我建議根據海外人口分佈，可先着手編纂一批華人社區的社區詞詞典。例如《印尼通用華語社區詞詞典》、《泰國通用華語社區詞詞典》、《馬來西亞通用華語社區詞詞典》、《新加坡通用華語社區詞詞典》、《菲律賓通用華語社區詞詞典》、《美國通用華語社區詞詞典》等，這六個國家華人華僑人數都超過一百萬。

另一方面是在規範詞典中選取一定數量的社區詞語入典。選取時有一定的標準，例如，是由通用語素構成的社區詞，在該地區已廣泛流通，具有一定的穩定性，或有相當生動的修辭色彩，有語用價值。《現代漢語詞典（5/6版）》、《應用漢語詞典》、《現代漢語學習詞典》、《現代漢語規範詞典》都已收入少量的社區詞語，其中以港澳台的詞語居多。《兩岸常用詞典》也注意收錄了兩岸的社區詞。

（2）社區詞語成為多門語言學科交叉研究的內容

社區詞語顧名思義與社會區域有密切關係，它的產生源於社會區域。以"工程"這個詞為例,中國大陸自改革開放以來,注重經濟建設,"工程"作為詞綴構詞可謂鋪天蓋地,菜籃子工程、米袋子工程、送溫暖工程、五個一工程、希望工程、豆腐渣工程、面子工程等等,語義褒貶不一。"工程"也代替了"戰略部署"這個軍事用語。這些都與社會的變革發生着密切的關係。單是大陸社區詞語和社會六十多年來變革的關係就是社會語言學研究的好課題。

社區詞語反映各社區的特色,社區詞語的形成往往與人們的心理素質有關,還可以從心理語言學角度研究。例如,香港流通的社區詞語,常常喜歡用比喻、比擬、借代、誇張的修辭手法,像"草根階層、夾心階層、紅杉魚、大閘蟹、大鱷、鱷魚潭、金魚缸、豆芽戀、咖啡妹、飲咖啡、拍拖報、紙板員警、紙板導遊、打工皇帝、紅色炸彈、綠色炸彈、水泥森林、展翅計畫、小刀鋸大樹"等等,可以舉出幾百個例子。這是否反映香港人形象思維的活躍,和香港作為商業社會的性質很有關係;此外,香港中文報紙刊物多以百種,用語力求活潑生動以吸引讀者的眼球,這也提供了香港社區詞語產生的溫牀。

(3) 社區詞語有利兩岸四地和海外華人社區的交流溝通

兩岸四地使用的語言,海外華人社區使用的語言,都是老祖宗傳下來的漢語,或稱普通話、華語、國語。現代漢語的語音是以北京音系為標準的,這是大家的共識。會說普通話,所有的華人都能溝通。如果詞彙上能無障礙的交流,彼此都能瞭解一些華人社區常用的社區詞語,那麼,大家交流起來,就更加方便暢通了。這也是現代信息社會的需求。兩岸關係改善,人們需要瞭解"九二共識""汪辜會談""陳江會""海基會""海協會"的意思;港澳台同胞和海外華人到了大陸,知道"四套班子"是指誰誰誰，知道"米袋子工程""菜籃子工程"並不是老百姓去買米買菜那麼簡單。陸客到了台灣，要明瞭藍色和綠色分別代表不同的立場，"藍營""綠營"兩個陣營要分清。到了香港，要知道"金魚缸""大閘蟹""鱷魚潭"都和股票市場有關，叫你去"飲咖啡"原來是請你到廉政公署談話，是有疑而問，並不是什麼好事。對社區詞語的不斷積累，不斷學習，也反映一個人語言觀的開闊，以及社會閱歷的豐富。

三、方言詞語

1. 方言詞語的內涵

《語言學名詞 2011》給方言詞下的定義是："（1）是指存在於方言中的詞。例如，粵方言的'老豆'，吳方言中的'搗糨糊'。（2）指共同語中從方言裏吸收來的詞。例如，來源於粵方言的'埋單'、來源於吳方言的'聽刮'"。（見該書 05.108）

2. 方言詞語和社區詞語的混淆原因和二者區別

方言詞語和社區詞語產生混淆主要原因是方言詞語和社區詞語的地域背景有交叉。《語言學名詞 2011》給"漢語方言"下的定義是："漢民族語言的地域性變體。漢語方言的內部在語音、詞彙、語法方面都有自己的特點。《中國語言地圖集》把漢語方言分為官話、晉、徽、吳、湘、贛、客家、平話、粵、閩等十個方言區。"（見該書 07.003）這說得很清楚，方言是根據地域劃分的。而社區詞語是根據社會區域劃分的，上文社區詞語的定義也說得很明白，這個社區，指的是社會的政治、經濟、文化背景有區別的社區。中國大陸實行的是社會主義制度，遵循《中

華人民共和國憲法》，有自己完整的政治、經濟、文化體制；香
港和澳門是中國的特別行政區，1997 年、1999 年相繼回歸祖國，
實行資本主義制度五十年不變，實行港人治港、澳人治澳，高度
自治；台灣是中國的領土，實行的也是資本主義制度。同是實行
資本主義制度，港澳台的歷史背景、現實情況也有不同，所以要
分為不同的社區。從中國的角度看，方言區有上述十個，大社區
有四個（大陸、香港、澳門、台灣）。從華人世界的角度看，中
國以外的社區還有東南亞華人社區，美國華人社區，歐洲各國華
人社區，澳洲各國華人社區，非洲各國華人社區等等。

　　以香港和澳門來說，它們又屬於粵方言區；以台灣來說，
又屬於閩方言區。因而流通於港澳的粵方言詞語，在廣東大部分
地區也流通；流通於台灣的閩方言詞語，在福建特別是閩南地區
也流通。不能把這些方言詞語當作社區詞語。以《全球華語詞
典》為例來說。詞典中港澳地區的詞語不少來自粵方言詞語或粵
方言音譯詞語。粵方言是港澳地區的強勢方言，據人口統計資
料，香港有 90% 的市民母方言是粵方言，95% 的市民會說粵方
言。粵方言詞語對港澳地區社區詞語的形成會造成一定影響。但
是，還是要做細緻的區分工作。在《全球華語詞典》中，應控制
對粵方言詞語的吸收。例如：扮野、搵食、爆煲、崩仔、鏴車、
插水、掠水、收水、穿煲、穿櫃桶底、大鑊、大細超、吊威也、
風褸、乾濕褸、風頭躉、嗑毒、嗑藥、籠車立、缺德鬼、鬥水
喉、筍野、縮皮、飲勝等等，詞典中不下二三百條，都比較明顯
是粵方言詞語，有的還用了方言字。這和《全球華語詞典》的凡
例也不夠吻合。

　　中華文化總會楊渡先生在《盛世的文化饗宴〈兩岸常用詞
典〉出版》一文中說到："例如'土豆'在台灣意指花生，北京
話是指馬鈴薯；但此一說明掛上網後，有大陸網友來留言說：閩

南方言，土豆本就指花生，因此這並非台灣所特有，不應該成為
'兩岸差距'"。由這個例子可以同樣說明，閩南方言詞不能算做
台灣特有的社區詞語。

　　反觀中國大陸流通的社區詞語，受方言詞語影響則甚少。
可見，在不同社區流通的社區詞語與當地流通的方言的關係，到
底是親是疏，還要做進一步細緻的分析，不可一概而論。

【參考文獻】

[1]　李宇明主編 2010《全球華語詞典》，商務印書館。

[2]　中國社會科學院語言研究所詞典編輯室 2012《現代漢語詞典》第
　　　6 版，商務印書館。

[3]　中華文化總會 2012《兩岸常用詞典》，台北：財團法人國語日報社。

[4]　李行健主編 2012《兩岸常用詞典》，高等教育出版社。

[5]　李行健主編 2010《現代漢語規範詞典》第 2 版，外語教學與研究
　　　出版社。

[6]　商務印書館辭書研究中心 2010《現代漢語學習詞典》，商務印書館。

[7]　田小琳編著 2009《香港社區詞詞典》，商務印書館。

[8]　語言學名詞審定委員會 2011《全國科學技術名詞審定委員會公佈 語
　　　言學名詞 CHINESE TERMS IN LINGUISTICS 2011》，商務印書館。

[9]　教育部語言文字信息管理司 2012《中國語言生活狀況報告 2011》，
　　　商務印書館。

[10]　中華語文知識庫策劃 2012《兩岸每日一詞》，台北南方家園文化。

[11]　陳雄根、何杏楓、張錦少 2006《追本窮源 粵語詞彙趣談》，三聯
　　　書店（香港）。

[12]　曾子凡，溫素華 2008《廣州話對譯普通話口語詞典》，三聯書店
　　　（香港）。

[13] 曾子凡編著 1984《廣州話普通話口語詞對譯手冊》，三聯書店（香港）。

[14] 田小琳著 2012《香港語言生活研究論集》，人民教育出版社。

[15] 周洪波、趙春燕 2012《華語詞典編纂狀況》，刊於《中國語言生活狀況報告 2011》。

[16] 楊渡 2012《盛世的文化饗宴〈兩岸常用詞典〉出版》，台灣：《新活水》雙月刊第 43 期，2012 年 8 月。

[17] 文雅 2013《關於〈現代漢語詞典〉方言詞收錄原則的探討》，《語言文字週報》1508-1509 號，2013 年 1 月 16 日、1 月 23 日。

（田小琳　香港嶺南大學）

字母词的语境类型和读音考察[*]

◎邢向东

"在全球化、信息化时代背景下，随着我国对外交往和改革开放事业的深入发展，字母词的出现和使用是不可避免的，我们不应该简单地禁止它的使用，实际上也禁止不了。"（江蓝生2002）字母词是现代汉语词汇构成中的重要组成部分，它属于外语借形词的一种特殊形式，是外来词和缩略语两个词汇类型之间的交叉类型。字母词构成的基础是缩略语，大部分借自英语（极少数是希腊语字母），少部分为汉语自造。本文考察字母词的语境类型和读音，这是两个互有关联的问题。最后简单讨论字母词的读音规范问题。

一、字母词的语境类型

字母词可以根据使用的环境不同分为两类。

1. 第一类字母词只出现在书面上或特定语境中，口语中从不使用。这些词大多是汉语拼音的缩写或汉语拼音缩写与英文缩写的混合体。例如：铁路系统中，列车车身和车厢内的标记，都

---

* 本文在第七届海峡两岸现代汉语问题学术研讨会（2013.3.8-9，香港理工大学）宣读时，承蒙李志江、侍建国、李红印、姚德怀、商伟凡等先生指教，特此致谢。

是汉语拼音音节的缩写：

YW（＜ Yìngwò 硬卧）　　　　RW（＜ Ruǎnwò 软卧）

YZ（＜ Yìngzuò 硬座）　　　　RZ（＜ Ruǎnzuò 软座）

再如汽车牌号：WJ（＜ Wǔjǐng 武警）

再如部分电视台的文字台标，是汉语拼音音节缩写＋英语缩写：

SXBC（＜ Shǎnxī BC 陕西广播电视集团）

BTV（＜ Běijīng TV 北京卫视，同时标汉字）

CTV（＜ Chóngqìng TV 重庆卫视，同时标汉字）

SDETV（＜ Shāndōng ETV 山东教育电视台）

BTV KAKU 少儿 （＜ Běijīng TV KAKU 少儿，北京电视台卡酷动画 - 少儿，汉语拼音缩写＋英文缩写＋汉字）

这一类字母词只用于某些特定的行业，都是固定在特定对象的一定位置上的标记。一般人称说时，汉语拼音部分往往并不清楚该如何读，英文字母部分则按照英语的读法读出。其实大多数情况下这些字母词根本不需要读出来。由于对它们到底是否属于汉语词汇系统会有不同看法，所以这一类到底是不是字母词，还存在争议。

　　2. 第二类字母词既出现于书面语境，又出现在口语中，情况更加复杂。从数量看，它们占字母词的绝大多数；从构成看，有单纯的英文缩写，或单纯的汉语拼音缩写，或英文和汉字混合，或汉语拼音和阿拉伯数字混合，等等。

　　（1）英文缩写，又分为两种情况。一种是引进英语原缩略词，例如：

APEC(亚太经济合作组织)　　OPEC(石油输出国组织)

SAT(Scholastic Assessment Test , (美国) 学术能力评估考试)

WTO(世界贸易组织)　　　　WHO(世界卫生组织)

一种是用汉语短语的英文翻译构成的英文缩写，例如：

ECFA(Economic Cooperation Framework Agreement, 海峡两岸经济合作框架协议)

CEPA(Closer Economic Partnership Arrangement〔(我国内地与香港、澳门) 关于建立更紧密经贸关系的安排〕)

CBA(中国职业篮球赛)

（2）汉语拼音缩写：

HSK(汉语水平考试)　　　WSK(外语水平考试)

PSC(普通话水平测试)　　　RMB(人民币)

GB(国家标准)

（3）英文缩写和汉字混合：

B 超 (B 型超声诊断)　　　VIP 卡 (贵宾卡)

IC 卡 (集成电路卡)　　　　ATM 机 (自动柜员机)

AA 制　　　　　　　　　A 股 (人民币普通股票)

K 歌 (唱卡拉 OK)

（4）英文缩写和阿拉伯数字混合：

MP3　　　　　　　MP4　　　　　WIN7(WINDOWS7)

PM2.5(在空中漂浮的直径小于或等于 2.5 微米的可吸入颗粒物)

（5）汉字、英文字母和阿拉伯数字混合：

维生素 B2　　　　维生素 B12　　2B 铅笔

3D 电影（三维立体电影）　　　3G 手机（第 3 代手机）

4S 店（集汽车销售、维修、配件和信息服务为一体的销售店）。

（6）汉语拼音和阿拉伯数字混合，最典型的是火车车次的字母标号：

G88(88 次高速列车)　　　D53(53 次动车组列车)

T56(56 次特别快车)　　　Z20(20 次直达列车)

K1476(1476 次快车)

第二类字母词的语境特点是：既出现在书面语中，或特定的语境中（如车次号码印在车票上、火车站的电子通知牌上），又出现在口语中（如车次号码在火车站广播、列车广播、列车员口语中都要读出来），一般人也要称说它，因此都有读音，能够说出来。例如：

（1）内地人参加 SAT 考试得去香港。

（2）一年有两次 HSK 考试。

（3）甲：你今天坐哪一次火车上北京？

　　　乙：坐 G656 次。

二、字母词读音的现状

字母词的使用环境多样，它的读音情况也十分复杂。

从电视台、广播、一般人使用字母词的情况分析，字母词读音的基本规律是，大多数按照英文字母的读法读音（不一定是标准的英语读音），少数按照英文词的拼音规则读音（同上），极少数用汉语音节的读法来读，很少使用汉语拼音字母读音或呼读音来读。具体可分为以下几种情况。

1.少数字母词，字母的排列符合英语词的音节结构规则。其中有的是英语的 acronyms（缩略词），有的类似 acronyms，由于英语词的拼音规则比较规律，而且使用这部分字母词的群体为知识人群，大多有较高的英语水平，因此，这些词一般按照英语词的拼音规则来读。例如（以下国际音标放在方框中，汉语拼音放在方框外，并写成斜体。字母词的英语读音有各种汉语化的表现，见下文，此处只标注标准音）：

英语缩略词：APEC[eipek]　　　　OPEC[oupek]

SARS[sa:s]　　　　SAT[sæt]

汉语短语英译缩略词：ECFA[ekfa:]　　CEPA[sipa:]

有的英语缩略词已经有了汉语音译词，所以读音受到音译词的影响，在大多数人的口语中，读音可能不完全符合英语拼音规则，如"AIDS"，汉语音译词为"艾滋病"，因此读成 [aits] 的可能性更大，一般人不会读 [eidz]。"OPEC"的汉语音译词"欧佩克"与原英语缩略语的读音非常接近，绝大多数人倾向于使用音译词。这一倾向说明，这类词（不包括汉语短语音译缩略词）如果能逐渐创造出音译词，那将是最理想的归宿。事实上，"艾滋病、托福、雅思"等词已经将这个方向昭示得非常清楚。这种情况也说明了一个规律：可以按音节拼读的字母词最容易产生音译词，我们应当充分利用这一特点，及时为它们创制音译词，或推荐规范的汉语简称。（江蓝生 2012）

同时，其中一些词目前还存在拼音节、读字母两可的情况，如"SAT"，不同的人按照不同的规则读音。据笔者了解，有

108

的人按英语拼法读 [sæt]，有的人按字母排列读 [es ei ti:]。

另外，由于中国人不习惯阅读全部用大写字母拼写的英文词语，所以，对其含义并不理解的人，读字母的可能性更大，如"APEC"，不知其为"亚太经济合作组织"的人，恐怕只能按照字母读音。

2.字母的排列超出了英语词的音节结构规则，按照英文字母的读法来读。这部分词占字母词总数的绝大多数，没有分歧。例如：

NBA CBA AMB IBM WTO WEO CEO KTV

大多数"英文字母＋汉字"结构的字母词，其中的英文字母也基本按照字母的读音来读。例如：

U 盘 IC 卡 H 股 A 股 BB 霜（＜ Blemish Base） K 歌

3.由汉语拼音缩写而成的字母词，尽管数量不多，但类型和读音比较复杂。可以按照字母词的构成方式不同来分。

一种是先缩略后提取字母构成的，一般是按照英文字母的读法来读。例如：

HSK[eitʃ es kei] PSC[pi: es si:] WSK[dʌblju: es kei]

另一种是直接从汉语音节提取首字母形成的字母词，仍然按照汉语音节来读，这类词形式上类似英语的首字母缩写词（initialisms），读音却像英语的缩略词（acronyms）。例如：

RMB(rénmínbì 人民币。比较其英文翻译缩写词：CNY)
GB(guóbiāo 国标)

这类词的读音存在分歧。首先，外国人和中国人读法不

同，外国人更习惯读字母。就是中国人也存在差异，中国人中也
有将这些词直接按照字母音来读的，尤其是"GB"。可见，用汉
语拼音提取首字母构成字母词要极其慎重，否则就会给使用者带
来不必要的困惑。

4.英文缩写和阿拉伯数字混合的字母词，读音也存在两种
可能。大多数是用英文字母的读音加阿拉伯数字的汉语读音，如
"MP3"读 [empi:] sān，"MP4"读 [empi:]sì。"维生素 B2"读 [bi:]
èr，"F1"读 [ef] yī，"PM2.5"读 [pi: em] èr diǎn wǔ，等等。

少数是英语音节拼读加上阿拉伯数字的汉语读音，如
"WIN7"读 [win] qī。这就像上网时念网址一样，大多数中国人
会将 WWW.163.com 读成 [dʌblju: dʌblju: dʌblju:] diǎnr　yāo liù sān
diǎnr [kɔm]，或 sān [dʌblju:] diǎnr　yāo liù sān diǎnr [kɔm]。[1] 这种
将英文字母音、英语词音、阿拉伯数字音、汉语标点音串在一起
读出来的方式，中国人听起来一点也不觉得怪，体现了汉语所具
有的巨大包容性。

5.汉语拼音和阿拉伯数字混合构成的字母词，读音存在分
歧。比如铁路系统的各类车次，都是这样构成的。一般人多读
英文字母音加阿拉伯数字的汉语音，如"G20"读 [ʤi:] èrlíng，
"D53"读 [di:] wǔsān，而铁路系统的广播和铁路员工则一律读
汉语的音节，"G20"读"gāo èrlíng cì"，"D53"读 dòng wǔsān
cì。就笔者的观察，这种差异并未造成交流的障碍，似乎乘客和
铁路员工之间存在一种默契。这也是语言的包容性的反映。

1　　@ 在汉语口语中有 3 种读法：[æt]，"猴头"，"圈儿 a"，第三种又是一个汉字加
　　字母的字母词，但最为普遍。这个符号的读法应当统一。WWW.163.com 中的
　　"."也有 2 种读法：diǎnr，[dɔt]。

三、字母词的构词能力和"汉语化"

1.字母词与外来词的"层次"

有些字母词凸显了汉化外来词和非汉化外来词之间的差别，也充分反映了不同历史时期中国人对外来词的接受心理和接受程度。并且因此形成一些独特的词汇景观。比如"IC卡、IP卡、SIM卡、VIP卡"等，"卡"是英语"card"的音译，是已经汉化的外来词。一般人可能根本不知道或已经忘记它是外语音译词，所以，"卡"已经完全服了汉语的水土，组词能力很强，诸如"饭卡、金卡、银卡、银行卡、公交卡、校园卡、医疗卡、贵宾卡、电话卡、打卡、刷卡"等都是常用的词或短语，在"IC卡、IP卡"等"英文字母+卡"构成的词中，"卡"的构词作用和在"饭卡"中没有两样，它已经完全变成一个汉语语素了。其他如"的"（面的、拐的、的哥、的姐）、"吧"（话吧、酒吧、水吧、陶吧、吧台）、"巴"（大巴、中巴、小巴）等，与"卡"的情况相同，构词能力与日俱增。可以认为，汉化的音译词与字母词属于不同历史层次的外来词。

2.字母词读音的"汉语化"

以上谈的是字母词读音的"音类"问题，下面谈谈它的"音值"。

字母词是在汉语环境中使用的，由于语言系统的强大同化功能，绝大多数长期在国内生活的人在口语中使用时，都不同程度地发生了读音的汉语化。具体表现在声调、辅音、元音三方面。（参贾宝书2000，周一民2000）

声调方面，凡是字母词中"辅音+元音"、"元音+元音"音节结构的字母，一般人都在其音节上带上了声调，如"MP3"多数人念em pì sān，"IC卡"的"IC"念 āi sèi kǎ，"A股"念

ēi gǔ，"U 盘"念 yōu pán，"QQ"的读音声韵组合是"辅音＋元音"，但其组合方式突破了汉语音节结构规则，不同的人的读法就比较分歧，分别带平声和去声（声韵不论），读 kiūkiū 或 kiùkiù（两个字母的音节声调必须相同，还反映出汉语重叠规律对字母词的制约，见下）。但"元音＋辅音"结构的字母，尤其是汉语中不存在的结构，多数人说的时候不加声调，如"MP4"的"M"读 em，不带声调，"HSK"读 [eitʃ es kei⁵¹]，前两个字母不带声调，"K"读去声。汉语语音中每一个音节都带声调的规则对字母词表现出强大的制约力量。

　　辅音方面，浊辅音清化。汉语没有浊塞音、浊塞擦音，浊擦音只有一个不地道的 r[ʐ]，字母中出现浊塞音、浊塞擦音时，一般人会用相应的不送气清音读，浊擦音则能读出。如"NBA"读 [ən⁵⁵pi⁵¹ei⁵⁵]，"WTO"读 [tapliu tʰi⁵¹ ou⁵⁵]。还有些辅音的变化，如将英语的舌叶音转读成汉语的舌尖后音，则因人而异，英语水平较高的人遇到舌叶音往往会读出来，而不发舌尖后音。同时，读什么辅音还与个人的身份认同有关。

　　元音方面，对汉语中没有的元音，多数人也会做一些改造，使之符合汉语语音规律。如"WTO"中的"W"本来读 [dʌblju:]，但汉语化的读法是 [tapliu]，将元音 [ʌ] 转读成 [a]，[ju:] 转读成 [iu]。

　　在声调、辅音、元音三者中，最普遍的汉语化表现是音节加声调，其次是浊辅音清化，至于辅音、元音的其他变化，则因人群不同、交际环境不同而有所区别。对这个问题，可以进行社会语言学的考察。（薛笑丛 2007，邹玉华等 2007）

　　需要特别强调的是，汉语的语法韵律结构，也对字母词的读音表现出强烈的制约作用，如上举重叠式"QQ"读 kiūkiū 或 kiùkiù，两个字母的音节声调要么平声，要么去声，必须相同，反映出汉语名词重叠时的韵律规则对字母词的制约，再如，"AA制"读 ēiēizhì，重叠的字母同读平声，"PPT"读 pīpītì[2]，重叠的字母"P"同读平声（有的方言背景下读去声），正是汉语名词重叠的声调特征。这种读法，同汉语音译词将"DDT"译写成"滴滴梯"，"DDV"译写成"敌敌畏"如出一辙。

四、字母词读音的规范化

1.随着国人英语水平的提高和对外交流的扩大，随着语言开放意识的进一步增强，字母词在汉语中必定会逐步增加，这是谁都阻挡不住的一个必然趋势。与此同时，字母词的规范问题也早就提上了语言生活的议事日程。（郭熙 2001）那些对字母词一概拒绝，认为《现代汉语词典》收录字母词"违法"并将"危及汉语安全"的观点，显然是危言耸听，他们忘记了词典具有推行语言规范的功能。

笔者认为，字母词的词形规范比较容易，但读音的规范难度很大。

首先，要不要规范？既然字母词已经进入汉语的词汇系统，那么，它的意义、词形和读音就都要受到一定的制约。有的人可能认为，字母词在字形上使用了拉丁字母，那如何能受汉语规范的制约呢？其实，字形的规范也是存在的，如在书面语中

2　西北地区、晋语区的普通话多读 pipiti。这种差异反映出，即使同是讲普通话，不同方言背景的人读重叠式字母词时，其读法也可能受到母语的影响。这种情况类似于学习第二语言时的"负迁移"。再如"QQ"，标准的普通话读平声，晋语区的人则去声。方言背景不同的人按照自己方言中重叠词的连调规律来读它们的声调。不同方言背景对普通话某种特殊类型词的声调具有一定的制约作用，这是一个饶有趣味的问题。

使用时，字母词一律大写，就是一条规范（只有"e通道"等的 e
例外）。至于意义的规范，更是不言而喻的事情。因此，对语音
加以规范也是字母词规范的题中应有之义。

其次，如何规范？学者们对字母词的读音规范问题非常重
视，有多位学者提出各种不同的方案。如贾宝书（2000）提出为
字母词的字母建立一套汉语拼音注音方案，周一民（2000）提议
用北京音来读外文字母，这两种方案的共同特点是"英音汉读"，
强调字母词中英文字母读音的汉语化。李小华（2002）反对以汉
语拼音方案为基础来为字母词注音，她根据对使用字母词情况的
调查分析结果，认为字母词的读音规范应当以英文字母的标准读
音为基础。《现代汉语词典》（第六版）认为："在汉语中西文字
母一般是按西文的音读的，这里就不用汉语拼音标注读音，词目
中的汉字部分仍用汉语拼音标注读音。"（《词典》1750 题注）这
是根据字母词的不同来源推荐其读音规范。我们认为，字母词的
读音规范应当体现现实性和前瞻性。现实性是指，读音规范要建
立在实际使用情况的基础上，这是着眼于现实的考虑；前瞻性是
指，字母词现象是国际交流日益频繁、常态化的反映，今后它的
使用将更加频繁，那么其读音规范也应放眼未来，这是着眼于将
来的考虑。把这个问题搞清楚了，读音规范的原则就比较好确
定。

2.下面提出几个原则以供参考。

第一，字母词能否用汉语拼音字母的读音？理论上的回答
是肯定的，但语言实践的回答却是否定的。语言的根本属性是社
会约定俗成性。从这个立场来看，汉语拼音字母的读音在中国的
普及度太低，绝大多数中国人（包括几乎所有大中小学生）对它
很不熟悉，难以读出来。而且，不少汉语拼音字母的读音不是自
然的汉语音节，作为字母词的读音，掌握起来难度较大。因此，

即使像"HSK、WSK、RMB"这样的纯汉语拼音缩写或首字构成的字母词,其读音用汉语拼音字母的读音念也一定不能推行开来。[3] 硬性规定用汉语拼音字母的读法读也不符合新词语创造和使用的普遍性原则。

第二,用汉语拼音缩略成的字母词,应当用英文字母读法读,还是用汉语拼音的呼读音来读?

这可能是字母词读音中最有争议的问题。从来源和语言感情来说,那些用汉语缩略语构成的字母词,应当也可以用汉语拼音的呼读音来读。不过,目前的事实是,用英文字母读的人占大多数,用汉语拼音读的人占极少数(实际上趋近于零)。人们已经习惯并熟悉了用英文字母读出来的词。尽管大多数专家认为应当用汉语拼音呼读音,但实际口语中很少听到这样读字母词的。(李小华2002,徐来娣2004)我们用"HSK"一词在陕西师大对外汉语专业的本科生中做过测试,用汉语拼音读出来后,绝大部分学生不懂,而用英文读出来后,百分之百的人能明白。说明用英文读法可接受度高,汉语拼音读法可接受度低。因此,本人建议,这类词的读音规范可以两条腿走路:单独念字母时,用英文字母的读音读,采用汉语全称时,用汉语拼音来读。

有人主张,"HSK(汉语水平考试)、ECFA(海峡两岸经济合作框架协议)"之类,可以实行双轨制,书面上写字母词,口语

3　苏培成(2012)有一个小注说:"关于 HSK 的读音,我知道不少人是按英文字母的读法去念,但它是汉语拼音的缩略词,《汉语拼音方案》为拼音字母规定的汉语的名称,虽然没有推行开,写文章还应该提倡按汉语拼音字母的名称去读。"对这个观点,笔者有点疑惑:字母词的读音是个实际应用问题,既然没有规定汉语拼音缩略语一定要按照汉语拼音字母的读音去念,如果连字母表本身都推行不开,那么,与其提倡大家对一个使用频率颇高的字母词用汉语拼音字母读音去读,明知不可为而为之,还不如采取实事求是的态度,承认用英文字母来念的读法具有合法性,以免理论与事实脱节,造成不必要的混乱和不便。

中说汉语全称（这和我们上面所说的"两条腿走路"含义不同）。这种主张很难实行，因为字母词本质上是一种缩略语，是语言追求简洁的产物，书面语、口语对简洁的要求是相同的，而且有的字母词其全称很长，口语中说全称有违这个要求，因此恐怕行不通。

第三，字母词中的阿拉伯数字和用汉语音节首字母构成的字母词，是否可以用汉语音节直接拼读？首先，字母词中的阿拉伯数字，如"MP3"中的"3"，"4S店"中的"4"，完全可以用汉语音节来读，也必须用汉语音节来读。其次，用汉语音节首字母组成的字母词，如"GB"，"Z19"中的"Z"，因为是从汉语整体音节中提取首字母形成的，换句话说，是从汉语语素中提取其首字母而形成的，该字母与汉语语素直接相连，因此应当提倡用汉语音节的读法来读。这些词的读音，应当让外国人适应中国人，或者中国人和外国人采用不同的读法，而不是相反，让中国人适应外国人。

第四，符合英语音节拼合规律的字母词，用英语音节的读法来拼读，不符合英语音节拼合规律的字母词，一律用字母的读法读。这既是现实，也应形成规范。

【参考文献】

[1]　郭熙 2005　字母词规范设想，《辞书研究》第 4 期。

[2]　贾宝书 2000　关于给字母词注音问题的一点思考与尝试，《语言文字应用》第 3 期，77-80。

[3]　江蓝生 2012《现汉》收录字母词违法之说不值一驳，《中国社会科学报》2012 年 9 月 5 日语言学版 B01 版。

[4] 李小华 2002 再谈字母词的读音规范,《语言文字应用》第 3 期, 93-99。

[5] 李宇明、刘涌泉、陆俭明、汪惠迪、孙宏开 2013 词典收录字母 词问题笔谈,《中国语文》第 1 期, 77-85。

[6] 苏培成 2012 谈汉语文里字母词的使用和规范,《中国语文》第 6 期, 568-573。

[7] 徐来娣 2004 也谈汉语"字母词"的读音问题 —— 由外语"字母 词"相关情况得到的启发,《南京社会科学》第 4 期, 90-93。

[8] 薛笑丛 2007 现代汉语中字母词研究综述,《汉语学习》第 4 期, 62-69。

[9] 原新梅 2005 台湾的字母词语及其与大陆的差异,《河南大学学报 (社会科学版)》2005 年第 6 期

[10] 曾德万 2009 字母词读音管见,《牡丹江教育学院学报》第 2 期, 39-40。

[11] 中国社科院语言所 2012《现代汉语词典(第 6 版)》,商务印书馆。

[12] 周健、张述娟、刘丽宁 2001 略论字母词的归属和规范,《语言文 字应用》第 3 期, 95-99。

[13] 周一民 2000 VCD 该怎么读 —— 谈谈英语字母的普通话读音,《语 文建设》第 6 期, 16。

[14] 邹玉华、瞿国忠、董春萍 2007 字母词在当代汉语中使用状况的 分析,《佛山科学技术学院学报》第 2 期, 36-41。

(邢向东　陕西师范大学文学院)

汉语新词语的规范问题

◎杨琳

提　要：一般来说，对字形和字音可以制定硬规范，但对词汇就
难以制定硬规范，对新词语更是如此。和谐社会无疑也
包括和谐的语言生活，和谐的语言生活允许人们有新创
词语及使用新创词语的自由，允许语言异质因素的存
在。语言发展的历史表明，语言是不可能纯洁的。所
以，对普通新词语，可以采取顺其自然的态度，让语言
自我调适。对特殊新词语，如科技术语、法规术语、重
要人名、地名的翻译，这些词语指称的内容具有严肃
性，应该强制规范，否则会对社会生活造成危害或不
利。文章认为指责《现汉》第 6 版收录字母词毫无道理。

关键词：新词语；词汇规范；语言纯洁性

　　语言文字需要规范，在信息化的时代语言文字的规范尤为
重要。但哪些需要规范，哪些不需要规范，哪些可以制定硬规
范，哪些仅仅有一个软规范就足够了，这要根据社会需求及语言
文字自身的特点来进行，而不能根据个别人的好恶来定夺，这是
语言文字工作者及政府有关机构首先应该弄清楚的。一般来说，
对字形和字音可以制定硬规范，但对词汇就不宜或难以制定硬规
范，对新词语更是如此。这主要是由两个方面的原因造成的。

其一，词汇是语言中最活跃的成分，可以说是处在日新月异的变动之中。从根本上来说，词汇的变化莫测来自社会生活的变动不居，来自语言使用者对新奇表达的不断追求，新词语不过是对这种生活变化及新奇追求的反映而已。社会生活的变化我们是无法掌控的，人们对新奇表达的不断追求我们是无权干预的，实际上也是无力干预的，这就决定了对新词语也就难以制定规范。

其二，语言的本质属性是约定俗成，这就意味着语言发展演变的最终决定权不是个别专家，也不是各级政府，而是广大的语言使用者。历史的经验已经反复证明了这一点。上个世纪50年代初，吕叔湘和朱德熙在《人民日报》上连载《语法修辞讲话》，层次不可谓不高，影响不可谓不大，而当时的政治环境和思想意识又是高度的统一，但他们当时视为不规范的一些词语，后来却是一直流行着，人们已经习以为常了。如当时认为"战机""劳改""纠偏""劳保""利废""文体"等词都是生造的，不合规范，不应使用，然而这些词都流行了开来。1979年《语法修辞讲话》出了个修订版，对50年代错判的例句进行了修改。然而修订版判为不规范的一些词，如"放置""省地"（省委和地委）"演职员""长短处""断墙残垣"等，今天也已司空见惯。我们对"断墙残垣"的说法是否通行没有把握，便在一些严肃的大报上进行了检索，结果表明这种说法屡见不鲜。如：

当我们流连于圆明园的断墙残垣之间，那种满目疮痍的
历史沧桑感，会使我们深深震撼和思考。(《光明日报》
2005年5月27日B1版)
抚摸着在风雨中渐渐蚀灭的摩崖，踩踏在只留下断墙残垣的
寺庵。(《光明日报》2007年3月17日第5版)

一边是劫后的断墙残垣，一边是海浪依然拍打着的巍巍青山。(《人民日报海外版》2005 年 03 月 21 日第 7 版)

温家宝不顾余震，踩着遍地瓦砾，沿着断墙残垣仔细察看灾情。(《京华时报》2007 年 6 月 7 日第 2 版)

在杭州市耶鱼禾堂弄 3 号的司徒雷登故居现场，记者看到，故居已仅剩一堵空荡荡的断墙残垣。(《江南时报》2000 年 3 月 28 日第 4 版)

看来"断墙残垣"在我们的语言中站住了脚跟。仔细一想，也并非没有道理。既然"揠苗助长"、"有始有卒"、"金科玉条"可以改造为"拔苗助长"、"有始有终"、"金科玉律"，"断壁残垣"为什么就不能改造为"断墙残垣"呢？

2012 年，随着电视连续剧《甄嬛传》的热播，中国数亿观众知道了甄嬛这个历史人物。由于剧中把甄嬛读作甄 huán，大家也跟着这么说。谁料《咬文嚼字》杂志在年末盘点 2012 年语文差错时，说"嬛"读 huán 是错误的，应该读 xuān，舆论一片哗然。从学理上来讲，《咬文嚼字》杂志说的没错。不过有些人质疑说：几亿人读错的音还能算是"错"吗？这一质疑值得我们深思，它给我们提出的问题是：语言文字的是非究竟由谁决定？事实上，《咬文嚼字》的"纠错"也无力改变众口说"甄 huán"的现实。读音如此，词汇亦然。

人们对新词语的指责主要有三点。

一是说有些新词语不合逻辑。如有些人认为把"非物质文化遗产"简称为"非遗"不合逻辑，因为"非遗"字面上是"不是遗产"的意思，所以这样的简称不应接受。这种看法没有考虑到语言的本质属性是约定俗成，而非逻辑事理。荀子早就说过，"名无固宜，约之以命，约定俗成谓之宜，异于约则谓之不宜"

（《荀子·正名》）。按照约定俗成的原则，只要是大家都认同的词语，都喜欢用的词语，它就是正常的，个别人是无法废除的。以前有些学者曾批评"打扫卫生"、"恢复疲劳"、"养病"之类的说法不合逻辑，结果却是这些说法依然我行我素。有些人指出"戴（套）上紧箍咒"的说法是错误的，因为"咒"是念的，不是戴（套）的，这一看法不能说毫无道理，但道理归道理，并不能阻止"戴（套）上紧箍咒"说法的流行。"未婚妻"一词字面上也不合理，因为"妻"含有"已婚"的义素，它跟"未婚"是矛盾的，但这不影响大家对这个词的理解和使用。"邮政编码"最初使用简缩词的时候有"邮编""邮码"两种形式，字面上"邮码"更有理据，所以有些语言学者推荐使用"邮码"，但从使用情况来看，"邮编"占了上风，"邮码"基本上被淘汰了。由此可见，要求新词语必须合乎逻辑的想法只是个别学者的一厢情愿，并不能决定新词语的命运。

二是认为语言中已有现成的词语，无须再新造或引进意义相同的词语。如已有了"微型"，无须再来个"迷你"；有了"照片"，无须再来个"写真"；有了"盒饭"，无须再来个"便当"；有了"表演"，无须再来个"秀"，等等。如今在一些城市出现了名为"××洋裁"的店铺，有人就指责说这是滥用日语词语，因为完全可以用"西式服装裁缝店"之类的名称。有这种想法的人是在用静止的思维模式来考虑问题，而没有认识到词汇发展的特点就是不断地推陈出新。同义表达手段的丰富不但不是语言的缺点，反而是语言表现力强的标志。我们何必对这种词汇发展的正常现象指手画脚呢？修辞学的主要任务就是从多种同义形式中选择切合题旨情景的形式，如果没有丰富的同义词，修辞学也就难为无米之炊了。

三是认为有些新词语污染汉语，破坏了汉语的纯洁性。这主要指两种情况。

（一）新词语表现粗俗低级的情调。如社会上用"太平公主"戏称胸部平坦的女人，有些人认为这是个对女性进行侮辱和挖苦的粗俗词语，应作为语言垃圾加以扫除。类似的还有"二奶"、"小三"、"蛋白质"、"恐龙"等。

（二）字母词。这有汉语原产和外语引进两类。汉语原产的如 GB（国家标准）、HSK（汉语水平考试）、"D 字头"（动车组）、"M 型社会"（高收入者和低收入者占多数、中等收入者少的社会）、"GG"（哥哥）、"MM"（妹妹或美眉）等。外语引进的则占大多数，如 ok、sorry、pose、out、vip、BBS、DIY、DNA、IC 卡、PC（个人电脑）、GDP、ATM 机等。汉语原本没有字母，这类词进入汉语确实使汉语没原先纯洁了。大多数中国学者认为保持汉语的纯洁是理所当然的。1951 年 6 月 6 日，《人民日报》发表的社论就叫《正确地使用祖国的语言，为语言的纯洁和健康而斗争！》，50 年后的 2010 年 6 月 6 日，《人民日报》又发表一篇评论员文章，叫《为祖国的语言的纯洁和健康继续奋斗》，可见学者们对汉语纯洁性的重视。

语言纯洁性的具体内涵是什么，没有人做过明确的界定。如果说上面两种现象是不纯洁的表现的话，那么，想要保持语言的纯洁性几乎是不可能的。

我们没有权力禁止人们创造或使用粗俗词语。粗俗是一种社会现象，词语只是应表达的需要产生而已。如果不能消除粗俗现象，怎么可能废除粗俗词语呢？镜子照出了脸上的污垢，禁止使用镜子是无济于事的。试观世界上的各种语言，哪种语言没有粗俗词语呢？而且所谓"扫除"不知是怎么个扫法。即使做到词典不收，甚至书面上不让出现，并不等于粗俗词语不存在。可见所谓扫除粗俗词语，不过是在玩掩耳盗铃的游戏而已。在文学形象的塑造上，为了生动地展现人物个性，有时反而要运用粗俗词语。《水浒传》中李逵嘴里的那些粗俗词语如果都换成文雅的表述，还有李逵这么个个性鲜明的人物吗？

字母词具有创造简便、使用简洁、形式新颖的特点，我们的语言是不可能拒绝采用的。像韩国品牌 LG、美国苹果公司的平板电脑 iPad、中国品牌 TCL、即时通讯工具 QQ，等等，都没有相应的汉字名称，非要翻译成汉字，有可能造成指称上的混乱，或者表述很不经济，最终恐怕难逃失败的命运。从 2012 年开始，中国各城市的空气质量监测中增加了 PM2.5 的指标（PM 是英文 particulate matter 的缩写），于是 PM2.5 很快成了一个广为人知的气象术语。虽然 PM2.5 也有"可入肺颗粒物"的译名，但后者几乎无人知晓。无论书写的简便性、表义的明晰性还是国际通用性，"可入肺颗粒物"都不如 PM2.5。又如电脑使用中的这段说明文字："选择文件时，想选择若干连续的文件，先单击第一个文件，然后摁住 shift 键，再单击最后一个文件，首尾之间的所有文件都被选中。"这里的"shift 键"没有汉语名称，即便翻译为"移动键"，也不如"shift 键"方便，因为键盘上能找到 shift，而找不到"移动"。面对这样的现实，我们怎能让汉语纯洁？如果让人们在"脱氧核糖核酸"和"DNA"之间做出选择，在"电子计算机 X 线断层扫描技术仪"和"CT"之间做出选择，我想大多数人会选择"DNA"和"CT"，事实上也是后者流行。中国有一句家喻户晓的格言，叫"实践是检验真理的唯一标准"，我们的语言实践已经表明字母词是无法拒绝的。既然这些新词语都不是我们所能控制得了的，那我们高喊维护纯洁性岂不只是一句空洞的口号？语言是为人们服务的工具，便利性是任何工具所追求的目标，为了纯洁而限制便利，岂不是跟事物发展的规律背道而驰？别忘了，汉语中的数字原来是用汉字记录的，计算很不方便，二十世纪初引进阿拉伯数字，不但书写简便，更重要的是演算快捷，很快流行开来。按照纯洁论者的观点，我们是不是要放弃阿拉伯数字回到汉字记数的传统？如果更为极端的话，汉字的使用是不是要回到甲骨文？

　　语言发展的历史表明，语言是不可能纯洁的。美国语言学家萨丕尔指出："语言，象文化一样，很少是自给自足的。交际的需要使说一种语言的人和说临近语言的或文化上占优势的语言的人发生直接或间接的接触。"[1] 姚小平认为，"一种语言对内需要维持足够的方言变体，对外则需要与其他语言接触，借此获取异族语言的成分，改进自身以适应时势和环境。只有不惧变异与混合、善于演进及适应的物种和语言，才有强大的生命力和竞争力。""无论对内对外，一种世界语言都应当有宽容的精神：对自身内部的差异要宽容，不拒方言、不斥俚俗，不自命科学正确，不借法令强立规范；对外来语词宜宽容，不怕混杂、不畏浸染，摈弃保护主义心态，不以语言纯净而自得自喜；对大陆以外的各种差异也应宽容，认可各种区域变体（如港澳普通话、台湾普通话），而不必一味求同。"[2] 这种观点是符合语言发展演变的规律的。目前世界上叫喊纯洁民族语言最为起劲的当属法国政府，殊不知法语原本就不纯洁。一项对大约 5000 个法语词根的研究报道指出，约有 2000 多个词根源自拉丁语，1000 多个词根源自希腊语，750 多个词根源自日尔曼语（包括从德语、荷兰语、斯堪的那维亚语，尤其是英语借入的词），100 多个词根源自塞尔特语，400 多个词根源自其它罗曼语系（意大利语、西班

1　（美）萨丕尔：《语言论》，陆卓元译，北京：商务印书馆，1985 年，第 120 页。
2　姚小平：《语言的生存竞争和自然选择》，《中华读书报》，2012 年 6 月 6 日第 18 版。

牙语、葡萄牙语），200 多个词根源自闪语系（阿拉伯语、希伯莱
语、亚兰语），另有 200 多个词根源自其它语言（斯拉夫语、东
方语、斐语、波里尼西亚语、美国印地安语）[3]。目前法国政府见
于英语对法语的大量渗透，制定了一系列的法语保护政策，但成
效甚微，正如法国著名哲学家塞尔（Michel Serre）所说的，"现
在巴黎街道上的英语词汇比纳粹占领时期的德语词汇还要多"[4]。
英语其实比法语更不纯洁，英语词汇中的外语借词高达 80%[5]，
简直就是个借词语言，但这种不纯洁并没有妨碍英语成为世界上
最流行的语言。中国的许多民族语言都从汉语中借用了大量的词
汇，白语中的汉语借词占其词汇的 60% 以上，壮语的日常用语
中汉语借词占 40% 左右，科技、时事类内容中汉语借词在百分
之六七十以上[6]，但这些语言的使用者并没有觉得他们的语言有什
么不正常，或者使用上有什么不方便。目前的中国社会相对于西
方社会来说文化上处于弱势，外来词的持续引进是不可避免的，
其中自然包括字母词。可见，要求语言纯洁，好比要求女子永远
当处女一样，是不切实际的空想。苏培成指出："语言的特点本
质是它的基本词汇和语法结构，字母词的增加不会改变汉语的基
本词汇和语法结构，汉语也不会变成不汉不英的语言。'水至清
则无鱼'，绝对纯净的语言是不存在的。不要让语文规范变为语
文的'洁癖'，语文'洁癖'妨碍中外文化的交流，妨碍语文的发

3　伊人：《为什么法语和英语有这么多相似的单词？》，新浪网，2006 年 7 月 25 日，
　　http://iask.sina.com.cn/b/5668951.html

4　王菁：《法国团体呼吁政府拯救母语 抵制英语"入侵"》，中国日报网，2010 年 1
　　月 11 日，http://www.chinadaily.com.cn/hqgj/2010-01/11/content_9296617.htm

5　秦秀白：《英语简史》，长沙：湖南教育出版社，1983 年，第 131 页。

6　孙宏开等主编：《中国的语言》，北京：商务印书馆，2007 年，第 525、1113 页。

展。"[7] 这是符合语言发展规律的评判。达尔文告诫我们说："不曾在某种程度上发生变异和改进的任何类型大概都易于绝灭。因此，我们如果注意了足够长的时间，就可以明白为什么同一个地方的一切物种终久都要变异，因为不变异的就要归于绝灭。"[8] 这虽然是针对生物而言的，对作为生物的人所使用的语言而言也是同样的道理。

有人说在汉语环境里使用英语词语违犯了《中华人民共和国国家通用语言文字法》，这帽子扣得够大的，也够唬人的。我不清楚汉语环境中使用个别英语词语违犯了《国家通用语言文字法》的哪一条款。《国家通用语言文字法》第二章第十一条反而有这样的规定："汉语文出版物中需要使用外国语言文字的，应当用国家通用语言文字作必要的注释。"这说明《国家通用语言文字法》是允许在汉语环境中使用个别外国词语的，只是要求附上汉语注释。注释其实也只是在使用初期有必要，等大家熟悉了外国词语，注释也就多余了。我们还应明白，这部法律针对的是"通用"场合，如国家机关、学校、广播电视、公共服务行业等，并不适用于网络聊天之类的私人场合。退一万步讲，如果字母词的使用真的与《国家通用语言文字法》的有关规定相抵触，那我们是根据现实状况及现实需要去调整十多年前制定的法律呢，还是用十多年前的法律来改变现实？是削足适履还是改履适足？我想明智的人不难做出正确的选择。

新修订的《现代汉语词典》第 6 版刚一问世，就遭到一百多

7　苏培成：《汉字前进的目标：规范、易学、便用》，《文字学论丛》第 6 辑，北京：线装书局，2012 年，第 31 页。

8　（英）达尔文：《物种起源》，周建人等译，北京：商务印书馆,1997年，第385页。

126

名学者的联名举报，举报信被分别送到了新闻出版总署和国家语委[9]。举报者称第 6 版收录了 239 个西文字母开头的词语，违犯了《国家通用语言文字法》等法规。如果举报者不是想哗众取宠的话，那就只能认为是对语言发展规律的无知。历史的浪涛自然会将这种逆流而动的浮沫轻轻拍在沙滩上。

有些人认为在大众传媒中使用英语词语对不懂英语的人不公平。这种看法也未免片面。大众传媒上的用语不可能做到让所有的人都一听就明白，一看就知道。喜欢篮球运动的人看到"NBA"，恐怕没有人不知道其含义；对篮球毫无兴趣的人看到"美职篮"，想象为"美丽的花篮"或"美丽的职业货篮"也未可知。对电脑一无所知的人来说，你把 CPU 改成"中央处理器"，他照样不知所云。对不知 MP3（Moving Picture Experts Group Audio Layer III）为何物的人，你翻译成"动态影像专家压缩标准音频第三层面"还不是一头雾水？大众传媒上的内容是形形色色的，不同的内容针对的是不同的受众，只要特定的受众能理解字母词（或英语词），也就意味着语言交际功能的顺利实现。要求对特定内容不感兴趣、不具备有关知识的受众也能理解特定内容的所有词语，这是没有道理、也是没有意义的。

对不符合旧有习惯的事物，人们一开始往往会有抵触心理，但接触的多了，也就安之若素了。当中国人最初见到金发碧眼的西方人时，看着很不顺眼，贬称之为"红毛鬼"，时至今日"红毛"反而成了时尚。对新词语，我们应抱有宽容的态度，把选择权交给大众，交给时间。比如"大哥大"、"手提电话"、"移

9　张菜：《百余学者举报新版〈现代汉语词典〉违法》，《北京晚报》2012 年 08 月 28 日第 19 版。

动电话"、"手机"这几个同义词，最初"大哥大"很流行，但如今则成了"手机"的天下，这是一个自然选择的过程，无须人为干预。近来"肇事逃逸"的说法被简缩为"肇逃"。如《今晚报》2010 年 1 月 23 日："交警汉沽支队办案交警 1 小时破获一起交通肇逃案，醉驾肇逃的毕某被公安汉沽分局依法处以行政拘留 20 天。""肇逃"一词能否通行开来我们只能拭目以待。考虑到肇逃现象的频发性及语言经济原则的要求，这个词有流行开来的可能性，但这也仅仅是估测而已，我们无法左右它的命运。

另一方面，新词语大多属于昙花一现，来也匆匆，去也匆匆。周荐主编的《2006 汉语新词语》（商务印书馆 2007）共收录 2006 年新产生的词语（包括旧词新义)172 条，其中的很多词语今天已难觅踪影，如"白银书"、"半糖夫妻"、"吊瓶族"、"废统"、"海缆断网"、"啃椅族"、"垄奴"、"陪拼族"、"7 时代"、"穷人跑"、"人球"、"微笑圈"等。前两年铺天盖地的"神马"（"什么"的谐音）如今就已经不多见了，看样子用不了多久就会寿终正寝。目前青少年喜欢说"hold"（掌控）和"控"（特别喜欢某种事物的人），如可以说"hold 住"（掌控得住）、"hold 不住"（掌控不住）、"大叔控"（喜欢年龄大的成熟男人的人）、"丝袜控"（特别喜欢丝袜的人）等。"hold"是英语词汇的直接借用，"控"据说是日语对英语"complex"（情结）一词第一个音节"com"的音译，日语汉字中写作"控"，汉语从日语中借用了过来。这类词往往时髦一阵后会销声匿迹。根据教育部语信司发布的《2011 年中国语言生活状况报告》，2006 到 2010 年共搜获年度新词语 2977 条，在 2011 年的语料中，这些新词语年使用频次在 10 次以上的只有 40%，有 1/4 低频使用，其余则已隐退¹⁰。估计年使用频次在 10 次以上的 40% 新词语当中，2010 年的新词语要占大多数，因此，随着时间的推移还会不断衰减。新词语的这一特点也表明没有对其制定规范的必要性。规范总是滞后的，我们的规范还没有出台，新词语可能"俯仰之间，已为陈迹"，我们又何必劳神费力而不讨好呢？

那么对新词语是不是可以放任自流呢？对普通词语，我认为基本上可以采取这种态度。说得好听一点，这叫顺其自然，说得学术一点，不妨叫"语言的自我调适"。中国政府现在倡导构建和谐社会，与以前的斗争哲学相比，这在政治思路上是一个巨大的进步。中国古代哲学中有"和而不同"的思想，"和"指的是多样性的统一，允许不同事物的共存，"同"则追求同质事物的同一，排斥异质因素的存在。一个社会要健康发展，必须遵循"和而不同"的原则，和谐社会的倡导正是对中国古代这一优秀思想的继承和弘扬。和谐社会无疑也包括和谐的语言生活，和谐的语言生活允许人们有新创词语及使用新创词语的自由，允许语言异质因素的存在，这是语言自我调适的哲学依据。当然，如果哪位学者对某些新词语有自己的看法，推荐也好，批评也罢，完全可以去自由表达；如果你有机会编纂辞书，也不妨将自己的意向体现在辞书当中；这也是和谐语言生活的应有之意。至于大众是否听取，那就不是语言学者或政府机构所能决定得了的。国家语委最近制定的《国家中长期语言文字事业改革和发展规划纲要（2010－2020）》中提出了"尊重语言文字发展规律，注重主体性与多样性辩证统一，构建和谐语言生活"的指导思想，这一指导

10　《语言文字》，2012 年第 2 期。

思想是历史经验的科学总结，是值得称道的，关键是面对具体问题如何落实，如果不能落到实处，我们的语言文字工作仍然要走弯路。

当然，对一些特殊词语则不能放任自流，顺其自然，如科技术语、法规术语、重要的外国地名及人名的翻译等，这些词语指称的内容具有严肃性，若不加强制规范，会对社会生活造成危害或不利。据报道，2005 年春节，海峡两岸包机通航，飞行员与地面指挥塔台的对话就因专业术语的不同而存在障碍，如起飞时台湾所说的"带杆速度"，大陆叫"拉前轮"；降落时台湾所说的"精确进场"，大陆叫"盲降进场"。结果为了确保安全，两岸包机飞行员与对方地面指挥塔台的对话只得讲英语。术语规范的重要性由此可见。

2012 年，由国家语委牵头，成立了"外语中文译写规范部际联席会议专家委员会"，该机构的主要职能是："统筹协调外国的人名、地名和事物名称等专有名词的翻译工作；组织制定译写规则，规范已有外语词汇的中文译名及其简称，审定新出现的外语词汇中文译名及其简称。"[11] 统筹协调外语专有名词的翻译工作确实是很有必要的，这里的关键是要在第一时间发布该机构确定的译名，并让各大媒体采用。如果混乱已经形成，然后才去规范，不仅事倍功半，甚至有可能成为没有多大作用的一纸空文。至于普通词语的译名，一般不会对社会生活造成危害，完全可以采用"物竞天择，适者生存"的进化论原则，无须人为干预。

关于人名地名的译写规则，姚德怀主张"凡是某个外语人地

11　教育部语用司：《外语中文译写规范部际联席会议专家委员会成立会在京召开》，《语言文字》，2012 年第 2 期。

名罗马字母拼式中，各音节与汉语拼音某些音节相符的，我们便可'干脆'直接采用原名"[12]。他举例说：Obama，汉语拼音有o、ba、ma这几个音节，汉语中就直接采用Obama，这样就可避免大陆译作"奥巴马"、台湾译作"欧巴马"的歧异；Guatemala也可原样搬进汉语，这样就消除了你译作"危地马拉"、我译作"瓜地马拉"的分歧。至于声调，他主张都念中平调[33]。这一主张有积极意义，它可以达到书面上最广泛的统一，而不仅仅是华语地区的统一。但声调一律念[33]的建议恐不可行，因为普通话中没有[33]这样的声调。我们建议按阴、阳、上、去的顺序来读，这样既有规律可循，又抑扬顿挫，读起来好听。如Obama可读作ōbámǎ，Guatemala可读作guātémǎlà。与普通话音节近似的音也可原样搬进，读音按最近似音节来读。如直接采用Kennedy（大陆译作"肯尼迪"），读作kēnnédǐ；直接采用Legazpi（大陆译作"黎牙实比"），读作lēgázǐpì。大陆与港澳台地区可以协商制定出一些具体的细则，这样专名分歧的问题就会得到解决。

无论如何，汉语完全可以敞开胸怀吸纳字母词，而不应以闭关锁国的心态拒绝字母词。

（杨琳　南开大学文学院）

12　《语文建设通讯》（香港），第99期，2011年12月，第76页。

当前中国大陆部分称谓词语感情色彩的调查研究

◎李薇薇

提　要：社会的发展与时代的变迁会导致词语的感情色彩发生变化。本文选取当前中国大陆社会生活中的部分称谓词语，考察不同性别、年龄、文化程度的人对这些词语感情色彩的评判，并探讨影响词语感情色彩评价的社会原因。研究表明：年龄和文化程度是影响词语感情色彩评价的重要因素，不同社会阶层有趋近的价值认同，而性别因素的影响不明显；官民关系影响到 3 个称谓词语贬义化。

关键词：称谓词语；感情色彩；性别；年龄；文化程度

词语的感情色彩是附着在词语的理性意义上的由人们对词语所指的主观评价倾向体现的意义成分。主观评价取决于价值观念，价值观念表现为人们对词语所指对象喜爱或厌恶、肯定或否定、赞扬或贬抑的态度。社会文化背景和语言使用者个人的社会因素都会影响到价值观念和对事物的态度，而词语感情色彩的形成和变化更容易受到文化变化的影响。本文选取当前中国大陆社会生活中常用的 14 个称谓词语，考察人们对这些词语感情色彩的评判与性别、年龄、文化程度等社会因素的关系，并探讨影响词语感情色彩评判的深层社会原因。

一、研究方法及测试结果

本研究采用的测量工具为 5 点 Likert 量表调查问卷。问卷分两部分：第一部分说明研究目的、被调查者的性别、年龄、文化程度等信息和具体示例。第二部分为包括 34 个词语的调查表。其中"领导、同志、小姐、老板、城管、警察、大款、做买卖的、当官的、老百姓、工人、农民、农民工、师傅"等 14 个词语为被测项目，"女博士、女强人、干部、商人、医生、群众、小学老师、情人、护士、导师、市民、律师、公务员、司机、先生、中学老师、大夫、法官、大学生、幼儿园老师"等 20 个词语为干扰项目。这 34 个词语随机排列，不让被调查者知道具体哪些词语属于被测项目，要求被调查者在短时间内对这些称谓的印象做出选择判断。每一词语下有 5 个选项：（1）不好；（2）；不太好；（3）一般；（4）比较好；（5）好。

调查表要求被调查者对每个词语的选项进行量化赋值，选"不好"选项，量化数值为 1；选"不太好"选项，量化数值为 2；选"一般"选项，量化数值为 3；选"比较好"选项，量化数值为 4；选"好"选项，量化数值为 5。

问卷收回后，本人利用 SPSS19.0 软件对上述 34 个词语中的 14 个被测词语的平均数进行统计，得出"不同称谓得分平均值的曲线图"。由于本研究使用的调查工具为 5 点 Likert 量表，可以把统计得分 3 视为该词被判为中性意义，小于 3 的词语被判为有贬义倾向，大于 3 的词语被判决为有褒义倾向。如果只区分褒义、贬义和中性义 3 类，这 14 个词语的统计结果是：褒义词语 7 个：同志、警察、老百姓、工人、农民、农民工、师傅；中性词语无；贬义词语 7 个：领导、小姐、老板、城管、大款、做买卖的、当官的。具体平均赋值见图 1。

图1　不同称谓得分平均值的曲线图

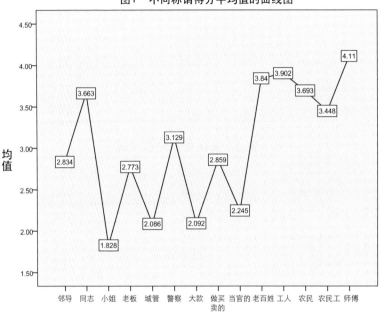

二、调查问卷中社会变量的分布情况

本次调查共收取问卷 164 份，关注的变量主要有三个：性别、年龄和文化程度，各变量的基本分布情况如下：

表 1：性别分布情况

组别	人数	构成比（%）
男	76	46.3
女	88	53.7
合计	164	100.0

表 2：年龄分布情况

组别	人数	构成比（%）
20-30	38	23.2
31-40	34	20.7
41-50	34	20.7
51-60	33	20.1
61 以上	25	15.2
合计	164	100.0

表 3：文化程度分布情况

组别	人数	百分比
小学 初中	36	22.0
高中 中专 技校	19	11.6
大专 大本	91	55.5
硕士和硕士以上	18	11.0
合计	164	100.0

三、统计结果分析

本研究采用 SPSS19.0 软件进行秩和检验。通过两组间比较的 Wilcoxon 秩和检验与多组间比较的 Kruskal Wallis 秩和检验，得出下表：

表 4：不同性别对称谓词语感情色彩的判断

（Wilcoxon 秩和检验：平均秩次）

组别	男（n=76）	女（n=88）	Z	P 渐近显著性
警察	**73.81**	**90.01**	-2.305	**0.021**
领导	76.38	87.79	-1.653	0.098

组别	男（n=76）	女（n=88）	Z	P 渐近显著性
同志	77.34	86.95	-1.343	0.179
小姐	89.43	76.52	-1.877	0.060
老板	78.38	86.06	-1.148	0.251
城管	80.58	84.16	-.505	0.614
大款	82.49	82.51	-0.003	0.997
做买卖的	84.51	80.77	-0.555	0.579
当官的	76.03	88.09	-1.686	0.092
老百姓	83.39	81.73	-0.236	0.813
工人	81.54	83.33	-0.257	0.797
农民	79.70	84.91	-0.732	0.464
农民工	84.67	80.62	-0.561	0.575
师傅	78.32	86.11	-1.121	0.262

由表 4 可知，只有"警察"一词感情色彩的判断在性别方面存在显著性差异（$P=0.021 < 0.05$），不同性别对其他词项的变量均无显著性差别（$P > 0.05$）。可见，性别因素在称谓词语感情色彩意义的判断方面没有明显的影响作用。

表 5：不同年龄对称谓词语感情色彩的判断

（Kruskal-Wallis 秩和检验：平均秩次）

组别	20-30 (n=38)	31-40 (n=34)	41-50 (n=34)	51-60 (n=33)	61 以上 (n=25)	x^2 卡方值	P 渐近 显著性
老百姓	61.75	73.63	78.90	96.91	111.98	23.648	0.000
同志	49.96	54.24	95.25	115.30	109.76	60.828	0.000
工人	51.16	65.50	82.60	107.62	119.96	52.152	0.000
农民	56.71	67.15	82.76	105.98	111.22	34.916	0.000
农民工	51.00	72.88	87.24	106.35	105.54	34.758	0.000

组别	20-30 (n=38)	31-40 (n=34)	41-50 (n=34)	51-60 (n=33)	61 以上 (n=25)	χ^2 卡方值	P 渐近显著性
师傅	62.87	71.88	88.15	101.17	94.46	17.562	**0.002**
小姐	101.89	79.15	93.38	61.53	70.46	19.100	**0.001**
大款	81.87	82.13	100.82	79.41	63.12	10.297	**0.036**
老板	91.49	74.13	101.40	79.61	58.34	17.742	**0.001**
做买卖的	82.83	67.37	86.40	101.20	72.60	12.050	**0.017**
城管	83.43	71.76	93.09	77.97	87.26	4.390	0.356
警察	84.33	72.40	80.16	87.09	90.58	3.036	0.552
当官的	85.67	63.12	94.97	81.26	88.72	9.322	0.054
领导	79.34	68.09	90.49	93.73	81.22	7.100	0.131

由表 5 可知，在这 14 个词语中，"老百姓、同志、工人、农民、农民工、师傅、小姐、大款、老板、做买卖的"等 10 个词语在年龄变量上存在显著性差异（$P < 0.05$）。可见，年龄是影响称谓词语感情色彩的一个重要变量。但是，除了"老百姓、同志、工人、农民、农民工"这 5 个词语的色彩意义随年龄的增长而明显趋向于褒义之外，其他 5 个词语的感情色彩的判断并不完全与年龄构成线性关系，如：

"大款"组得分情况为：41-50 > 31-40 > 20-30 > 51-60 > 61 以上；

"小姐"组得分情况为：20-30 > 41-50 > 31-40 > 61 以上 > 51-60；

"老板"组得分情况为：41-50 > 20-30 > 51-60 > 31-40 > 61 以上；

"做买卖的"组得分情况为：51-60 > 41-50 > 20-30 > 61 以上 > 31-40；

"师傅"组得分情况为：51-60 ＞ 61 以上 ＞ 41-50 ＞ 31-40 ＞ 20-30。

（"＞"读为"高于"，下同）

表 6：不同文化程度对称谓词语感情色彩的判断

（Kruskal-Wallis 检验：平均秩次）

组别	小学、初中（36）	高中、中专、技校（19）	大专、大本（91）	硕士和硕士以上（18）	X2 卡方值	P 渐近显著性
老百姓	109.40	101.58	73.43	54.42	26.897	0.000
同志	123.21	99.13	72.42	34.50	55.380	0.000
工人	119.65	105.08	71.66	39.14	52.579	0.000
农民	120.32	94.34	71.05	52.22	39.983	0.000
农民工	120.81	88.18	71.60	55.00	36.745	0.000
师傅	103.06	91.76	80.99	39.22	25.737	0.000
小姐	64.57	66.21	93.69	78.97	14.642	0.002
警察	93.00	63.13	85.60	66.28	8.301	0.040
领导	82.26	84.03	85.54	65.97	2.985	0.394
老板	74.54	67.68	88.58	83.33	5.369	0.147
干部	92.85	71.63	81.12	80.28	3.187	0.364
城管	81.81	86.37	84.45	69.97	1.692	0.639
大款	75.28	76.05	86.87	84.03	1.994	0.574
做买卖的	94.56	86.50	81.09	61.31	7.461	0.059
当官的	88.47	87.82	79.68	79.19	1.313	0.726

由表 6 可知，在这 14 个词语中，"老百姓、同志、工人、农民、农民工、师傅、小姐、警察"等 8 个词语在文化程度变量上存在显著性差异（$P < 0.05$）。可见，文化程度也是影响称谓

词语感情色彩的一个重要变量。其中，"老百姓、同志、工人、农民、农民工、师傅"这 6 个词语的感情色彩随着文化程度的增高而明显趋向于贬义。"警察"和"小姐"这两个词语感情色彩的判断并不完全与文化程度构成线性关系，如：

"警察"组得分情况为：小学、初中＞大专、大本＞硕士和硕士以上＞高中、中专、技校；

"小姐"组得分情况为：大专、大本＞硕士和硕士以上＞高中、中专、技校＞小学、初中。

四、本文结论及原因分析

（一）本文结论

研究表明，"老百姓、同志、工人、农民、农民工、师傅、小姐、大款、老板、做买卖的"等 10 个词语在年龄变量上存在显著性差异（P ＜ 0.05），"老百姓、同志、工人、农民、农民工、师傅、小姐、警察"等 8 个词语在文化程度变量上存在显著性差异。这说明年龄和文化程度是影响人们对称谓词语感情色彩评判的重要因素。在性别变量上，只有"警察"一词存在显著性差异，表明性别因素对称谓词语感情色彩评判的影响作用并不明显。

在这些存在显著性差异的词语中，对部分词语感情色彩的评判与年龄和文化程度完全构成线性关系，如对"老百姓、同志、工人、农民、农民工"这 5 个词语感情色彩的评价分值随年龄的增长而明显增高，而对"老百姓、同志、工人、农民、农民工、师傅"这 6 个词语感情色彩的评价分值随着文化程度的增高而明显降低。对其余词语感情色彩的评价则不完全与年龄和文化程度构成线性关系。

在感情色彩发生"贬义化"的词语中，对"领导"、"城管"、"当官的"3 个词语的评价分值在性别、年龄、文化程度等变量上不具有显著性，表明对它们的评价并不受性别、年龄、文化程度等社会因素的影响。

（二）原因分析

从上述统计结果可知，年龄和文化程度对称谓词语感情色彩的评价具有重要影响。在"老百姓、同志、工人、农民、农民工"这 5 个词语感情色彩的评价上，年龄和文化程度两个变量表现出很强的一致性：年龄越高、文化程度越低，评价的分值越高；反之，年龄越低、文化程度越高，评价的分值越低。为什么会出现这种倾向呢？我们认为，这恰恰反映了以不同年龄和文化程度划分的不同社会阶层的价值认同。当前的中国社会，高学历的社会分布越来越趋于年轻化。50 岁以上的社会阶层学历上普遍低于 50 岁以下（不包括 20 岁以下人群）的社会阶层。总体趋势为：年龄越大，学历越低；年龄越小（20 岁以上），学历越高。"人们生活在同一条件下容易产生共同点，如果人们的社会生活、地理环境、经济条件、政治地位、文化水准等方面大致相同，就会有很多共同点。"[1]处于同一年龄段的社会阶层因其成长所经历的社会政治、文化背景相同而具有相对一致的意识形态和价值观念。60 岁以上的人出生于上个世纪 40-50 年代，中国共产党执政后，工人、农民（主要是贫农）的社会地位达到了历史上空前的高度。"农民工"虽然是改革开放以来产生的词语，却因

1　时蓉华《社会心理学》，浙江教育出版社，2006.P278.

其兼具"农民"和"工人"的双重身份而可能在 60 岁以上的老年人的心理发生"晕轮效应"[2]。在这一年龄段的人的观念中,"老百姓、工人、农民、农民工"这些词语是绝对积极、正面的,这种看法已经在一定程度上固化成为"社会刻板印象"[3]。正是这种"晕轮效应"和"社会刻板印象"的双重作用使得这几个词的统计结果具有了褒义的倾向。

但是,"社会刻板印象并非是一成不变的,……人的文化水平愈高,他所持的刻板印象也就愈易改变。另外,一个人对刻板印象的性质愈了解,他也愈易改变其所持的刻板印象"[4]。因此,年轻、文化程度高的群体对于"老百姓、工人、农民、农民工"这些词语的评价就呈现出多元性。如果说 50-60 岁年龄段的人受上一代人观念的影响多少还保留一些对上述词语的"社会刻板印象"的话,那么出生于上个世纪 70-80 年代的 30-40 岁的群体则是在改革开放的背景中成长起来的。改革开放打破了中国人统一的信仰,商品经济的冲击和西方文化观念的进入,特别是随着上个世纪九十年代以来网络文化的迅猛发展,年轻一代的价值观越来越呈现出多元化的倾向,不同年龄段的人对于同一事物的价值判断往往会褒贬悬殊,在词语的感情色彩判断方面,也是如此。比

---

2 晕轮效应,又称成见效应、光圈效应,halo effect,"指人们对他人的认知判断主要是根据个人好恶得出的,然后再从这个判断推论出认知对象其他的品质。如果认知对象被个体标明是'好'的,就会被一种'好'的光圈笼罩着,并被赋予一切好的品质;若一个人被标明是'坏'的,就被一种'坏'的光圈笼罩着,他所有的品质都会被认为是坏的。"时蓉华,《社会心理学》,浙江教育出版社,2006.P276.

3 社会刻板印象指"社会上对于某一类事物产生一种比较固定的看法,也是一种概括而笼统的看法。社会刻板印象普遍地存在于人们的意识之中。人们不仅对曾经接触过的人具有刻板印象,即使是从未见过面的人,也会根据间接的资料与信息产生刻板印象。"参见时蓉华《社会心理学》,浙江教育出版社,2006.P278.

4 时蓉华《社会心理学》,浙江教育出版社,2006.P281.

如对"同志"一词的评价，50 岁以上的群体往往还停留在以前的"社会刻板印象"上，而年轻人却会因其"同性恋者"的新义项的影响而改变对这一称谓的评价。再如对"师傅"这一称谓，年轻人会因其"土气"而换之以"女士"、"先生"、"美女"、"帅哥"等称谓，而老年人却仍保留着亲切、实用的美好印象。至于"小姐、老板、做买卖的"等词语是改革开放后重新流行的旧词，"大款"是商品经济大潮中产生的新词。与新中国成立初成长起来的群体相比，在改革开放的社会背景下成长起来的年轻一代对于这几个词语的评价显示出更多的包容性。语言和文化具有共变关系，对比 20-30 岁群体和 50-60 岁群体对同类词语的评价，可以看出当下中国社会转型时期社会文化、价值观念的分裂与转变。

在色彩意义发生"贬义化"的词语中，有一个值得关注的现象：对"城管"、"领导"、"当官的"3 个词语的评价，不受性别、年龄和文化程度等社会因素的影响，人们对这 3 个词语的"贬义"评价表现出一致的倾向。根据表 1 的平均值数据，我们可以得知三个词语的贬义化程度由强及弱的顺序为：城管（2.086）＞当官的（2.245）＞领导（2.834）[5]。这些词语的贬义评价部分折射出当下中国社会"官"、"民"两个阶层对立冲突的真实状况。"所有社会关系都存在着权力和地位的维度。"[6] 而"官"、"民"两个阶层在阶级社会中始终是客观存在的社会现实。社会资源是有限的，对社会资源的占有不公会导致社会等级间的地位差距。依据韦伯的社会冲突理论，处于领导地位的（权力）阶层往往也拥有较高

5　 "＞"在此读作"强于"。

6　 [美] 乔纳森·H·特纳《社会学理论的结构》，邱泽奇、张茂元等译，华夏出版社，2006.P418.

的经济地位和社会声望，掌握权力、财富和声望的小部分人占有的资源总量往往会远远超过大部分人。特权阶层的产生以及权力、声望、财富在社会等级间很低的社会流动率，会使得那些被排除在权力、财富、声望之外的社会阶层因此而变得忿忿不平。

在当下中国，伴随资源分配的不公、权力的过于集中、监督机制的失效等因素而滋生的领导干部的贪污腐化问题已经成为老百姓最为痛恨的问题。拖沓、冷漠、粗暴的工作作风成为一部分政府职能部门工作作风的常态。被推到执法现场而成为众矢之的"城管"已经成为"政府职能部门作风粗暴"的象征性符号。对"城管、当官的、领导"3个词语的贬义评价折射出当下中国人普遍的社会心态，也凸显了当代中国社会改革亟待解决的症结性问题。

【参考文献】

[1] 黄莹，中国当代政治文化词语色彩意义变迁的实证研究，中国社会语言学，2010(12)。

[2] 时蓉华，社会心理学，浙江教育出版社，2006。

[3] 乐国安、汪新建，社会心理学理论与体系，北京师范大学出版社，2011。

[4] [美]乔纳森·H·特纳、邱泽奇、张茂元等译，社会学理论的结构，华夏出版社，2006。

（李薇薇　黑龙江大学文学院／渤海大学国际交流学院）

基于静态词义视角的语用充实类型分析

◎郭伏良　叶慧君

一、词汇语用学简介

词汇语用学（lexical pragmatics）是 20 世纪末西方语言学界出现的一门新兴的交叉学科，属于词汇的多维研究。就交际中的某一词语或结构而言，传统语义学主要对它们与编码概念之间的关系进行诠释，而词汇语用学则主要说明交际概念与编码概念之间的区别。

1998 年，德国洪堡特大学布拉特纳（Blutner）首先使用该术语并将其界定为"试图系统解释关涉词项未完全表述意义之语用现象的一个研究领域"[1]。2000 年 7 月，第 7 届国际语用学大会在匈牙利布达佩斯召开，在会后汇编的论文集的导言中，词汇语用学被明确称为"一门新的语言学科"。2003 年 12 月在中国广东外语外贸大学召开的第 8 届全国语用学研讨会上，英国伦敦大学学院威尔逊（Wilson）在大会主旨发言中指出"词汇语用学是语言学领域中一个迅速发展的分支"，其目的在于"探究词的字面

1　Blutner, R. Lexical pragmatics（词汇语用学）. *Journal of Semantics*, 1998 (15).

意义在使用中的调整过程"[2]。2004 年 1 月在美国波士顿举行的美国第 78 届语言学年会上，耶鲁大学语言学家荷恩（Horn）作的题为 "Lexical pragmatics: Grice and beyond"（词汇语用学：格赖斯及其他）的演讲被视为 "语言学的前沿动态"。在随后的近十年中，词汇语用学在国际语言学界发展迅速，代表学者主要有布拉特纳、威尔逊和卡斯顿（Carston）等人。

在中国大陆比较有代表性的研究者有陈新仁、曾衍桃、冉永平等。特别是冉永平，他发表了系列文章，在词汇语用学的视角下对 "翻译中的信息空缺、语境补缺及语用充实" "词汇信息的松散性及其语用充实" "词汇语用信息的临时性及语境构建" "词汇语用信息的语境依赖与词汇释义之缺陷" 等问题做了全面而深入的探讨。冉永平在关联理论框架下进一步阐释了两种语用充实过程，即语用收缩和语用扩充，认为词义及其所指范围的扩大、延伸或缩小都涉及寻找最佳关联信息的语用充实，而不是静态的原型意义或语码信息的直接再现[3]；目前，就文献来看，词汇语用研究方面的专著主要有詹全旺的《词汇语用过程新解》，该书提出了一对与词义紧密联系的概念——类型概念和实体概念，并区分了词的语言意义和交际意义，认为词汇语用过程有五种可能结果：零调整、语用收窄、语用扩充、语用叠加和语用转移[4]。另一本是冉永平的《词汇语用探新》，是作者关于词汇语用

---

2 该论文在大会上宣读后以 "Relevance, word meaning and communication: the past, present and future of lexical pragmatics"（关联、词义与交际：词汇语用学的过去、现在和未来）为题发表在《现代外语》2004 年第 1 期。

3 冉永平：《词汇语用学及语用充实》，《外语教学与研究》，2005 年第 5 期。

4 詹全旺：《词汇语用过程新解》，合肥：安徽大学出版社，2009 年。

研究系列论文成果的集中再现⁵。从总体上看，中国语言学界主要是外语研究者对词汇语用问题进行了大量研究，也取得了不少成果，但如何将词汇语用学的成果引入汉语词汇学研究当中来，以汉语话语理解中的词汇语用问题为主要对象，全面展开汉语词汇语用学的研究，是极具理论和现实意义的课题。

二、目前词义"语用充实"的分类：语用收缩和语用扩充

词汇语用学认为，话语理解等信息处理不是一个简单的信息编码与解码过程，也非寻找原型意义或原型特征的过程。作为交际主体的听话人需根据语境条件对目标话语进行不同程度的语用加工。这一过程称为语用充实 (pragmatic enrich-ment)，包括词语、结构及整个话语在特定语境下的语用收缩和语用扩充。

（一）词义的语用收缩

指交际中某一词语所编码的意义在特定语境中的特定所指，是其意义在语境中所指范围或含义的缩小。根据静态词义（即词典的释义），某一词语或结构所表达的意义可能是多义的，且有的词语所承载的信息可能具有很强的概括性或模糊性，但使用中该词语的选择及其意义的理解具有语境顺应性，因而理解话语时听话人必须进行语用加工，对词义加以限定，确定其动态词义。例如：

5　冉永平：《词汇语用探新》，北京：外语教学与研究出版社，2012 年。

（1）"刚才，四老爷和谁生气呢？"我问。

"还不是和祥林嫂？"那短工短捷的说。

"祥林嫂？怎么了？"我又赶紧的问。

"<u>老了</u>。"

"死了？"我的心突然紧缩，几乎跳起来，脸上大约也变了色。但他始终没有抬头，所以全然不觉。我也就镇定了自己，接着问——

"什么时候死的？"

"什么时候？——昨天夜里，或者就是今天罢。——我说不清。"

"怎么死的？"

"怎么死的？——还不是穷死的？"他淡然的回答，仍然没有抬头向我看，出去了。（鲁迅《祝福》）

在例（1）中，听到短工说祥林嫂"老了"，"我"立刻就想到的是"死了"，这是词义在理解中的语用收缩。因为"老"的单字条目下共有 17 个义项（本文中的义项划分和释义依据《现代汉语词典》），其中义项③是"动词，婉辞，指人死（多指老人，必带'了'）"。"老"也可指"年岁大"，如健在的人可以说"我老了，不中用了"之类的话。在上例特定的语境下，针对祥林嫂这个特定的人物，"老了"才理解为"死了"。

（2）a.<u>下课</u>后，同学们纷纷回家了。

b.因一胜、两平、两负，申花队的球迷要求主教练<u>下课</u>的呼声越来越强烈。

c.如果企业经营不善，我会主动<u>下课</u>的。

（3）a.本架飞机很快就要<u>着</u>陆了。

　　　　b. 刘翔希望自己尽快<u>着陆</u>，否则明年将一无所成。

　　　　c. 中国已顺利进入经济软<u>着陆</u>的快车道。

（4）a. 由于股市疲软，短时间内估计很难<u>解套</u>。

　　　　b. 大陆和台湾之间的紧张关系可望得到<u>解套</u>。

　　　　c. 老王离婚了，这下可真<u>解套</u>啦！

　　上面几例中"下课""着陆""解套"的交际意义都是在特定语境条件下进行的语用收缩。意义或所指范围的缩小受制于特定的语境条件，其中只有（2）a、（3）a、（4）a 中的"下课""着陆""解套"具有原型特征，其它都远离原型意义。

（二）词义的语用扩充

　　即原型意义或常规意义的语用弱化、延伸。交际中某一词语传递的信息通常是其原型意义的语用弱化与扩散，也即在话语理解时听话人可能选其在特定语境条件下的延伸意义、松散意义，包括近似约略、类别扩展等。比如：

（5）我每月挣 <u>2000 块</u>。

（6）你们都看到了吧，8 号毕妍就是我们队的<u>齐达内</u>！

（7）说到牛仔裤，我最喜欢<u>鳄鱼</u>。

（8）我还想为国家多培养几个<u>刘翔</u>，希望为中国田径再做点事。

　　例 (5) 中的"2000 块"实际可表示 2000 多块或接近于 2000块，是约略用法；例 (6) 中的"齐达内"是人物类型的延伸，指的是像法国足球明星齐达内那样技巧娴熟的足球队员；例 (7) 中"<u>鳄鱼</u>"表示商标，是其类别的延伸；例 (8) 中"刘翔"不是指原型的刘翔本人，而是由其延伸出来的优秀田径运动员。

我们赞同詹全旺先生的看法，即语用充实除了收缩与扩充之外，应该还有一种"零充实"类型，请看例句：

(9) 普通话共有 39 个韵母，它们都有元音。（黄伯荣 廖序东主编《现代汉语》）

例中的"普通话""韵母""元音""39"这四个词都没有因为出现在具体的话语中而产生明显的语用变化，其使用意义与静态意义近于重叠，这就是语用"零充实"现象。单义词尤其是专业术语较少受到语境的影响，精确的数值表达或运算中的数字意义也基本不存在语用变化。

三、基于静态词义视角的语用充实分类

目前词汇语用学者关注的是语言使用中不确定性词义的语用处理，以及词语在语境条件中的交际意义即动态意义，致力于寻找影响语用处理的社交语用制约和认知语用制约因素，而对词的静态词义（即词的原型意义、词典意义）似乎重视不够，认为在交际过程中，"原型意义仅是信息理解的一种参考"[6]。

词义的存在形式有静态与动态之分，二者表现为词典义和语境义。语言的交际功能决定了静态是相对的，动态是绝对的，现实的词语总是处于使用当中，语境对词义理解至关重要，动态词义是静态词义的意义来源。但是，语言的交际功能也决定了静态存在形式的必要性，为了保证语言交际的顺畅进行，语境中各

6　冉永平《词汇语用学及语用充实》，《外语教学与研究》（外国语文双月刊）2005 年 9 月第 37 卷第 5 期。

种语义的调整、变化必须以静态词义为基础。词汇语用学研究应该适当观照词的静态意义。根据以上考虑，本文借鉴词汇语用学研究成果，尝试从静态词义视角分析词义语用充实的类型。从话语理解中词的动态义和静态义的对应关系着眼，我们把词义的语用充实分为以下两大类型：动态义以其静态义为基础的充实；动态义超出其静态义的充实。

(一) 动态义以其静态义为基础的充实

词义存在共性与个性，客观形态与主观形态，一个人可能对于某个词的静态义不完全了解，但在其掌握的词义当中，包含着词义共性成分或客观形态的成分。在一般人的心理词典中，义项之间的区别与联系也是存在的，虽然对这些联系的认识可能不甚清晰。动态义以静态词义为基础的语用充实，又分为多个义项之间的语用充实和一个义项之内的语用充实。

1. 多个义项之间的语用充实

一个词如果以静态的方式储存着两个或两个以上的词汇意义，那么在具体运用中就会面临语境下的义项选择问题。所以，多义词在具体运用中都必然会经过义项间的语用处理和充实过程。现代汉语中多义词数量多，因而义项间的语用充实不胜枚举。

《现汉》所收"深"的形容词义项有 6 个：①从上到下或从外到里的距离大；②深奥；③深刻；深入；④（感情）厚；（关系）密切；⑤（颜色）浓；⑥距离开始的时间很久。在下面用例中，"深"的动态意义是依赖于不同的义项加以充实的：

(10) a. 河水太深了，小马不敢过河。

　　　b. 这本书很深，初学的人不容易看懂。

c. 在美国，一月一日才是新年，但包括两岸三地、受中国影响较深的亚洲移民均对春节格外重视，以不同的文化形式庆佳节，……

d. 我们姐妹的感情很深。

e. 这块布料的颜色太深了，不适合做夏装。

f. 夜已经很深了，赶快休息吧。

上面几例中的"深"，其动态义依次与词典义项①-⑥吻合。

2. 一个义项之内的语用充实

义项间的选择在很大程度上受语言语法规则的制约，包括结构规则、语义搭配规则等以及上下文语境的引导，而使用中的词在经历了义项间的选择得到初步充实以后，在话语中最终应该作何理解，传递着话语生成者怎样的交际意图，此种情形相当复杂，有时候是很个性化的，因而也是灵活且没有规律的。王宁先生曾经指出"使用状态的词义，可以达到完全反映个人经验的地步。"她以唐诗中的"意"字为例：

(11) a. 与君离别意，同是宦游人。(王勃《送杜少府之任蜀州》)

b. 少妇今春意，良人昨夜情。(沈佺期《杂诗三》)

c. 十觞亦不醉，感子故意长。(杜甫《赠卫八处士》)

d. 临行密密缝，意恐迟迟归。(孟郊《游子吟》)

e. 浮云游子意，落日故人情。(李白《送友人》)

以上五例中的"意"属同一义项，都当"心意""情意"讲，但是它们出于不同作家之口，置于不同的语言环境中，具体的义值（指使用中的词经过语用充实以后所传递的真正的交际意义，即动态词义）就千差万别了。其中包括对友人的心意、对丈夫的心意、对儿子的心意。[7]

（12）a. 我说道，"爸爸，你走吧。"他望车外看了看，说，"我买几个橘子去。你就在此地，不要走动。"我看那边月台的栅栏外有几个卖东西的等着顾客。（朱自清《背影》）

　　b. 我们开车北行，一路上经过塔尖如梦的牛津，城楼似幻的勒德洛，古桥野渡的蔡斯特，雨云始终罩在车顶，雨点在车窗上也未干过。（余光中《西欧的夏天》）

　　c. 车门关上了，他突然喊："等等我下车！""你早干啥来的？"售票员埋怨他。他早已经窜了出去，紧紧跟在那妇女的身后。（祝承玉《钱包》）

　　d. 一会儿就驶来了一辆"的"。我不想在雨里呆得太久，拉开车门就往里钻。（张抗抗《恐惧的平衡》）

　　e. 陈静心里又是一片黑暗。"你家远吗？""我家？"她没了主意，下意识地推着车子往前走了几步。"这样吧，胡同口外左边，有个车铺，这会儿可能还有人，你去看看吧！"小伙子在她身后跨上车子，边说边飞快地骑跑了。（佚名《醉人的春夜》）

　　f. 中年车夫碰了一个钉子，也就不再开口。两部车子在北长街的马路上滚着。（巴金《一个车夫》）

例（12）一共有六段话语，每一段话语里都有"车"这个词。"车"的单字条目下共有 7 个义项，很明显，上面六段话里

7　王宁：《训诂学原理》，北京：中国国际广播出版社，1996 年第 91 页。

提到的"车"用的都是其义项①"名词，陆地上有轮子的运输工具"，也就是说，在话语 a. —— f. 中，"车"的静态义的核心义素仍然保留着，没有发生任何语用变化，但是根据每一段话语所在的特定语境，包括上下文和整个语篇，"车"的外延意义都要发生变化，这种变化体现为其外延在具体的话语中分别被缩小为 a. 火车；b. 汽车；c. 公交车；d. 出租车；e. 自行车；f. 洋车。这些都属于义项内语用充实现象。

(13) 他从破衣袋里摸出四文大钱，放在我手里，见他满手是泥，原来他便用这手走来的。不一会，他喝完酒，便又在旁人的说笑声中，坐着用这手慢慢走去了。（鲁迅《孔乙己》）

在现代汉语中，"走"的静态义是"人或鸟兽的脚交互向前移动"，孔乙己因为偷东西而被人打断了腿，不能再用两只脚来走路，而是需要靠手来挪动身体。这里的"走"虽然没有义素"脚"的参与，但"向前移动"的静态义仍起作用。

（二）动态义超出其静态义的充实

这种类型是指在特定语境下的特定话语中，使用中的动态词义已不是其词典释义中的任何一个义项，需要结合动态语境做出更多的认知努力。

在有些语境中，一些词语不是其字面意义或辞书释义的组合信息，而是通过修辞手段产生的一种高度语境化了的临时交际信息。这些修辞手段主要有比喻、反语、双关等。例如：

(14) 有一天在如琴湖畔，两个女孩子支着竹箩在捞小鱼。我走过去，把双手也伸到湖水里，可怎么也拢不住那滑腻、灵活的小星星。（铁凝《我有过一只小蟹》）

　　"星星"一共有 7 个义项，"鱼"有 2 个义项，此处"星星"的交际意义虽不是从义项①到义项⑦的任何一个，而是喻指上文提到的"小鱼"，但转移的内容和方向并不是随意的，而是由"星星"的义项①"夜晚天空中闪烁发光的天体"转移到"鱼"的义项①"生活在水中的一类脊椎动物，身体侧扁，有鳞和鳍，用鳃呼吸"。"星星"的意义只有进行这样的语用充实和转移，这个比喻才算恰当合理，才能达到预期的表达效果。

　　双关，往往是让一个词语关涉到两个方面，言在此而意在彼，借助语境引导读者进行语用推理，完成语用调整。

　　(15) 杨柳青青江水平，闻郎江上唱歌声。东边日出西边雨，道是无晴却有晴。(刘禹锡《竹枝词》)

　　众所周知，"晴"谐音双关"情"。"晴"的静态义本指"天空无云或云很少"，该词在"东边日出西边雨，道是无晴却有晴"中还保留着这一意义，"晴"与"情"意义无关，只有结合了全诗的语境信息，才能推导出它的真正含义 —— 感情的"情"。

　　反语，是一种用相反的话来表达自己意思的修辞手法，说话者真实的意思需要靠语境引导出来。

　　(16) 丁四：(穿) 怎样？

　　　　娘子：挺好! 挺合身儿!

　　　　大妈：就怕呀，一下水就得抽一大块!

　　　　丁四：大妈! 您专会说吉祥话儿! (老舍《龙须沟》)

　　丁四把大妈的扫兴话说成是"吉祥话儿"，很明显是反话，"扫兴话"才是他要表达的真正意思，而这一动态意义需要到"吉祥话儿"静态词义的相反方向去联想和推理才能获得。

　　动态义超出静态义的语用充实，更多受到语境的制约，交际双方特别是听话人需要对表达意图有更多的了解和把握。在这类充实中，有一部分动态词义，长期或经常被不同的人使用于不同的语境和话题，达到了一定频度，便进入词典，成为静态词义。比如，"龙井"的一个义项指一种产于浙江龙井一带的绿茶，"蒸发"的新义"比喻没有任何征兆地突然消失"，"雷"的新义"使震惊"，等等。这些都属于动态词义转化或固定为静态词义的例证。

总之，动态词义离不开静态词义，词义的语用充实总是以静态词义为基础，根据具体变化的语境条件对词义进行语用加工和语用调整，因而，词义语用充实研究需要更多地关注结合词语静态义的研究成果。

【参考文献】

[1] 葛本仪，汉语词汇学 [M]，济南：山东大学出版社，2003。

[2] 曹炜，现代汉语词义学（修订本）[M]，广州：暨南大学出版社，2009。

[3] 何自然、冉永平，语用学概论（修订本）[M]，长沙：湖南教育出版社，2002。

[4] 冉永平，词汇语用探新 [M]，北京：外语教学与研究出版社，2012。

[5] 詹全旺，词汇语用过程新解 [M]，合肥：安徽大学出版社，2009。

[6] 陈新仁，国外词汇语用学研究述评 [J]，外语研究，2005(5)。

[7] 冉永平，词汇语用学及语用充实 [J]，外语教学与研究，2005(5)。

[8] 曾衍桃，词汇语用学引论 [J]，外语学刊，2006(5)。

（郭伏良 河北大学国际交流与教育学院；

叶慧君 河北大学外国语学院）

基于单音根词相关性的"v+v"式短语词化知识挖掘 [*]

◎盛玉麒

提 要：短语词化是汉语词汇系统丰富和发展的重要来源。本文运用"根词相关性"原理和语料库语言学的方法，以《现汉》6版所收词语为样本，抽取"十二五规划纲要"文本和港报新闻抽样语料库中"v+v"式单音根词相关性组合，进行短语"词化"知识挖掘，探讨汉语"v+v"式双音短语"词化"的条件参数、类型和分布特征。

关键词：根词相关性；"v+v"式；短语词化

一、根词相关性原理

1. 汉语的基本特点

汉语属于单音节词根孤立语，没有形态，依靠虚词和语序

---

* 本文得到国家社科基金"面向信息处理的汉语根词相关性句法模式研究"立项资助。

表示语法范畴。以双音词为主体的现代汉语词汇系统仍保持着"单音根词本位"的特点。许多单音"词"与单音"语素"兼于一身、"活用"于"词—语"之间，成为延续至今"难解难分"的汉语特色。

复合式双音词是双音词的主体，一方面是因为复合式构词方式具有高能产性的特点，另一方面是因为复合式双音短语词化是双音词的一个重要来源。这也是汉语词法与句法一致性作用的结果。

2. 词汇系统可控的目标

词典外的"未登录词"一直是信息处理工程界要着力解决的瓶颈性课题之一。语言应用中的词汇系统始终处于动态的不断发展变化之中，其中最主要的特点就是新词新语的不断涌现。正如马克思曾经说过的"生产力在增长着、旧关系在破坏着，永恒的破坏与永恒的建设与创造，这就是生活的本质。"

新词新语外来词和新造词之外，大多数来自短语缩略和短语词化。如何发现双音短语词化的规律、挖掘双音短语词化的知识不但具有重要的学术价值，对于实现汉语词汇系统可控也具有重要参考价值。

3. 实现系统可控性的路线

发现和辨识动态词汇系统中的未登录词、探索和揭示词汇系统新陈代谢的本质规律、增强系统可控性，主要有三条路线：

(1) 基于规则的方法

基于规则的方法将语言看作是一个严格的自组织结构系

统，其生成性可以运用基本规则和递归运算推导出来。对于规则之外的现象相信会有某种更优化的规则可以排除。因此，该方法的目标就是寻找和建立更优化的具有普遍解释力的规则系统。

基于规则的方法面临的最大挑战就是语言动态系统的复杂性和规则的不完备性的矛盾。规则所能描写和控制的只占其中一部分，所有的规则都无法回避大量的"例外"。规则只能处于不断完善和优化的过程中。

(2) 基于统计的方法

基于统计的方法以语言的本质属性是个复杂性系统为前提，认为词汇生成性受到多元因素的制约。将语言应用看作是离散符号的随机现象，用统计特征描述和解释语言应用过程和结果，用动态的"大数定律"取代了静态的"规则"，认为所谓"规则"即是符合"大数定律"的统计特征；"例外"是符合随机现象的统计特征。一旦低频的"例外"获得高频的应用，就会跻身为新的"规则"。

完全用统计特征取代规则，对语言规则采用"虚无主义"的态度，走向了自然主义的极端。规则是语言系统的客观存在，是保持语言生成性和维持稳态系统功能的核心驱动，具有不可忽略的"以简驭繁"的功能价值。

(3) 规则与统计相结合的方法

语言的规则是一种"后验系统"。正如"约定俗成"所概括的那样，规则来自历时的积淀和对已然现象的归纳，因而能解释稳态系统的理据。统计特征则适合分析动态系统的复杂性和不确定性、预测和解释大量界限不清、面目模糊的"例外"。因此，采用规则和统计相结合的方法，通过"根词＋规则＋统计"实现对开放词汇系统的有效控制的研究路线，符合从已知推测未知的认知规律。

具体做法是：从已然系统中提取规则，在规则基础上用统计方法推测未知、验证和优化规则。

二、典内双音"v+v"式词化短语

1. 词化短语的定义

本文所谓"词化短语"就是指被收入词典同时保留明显"短语"特征的双音词。汉语的"词儿"和"语"在双音结构类聚中，即使按照"词儿"的"结构紧密、关系稳定、意义完整"定义衡量也很难严格区分。比较容易把握的就是看能否从字面上正确解读意义，能解读出基本词汇意义的就算是"词化短语"。以2012年新修订出版的《现代汉语词典》第6版（以下简称《现汉》6版"）为例，新增的3000多条词语中，有很多都属于"词化短语"：

博文：博客上的文章；　　房贷：购房贷款；
首付：首次付款；
网聊：网络聊天；　　　　医改：医疗改革；
民调：民意调查；
代驾：代替驾驶；　　　　醉驾：醉酒驾驶。

2. 典内"v+v"式词化短语抽样分析

谨以《现汉》6版"罢、摆、败、拜"四个字头所构"v+v"

式双音词为例，抽样分析词典内收双音词与"词化短语"的分布占比情况。

①"罢"字头下 11 条"v+v"式结构中，双音词占 36.36%；疑似词化短语，占 63.64%。

②"摆"字头下 13 条"v+v"式结构中，双音词占 53.85%；疑似词化短语占 46.15%。

③"败"字头下 8 条"v+v"式结构中，双音词占 62.50%，疑似词化短语占 37.50%。

④"拜"字头 14 条"v+v"式结构中，双音词 64.29%，疑似词化短语 35.71%。

4 个字头下所收"v+v"式词目 46 条，双音词平均占比 54.25%；疑似词化短语平均占比 45.75%。详见表 1：

表 1：《现汉》6 版所见"v+v"式双音"词—语"例样

首字	v+v	双音词	占比 %	词化短语	占比 %
罢	11	罢教、罢论、罢免、罢休	36.36%	罢-考、罢-练、罢-赛、罢-讼、罢-诉、罢-演、罢-战	63.64%
摆	13	摆动、摆渡、摆弄、摆平、摆设、摆脱、	53.85%	摆-播、摆-列、摆-放、摆-划、摆-拍、摆-治	46.15%
败	8	败露、败落、败诉、败退、败兴	62.50%	败-亡、败-絮、败-走	37.50%
拜	14	拜倒、拜读、拜访、拜贺、拜会、拜见、拜托、拜望、拜谒	64.29%	拜-辞、拜-服、拜-认、拜-扫、拜-识	35.71%
合计	46	25 条	54.25%	21 条	45.75%

上表所列 4 个字头下的 "v+v" 式 "词—语" 例证，虽然只是抽样分析的结果，但可由此推测典内 "v+v" 式双音结构中 "词化短语" 存在的客观性和大致占比。

三、典外疑似 "词化短语" 知识挖掘

1. 基本流程

对经过分词与词性标注的语料库，抽取单音节根词 2 元隐马相关性组合，进行人工排查，参考结构关系和出现频率等参数找出短语和疑似词化短语。

分词和词性标注采用中科院计算所的自动分词软件。分词前后的文本都需要经过人工干预，排除噪音干扰，校改分词及标注错误。

2. 《十二五规划纲要》中的 "v+v" 根词相关性

《我国国民经济和社会发展十二五规划纲要》（2011 年 3 月 16 日新华社发布。以下简称《纲要》）全文 51244 个字符，词频统计得到单音词种 584 个，累计出现 8692 次；双音词种 2640 个，累计出现 19010 次；三字词 404 个，累计出现 941 次；4 字词 154 个，累计出现 369 次。5 字以上词 8 个，累计出现 14 次。

通过抽取单音根词 "v+v" 式相关性组合，得到符合条件的 55 组，列表如下：

表 2：" 125 规划纲要 "" v+v " 式单音根词相关性降频表

序	v+v 组	数	频度
1	减 - 排	10	0.0344

序	v+v 组	数	频度
2	达 - 到	8	0.0275
3	防 - 控	6	0.0207
4	引 - 领	5	0.0172
5	管 - 办	3	0.0103
6	诉 - 求	3	0.0103
7	打 - 赢	2	0.0069
8	管 - 控	2	0.0068
9	降 - 到	2	0.0069
10	保 - 尽	1	0.0034
11	保 - 有	1	0.0034
12	参 - 保	1	0.0034
13	惩 - 防	1	0.0034
14	打 - 防	1	0.0034
15	调 - 减	1	0.0034
16	动 - 漫	1	0.0034
17	端 - 引	1	0.0034
18	发 - 审	1	0.0034
19	反 - 恐	1	0.0034
20	改 - 为	1	0.0034
21	灌 - 排	1	0.0034
22	患 - 陪	1	0.0034
23	进 - 有	1	0.0034
24	可 - 查	1	0.0034
25	可 - 控	1	0.0034
26	联 - 产	1	0.0034
27	联 - 调	1	0.0034

序	v+v 组	数	频度
28	排 - 查	1	0.0034
29	陪 - 护	1	0.0034
30	配 - 租	1	0.0034
31	筛 - 查	1	0.0034
32	商 - 签	1	0.0034
33	施 - 保	1	0.0034
34	是 - 应	1	0.0034
35	收 - 储	1	0.0034
36	收 - 付	1	0.0034
37	输 - 配	1	0.0034
38	甩 - 挂	1	0.0034
39	统 - 防	1	0.0034
40	统 - 分	1	0.0034
41	退 - 耕	1	0.0034
42	退 - 牧	1	0.0034
43	托 - 养	1	0.0034
44	围 - 填	1	0.0034
45	蓄 - 滞	1	0.0034
46	要 - 做	1	0.0034
47	应 - 保	1	0.0034
48	有 - 进	1	0.0034
49	有 - 退	1	0.0034
50	占 - 补	1	0.0034
51	征 - 招	1	0.0034
52	抓 - 住	1	0.0034
53	转 - 诊	1	0.0034

序	v+v 组	数	频度
54	走 - 可	1	0.0034
55	作 - 为	1	0.0034

3．人工筛查

筛查方法主要是参考《现汉》6版、根据语感判断，结合原文比对，主要是考查原文出处的上下文语境，确认其实际应用中的意义和句法功能。结果如下：

(1)"词化短语"18组

有18组已作为双音词被收入《现汉》6版，以此为"词化短语"的明证：

保-有、达-到、调-减、动-漫、反-恐、管-控、减-排、联-产、排-查、陪-护、筛-查、诉-求、退-耕、托-养、引-领、征-招、转-诊、作-为

追查前几版《现汉》发现，第四版（2002）就收了"保有、达到、引领、作为"等4条；第五版（2005）增加了**"动漫、反恐、管控、联产、排查、陪护、诉求、退耕、托养、征招"**等10条；第六版（2012）增加了**"减排、筛查、转诊"**等3条。

这些陆续被收入词典的"词化短语"反映了《现汉》的修订工作能够与时俱进，也反映了改革开放以来汉语新词新语增加的情况。

这种情况也向我们提出了一个问题：这些已经被词典收入的词为什么还会被当做短语切分开呢？这可能作如下解释：

一是自动分词软件未能及时更新机内词表，因无法辨识这

些词才它们按短语切分开；

二是自动分词软件智能化程度提高，可根据上下文语境处理词语的切分和标注。

通过核对自动分词后的《纲要》文本，发现分合并存的例子，如：

"达到"共出现 17 次，9 次当作一个词，8 次被切开。

"保有"共出现 3 次，2 次当作一个词，一次被切开。

"引领"5 次，都被切开。

"作为"13 次，12 次当作一个词，1 次被切开。

"调减"2 次，各一次。

陆续入典的"词化短语"和分合两可的切词实践，不仅给我们提供了第三种解释，即这些"词化短语"仍然保留了"短语"的特征，切分与否都有一定的理据性；还进一步加重了本研究的理论意义和应用价值。

(2) 误抽误标 6 组

首先根据主观语感辨识初步审查，挑出不符合搭配习惯的有以下 14 组：

保 - 尽、端 - 引、患 - 陪、进 - 有、是 - 应、走 - 可、惩 - 防

打 - 防、发 - 审、管 - 办、商 - 签、统 - 防、应 - 保、占 - 补

为了确保判断正确，进一步核对原文用例，结果发现，上述被"语感"排除的 14 组中，有 8 组符合短语条件，只有 6 组可以确认为切分错误或标注错误所致的"非词非语"字串，说明个人的语感有时并不十分可靠。例如：

①"应保尽保"分词标注为"应 / v 保 / v 尽 / v 保 / v"，抽出

"保 / v 尽 / v"属于"误抽"，把副词"尽"标为动词属于"误标"。

②"高端引领"分词标注为"高 / ad 端 / v 引 / v 领 / v"，误抽"端 / v 引 / v"，把名词"端"误标为动词。

③"病患陪护"分词标注为"病 / n 患 / v 陪 / v 护 / v"，误抽"患 / v 陪 / v"，把名词"患"误标为动词。详见表3：

表3："v+v"式"误切误标"原文参照表

序号	举例	原文用例	原因分析
1	保-尽	应**保尽**保	误抽、误标
2	端-引	坚持服务发展、人才优先、以用为本、创新机制、高**端引**领、整体开发的指导方针	误抽、误标
3	患-陪	养老服务和病**患陪**护	误抽、误标
4	进-有	健全国有资本有**进有**退、合理流动机制	误抽
5	是-应	特别**是应**对……能力	误抽
6	走-可	**走可**持续发展之路	误抽

【麒按】随机抽取任意两个单音动词"v+v"相关性组合的时候，必然出现大量误抽情况。例如，"应保尽保"分词标注为4个单音节动词"应 / v 保 / v 尽 / v 保 / v"，就会抽出"应 / v 保 / v""保 / v 尽 / v"和"尽 / v 保 / v"等三个"v+v"式组合。因此，筛查与复核工作至关重要。

(3) 临时短语17组

包括被"语感"排除的14组中经过核对原文"找回"的8组（表4中1-8号）：

表 4：“v+v”式短语及原文用例参照表

序号	短语	原文用例
1	惩-防	坚持标本兼治、综合治理、**惩防**并举、注重预防的方针
2	打-防	坚持**打防**结合、预防为主，专群结合、依靠群众的方针
3	发-审	深化股票**发审**制度市场化改革
4	管-办	推进政校分开、**管办**分离
5	商-签	积极**商签**投资保护
6	统-防	专业化**统防**统治
7	应-保	完善城乡最低生活保障制度，规范管理，分类施保，实现**应保**尽保。
8	占-补	落实耕地**占补**平衡
9	有-进	健全国有资本**有进**有退、合理流动机制
10	有-退	健全国有资本有进**有退**、合理流动机制
11	打-赢	**打赢**信息化条件下局部战争能力
12	改-为	由从量定额征收**改为**从价定率征收
13	降-到	产妇死亡率**降到** 22/10 万
14	要-做	**要做**好地方规划与本规划提出的发展战略、主要目标和重点任务的协调。
15	抓-住	继续**抓住**和用好重要战略机遇期，努力开创科学发展新局面
16	可-查	形成来源可追溯、去向**可查**证、责任可追究的安全责任链。
17	可-控	构建组织多元、服务高效、监管审慎、风险**可控**的金融体系

【麒按】“要-做”抽自“要-做-好”，“可查”抽自“可-查-证”。从韵律上通常会把“要做好”和“可查证”断为“1+（1+1）”模式，即括号内的“做-好”和“查-证”具有优先直接关系。但从结构和语感上，“要做”和“可查”都具有合理性和可接受性。如“要做好事”、“要做作家”、“有据可查”、“详情可查网

站……"等，因此，将"要-做"和"可查"列为"短语"。

4. 疑似"词化短语"的辨识

辨识疑似词化短语的条件主要根据以下4点进行综合评估：①能否充当句法成分，②能否与类词缀构成多音节词，③能否与其它双音词并列使用，④交集略化后产生的"v+v"式是否语义明确等。在具体的上下文中筛查出14条疑似"词化短语"：

(1) 充当句法成分

①防-控：原文"疫病**防控**"。

【麒按】"防控"作谓语。

②收-储：原文"完善大宗农产品临时**收储**政策"。

【麒按】"收储"作谓语中心。

③收-付：原文"深化部门预算、国库集中**收付**、政府采购及国债管理制度改革"。

【麒按】"收付"作谓语中心。

④甩-挂：原文"积极发展公路**甩挂**运输"。

【麒按】"甩挂"作状语。

⑤统-分：原文"坚持以家庭承包经营为基础、**统分**结合的双层经营体制"。

【麒按】"统分"作主语。

(2) 与类词缀构成多音词

①参-保：医疗保险**参保**率。

【麒按】"率"为类词缀。

(3) 与其他双音词并列使用

①施 - 保：原文"规范**管理**，分类**施保**"。

【麒按】"管理"是典内双音词。

②退 - 牧：原文"巩固和扩大**退耕**还林还草、**退牧**还草等成果"。

【麒按】"退耕"是典内双音词。

③联 - 调：原文"完善南北**调配**、东西互济、河库**联调**的水资源调配体系"。

【麒按】"河库联调"是"河流和水库联合调配"的缩略，与"南北调配、东西互济"形成格式整齐的排比句式。其中"调配"是典内双音词，"联 - 调"与之对应并列。

④配 - 租：原文"制定公平合理、公开透明的保障性住房**配租**政策和**监管**程序"。

【麒按】"监管"是典内双音词。

(4)"v+n"联合"交集"略化后产生的"v+v"式

①输 - 配：原文"完善**输配**电价形成机制"。

【麒按】"输电"和"配电"并用后缩略为"输配电"，"输配"语义明确。

②蓄 - 滞：原文"重要**蓄滞洪**区建设"。

【麒按】"蓄洪区"和"滞洪区"并用后缩略为"蓄滞洪区"，"蓄 - 滞"语义明确。

③围 - 填：原文"控制近海资源过度开发，加强**围填海**管理"。

【麒按】"围海"和"填海"并用缩略而成"围填海"，"围 - 填"语义明确。

（5）同素异序

①灌 - 排：原文"**灌排**泵站配套改造"。

　　【麒按】"排灌"已被收入《现汉》6 版。此"灌 - 排"与"排灌"同素异序，信息焦点有别，结构理据相同。

　　综上，对于机器统计抽取的 55 组"v+v"式单音节根词相关性组合的词化情况筛查发现，6 条误切误标，17 条临时短语。14 条疑似词化短语，18 条已被作为双音词收入《现汉》6 版的"词化短语"。详见下表。

表 5："v+v"式单音根词相关性组合类别分布表

类型	组合数	占比 %
误切误标	6	10.91
临时短语	17	30.91
疑似词化短语	14	25.45
词化短语	18	32.73
合计	55	100

　　"疑似词化短语"和"入典词化短语"两项合计 32 组，占抽取总组数的 58.18%，表明"v+v"式单音根词相关性组合中短语"词化"的程度和发展趋势。如果把《规划》作为尝试性研究的小样本，据此可以推断，基于单音根词相关性的短语词化研究方法的现实可行性和较高的信度。下面将选用港式中文抽样语料来验证这一推断。

四、港报抽样语料库"v+v"式短语词化知识挖掘

1. 香港《东方日报》抽样语料库

本文所用港式中文语料库，采用等比例随机抽样的方法，抽取香港《东方日报》2009—2012 年度新闻语料约 128 万字符。因香港实行"两文三语"的语文政策，报章文本中除汉字和标点符号之外，还有字母、数字等其他非汉字符号。

统计所得基本数据：单音词 7574 个，累计词次 535608 次；双音词；31119 个，累计 294337 次；三音词 3530 个，累计 17815 次，四音词 2043 个，累计 4273 次；5 音及以上词 428 个，累计 512 次。

2. 港报"v+v"式单音根词相关组

随机抽取"v+v"式单音根词相关性组合共计 4001 组。按使用频级分布统计：

1-5 次的超低频区计为 3721 组，6-10 次的低频区为 163 组；11-19 次的中频区有 125 组；使用 20 次以上的高频区共有 38 组。谨以高频 38 组为例进行词化度分析。详见下表：

表 6：香港《东方日报》抽样语料单音根词高频"v+v"相关组类别例样表

序	v+v	类别	数	频	用例
1	添 - 烦	疑似	363	0.0586	添烦添乱
2	探 - 射	疑似	187	0.0302	探射灯
3	翻 - 生	疑似	167	0.0269	咸鱼翻生

序	v+v	类别	数	频	用例
4	欠 - 奉	疑似	117	0.0189	措施欠奉
5	烦 - 添	误抽	92	0.0148	添烦添乱
6	有 - 排	短语	86	0.0139	有排数
7	接 - 获	词化	84	0.0136	接获通知
8	灌 - 救	疑似	72	0.0116	自行灌救
9	拍 - 拖	词化	61	0.0098	拍拖两次
10	救 - 熄	疑似	60	0.0097	火势救熄
11	踢 - 爆	疑似	56	0.009	被踢爆
12	带 - 返	疑似	52	0.0084	带返警署
13	会 - 有	短语	52	0.0084	总会有光明
14	弹 - 指	误标	49	0.0079	弹指春秋
15	搞 - 到	短语	45	0.0073	搞到跌伤
16	保 - 钓	误标	36	0.0058	保钓船
17	食 - 环	误抽	35	0.0056	食环署
18	引 - 致	词化	34	0.0055	引致肾衰竭
19	笑 - 看	疑似	33	0.0053	笑看风云
20	追 - 讨	疑似	30	0.0048	追讨公道
21	是 - 添	误抽	29	0.0047	只能是添烦
22	咬 - 伤	短语	29	0.0047	狗咬伤个案
23	接 - 载	疑似	28	0.0045	接载同事
24	领 - 汇	误标	28	0.0045	领汇发言人
25	候 - 判	疑似	27	0.0044	保释候判
26	有 - 指	短语	25	0.004	消息有指她
27	检 - 获	词化	23	0.0037	检获毒品
28	要 - 做	短语	23	0.0037	措施要做足
29	管 - 治	疑似	22	0.0035	其管治团队

序	v+v	类别	数	频	用例
30	立 - 会	误标	22	0.0035	立会战况
31	问 - 到	短语	22	0.0035	被问到
32	救 - 出	短语	21	0.0034	救出弟妹
33	惹 - 来	短语	21	0.0034	惹来麻烦
34	验 - 出	短语	21	0.0034	验出禽流感
35	打 - 压	词化	20	0.0032	被打压
36	会 - 令	短语	20	0.0032	不会令人类
37	助 - 查	疑似	20	0.0032	警署助查
38	走 - 到	短语	20	0.0032	走到超市

表中"类别"内用文字标识了"v+v"相关性组合的"词化"情况，分为"误抽、误标、短语、疑似和词化"五类。分别指：

①误抽：如序5"烦添"是误抽自"添烦添乱"，序17"食环"误抽自"食物环保署"简称"食环署"，序21"是添"误抽自"只能是添烦添乱"。

②误标：指属性标记错误。序14"弹指"的"指"是名词素；序16"保钓"中"钓"是"钓鱼岛"简称，应为名词；序24"领汇"是香港一家房地产信托基金（REIT）的名称，不该切分；序30"立会"是"立法会"简称，"会"是名词。

③短语：指临时短语，如：序6有排、序13会有、序26有指、序28要做等。因"会、有、要"都是高频动词，几乎能与任何动词搭配构成临时短语。其他还有"搞到、咬伤、问到、救出、惹来、验出、会令、走到"等。

④疑似：指"疑似词化短语"，即可能或正在发生词汇化的短语。表内共有14例，如1-4号的"添烦、探射、翻生、欠奉"等。

⑤词化：指经查证被作为双音词收入《现汉》6 版的"词化短语"。如 7 号"接获"、9 号"拍拖"、18 号"引致"、27 号"检获"、35 号"打压"等 5 例。

"拍拖"本是"音意兼译"词，因所选用的两个单音动词在港式中文语料自动分词时被切分并按"v+v"式抽出，按联合结构的短语词化处理也有类比意义。

3. 港报"v+v"式短语的词化度

根据前表所列高频"v+v"单音根词相关性组合分析结果进行归纳，可以发现香港《东方日报》抽样语料库中"v+v"式短语的词化情况和分布特征。详见下表：

表 7：港报"v+v"式单音根词相关性组合短语词化分布表

类型	组数	占比 %	举　例
误抽	4	10.53	烦添、是添、食环、领汇
误标	4	10.53	弹指、保钓、立会、有排
短语	11	28.95	有指、会有、会令、咬伤、要做、救出、验出、惹来、搞到、问到、走到
疑似	14	36.84	添烦、探射、翻生、欠奉、灌救、救熄、踢爆、带返、笑看、追讨、接载、候判、管治、助查
词化	5	13.16	打压、拍拖、接获、检获、引致
合计	38	100.01	

上表所列，11 条临时短语占 28.95%，14 条疑似词化短语占 36.84%，完成词化被收入词典的占 13.16%。疑似词化短语和完成词化短语两项合计占到 50%。将其与《纲要》的统计结果相比较，详见下表。

表 8：《纲要》与"港报""v+v"式短语词化比较表

类型	大陆规划纲要		香港东方日报	
	组数	占比 %	组数	占比
误切误标	6	10.91	8	21.06
临时短语	17	30.91	11	28.95
疑似词化短语	14	25.45	14	36.84
词化短语	18	32.73	5	13.16
合计	55	100.00	38	100.01

比较发现，两个样本之间临时短语的占比分别是 30.91% 与 28.95%，相差不到 2 个百分点。《纲要》疑似词化短语的占比低于"港报"11 个百分点；而词化短语的占比则高出近 20 个百分点。"港报"疑似词化短语和完成词化短语两项合计占比 50.00%，低于《纲要》58.18% 的 8 个百分点。这表明"港报""v+v"式短语"词化"还有很大的发展空间。这一推断基本符合港式中文单音根词为主的实际。

五、余论

"短语词化"是汉语词汇系统生成和发展的重要方式，涉及到词法、句法、语义、语用等多元要素的交互作用，反映了汉语词法句法一致性、"词素—词—短语"等某些深层规律，是汉语基础应用研究的一个新领域。

基于根词相关性原理的"v+v"式短语词化知识挖掘属于尝试性的探索。从临时短语到疑似"词化短语"，到完成词化再到被收入词典的演化过程还是笔者的一个理论假设。不同阶段之间在动态的系统中类似"连续统"，很难划定严格的边界。文中所提出的辨识疑似词化短语的 4 条原则还需要更多实证研究的检验。

　　频度因素在短语词化中具有至关重要的作用。但是不可忽略的是高频区仍然可见误抽、误标的例子。这提醒我们今后应扩展至多级隐马相关性模式的知识挖掘，以期避免类似的偏误，取得更理想的效果。

　　文本所用香港《东方日报》抽样语料库得到了香港理工大学中文及双语学系"港式中文与标准汉语比较研究"的项目资助以及石定栩教授、刘艺博士的大力支持。写作过程参考了多位专家学者的论著，恕不具列大名，谨此一并致谢。

　　文中不当之处，敬请批评指正。

【参考文献】

[1]　盛玉麒《文学作品对民族共同语的贡献度研究》（福建师范大学学报，2007-2）。

[2]　盛玉麒《基于语料库的汉语词汇知识挖掘研究》（第四届两岸汉语问题研讨会 2009 台北；《21 世纪初叶两岸四地汉语变异》台湾新学林出版社 2010）。

[3]　盛玉麒《基于流通语料库的 HSK 方位类后缀知识挖掘研究》（中文教学现代会国际会议 2009 烟台；《数字化对外汉语教学实践与反思》（清华大学出版社 2010）。

[4]　盛玉麒《基于流通语料库的汉语"类词缀"相关性知识挖掘研究》（国际中国语言学第 19 届年会，2010 南开）。

[5]　盛玉麒《语料库方法：语言学研究的范式转型》（中国社会科学报，2011，第 216 期）。

[6]　盛玉麒《基于当代汉语流通语料库的根词相关性知识挖掘研究》（语料库语言学圆桌会议 香港教育学院 2011）。

[7] 盛玉麒《基于二元根词相关性的汉语三字格新词语知识挖掘研究》（"澳门语言学研究的回顾与前瞻暨庆祝程祥辉教授执教 30 周年学术研讨会"澳门科技大学 2011）。

[8] 盛玉麒《基于语料库的对外汉语教学知识挖掘研究》（加拿大对外汉语教学国际会议 2011 温哥华）。

[9] 盛玉麒《基于语料库的四字格准成语知识挖掘研究》（"第六届海峡两岸现代汉语问题研讨会"澳门理工学院 2011；《澳门语言研究》2012）。

（盛玉麒　山东大学文学与新闻传播学院）

互联网新媒体中的字词语使用考察

◎李红印

提　要：互联网开启了新媒体时代，极大推动了语言交际与表达方式和手段的快速发展。本文从互联网新媒体的语言使用入手，通过对一些词语在紧缩为单字、类推构词以及紧缩为短语和离散化使用方面的动态考察，揭示出汉语音节的"字化"倾向，单字在类推构词、语用及语义表达等方面活力增强，功能增大，在短语紧缩成词、离散化使用时语义负载量加大、语用乃至修辞功能增强的现象。这种现象不仅具有很强的语言价值和语言学价值，而且具有很强的语言教学和语言学习价值。

关键词：新媒体；单字；短语；语义；语用

一、问题的提出

相对于传统媒体（如报纸、电视广播媒体等），互联网开启了"新媒体"时代。所谓新媒体主要指互联网提供的新闻、信息发布平台，如各大门户网站及由此延伸出的博客、微博乃至手机短信、QQ 聊天等个人色彩较浓的信息发布、语言交际平台。

新媒体时代带来新闻发布、信息传播的加快和及时更新，也极大推动了语言交际与表达方式和手段的快速发展。新媒体的快速成长，也影响到传统纸质媒体的新闻报道方式和语言表达，甚至深刻地影响到了当代社会人们的现实语言生活（李宇明，2012）。

本文从互联网新媒体的语言使用入手，来观察汉语字、词、语的动态使用情况，目的主要不是宣告哪些新的语言形式出现了，这些新的语言形式规范不规范以及如何规范等，也主要不是去对这些新词语做"价值判断"，评论它们该不该为社会各阶层所使用，使用后会不会对语言文明和社会文明产生影响等。本文的主要目的是通过对字、词、语使用进行"个案"分析，来分析汉语字、词、语在当代汉语语境中的动态使用特点。

本文拟考察这样两个问题：(1) 音节"字化"与单字在语言表达方面的活力；(2) 短语紧缩成词与"离散化"使用带来的单字语义、语用功能增强。

文中用例均选自微博用语、网站新闻报道等，有的也采自纸质媒体报纸中的新闻报道，为行文简洁，用例不再一一注明出处。

二、音节"字化"与单字使用活力增强

1. 音节"字化"，单字的语言表达功能增强

音节"字化"指的是，一些原本只表音不表义的单字（多为音译外来词的表音单字），在使用中被赋予意义，作为汉语中有

意义的单字使用的情况[1]。音节"字化"带来的语言影响就是突显了单字在汉语交际与表达中的价值和作用，反过来说就是，汉语单字在新媒体语言表达中仍具较强的使用活力和价值。下面以"粉丝（粉）"、"巴士（巴）"和"啤酒（啤）"以及"PK"为例进行分析。

"粉丝"这个词译自英语 fans，指（某人的）崇拜者、狂热的拥护者，在当代汉语语言生活中被广泛使用，在新媒体语言表达中也广泛使用。例如"我是他的粉丝""这位歌星有众多粉丝""我是他的铁杆儿粉丝"等。

在微博语言中，"粉丝"被紧缩为"粉"，意指粉丝，如说某个微博名人有多少关注者，就说他有多少"粉"，如"他有二十多万粉"等。如果关注后又因故取消对某微博名人的关注，该微博名人粉丝减少了就说"掉粉"，如可说"最近掉粉掉得厉害"、"冒着掉粉的危险发表看法"等。"粉丝"由 fans 音译过来，其中的"粉"和"丝"都没有意思，整体"粉丝"才有意义，紧缩后，"粉"有"粉丝"的意思，实现"字化"，并迅速使用开来，单字"粉"的语言表达功能增大。主要表现就是，一可以作为构词成分类推构词，二是滋生了动词的用法。

构词方面，如"韩粉"（韩寒的粉丝）、"方粉"（方舟子的粉丝）、"果粉"（苹果电子产品的粉丝）、"毛粉"（毛主席或毛泽东

1　"字化"是徐通锵先生提出来的。徐先生指出：汉语改造外来辞的基本办法就是从外来辞的音节中选取一个适当的音节并配以相应的汉字，使原本没有意义的音节具有表义的功能，或者实现"字化"……"奥林匹克"是外语辞的音译，其中的每一个字都无意义，但是"奥运会"、"申奥办公室"中的"奥"都具有"奥林匹克"的意义。"沙发"、"玛瑙"等现在还没有"字化"，但是理论上完全有字化的潜能。（引自吕必松《沉痛悼念徐通锵先生》，下载自北大中文论坛（www.pkucn.com）"徐通锵悼念专辑"）

思想的粉丝、忠实拥护者）、"女粉"（女性粉丝）等，这方面的例子很多。

　　动词用法方面，在微博中，博主为增加关注者会主动发微博要求大家关注，这叫"求粉"，这里的"粉"开始动态发展，似有"求粉丝"和"求关注"两层意思，如果是"求关注"，那"粉"就具有了动词用法。在此基础上，"粉"的动词用法也快速扩散，下面的句子就是"粉"典型的动词用法。例如：

　　（1）你粉我，我粉你，咱们互粉。
　　（2）上博许久，我从未粉过什么大 V，也不愿去粉什么大 V……
　　（3）继续拉掉二十个关注，并反省自己，是如何开始单粉那些陌生"公知"男人的……

　　"巴士"先于"粉丝"进入汉语，译自英语 bus，指公共汽车，如说"乘坐巴士上班"等。有意思的是，"巴士"在使用中也可减缩成单字"巴"，构成"大巴"、"中巴"、"小巴"，分别指"大的巴士"、"中等巴士"和"小的巴士"。甚至还可以构成"旅游巴"，指供旅游使用的长途客车。其中单字"巴"有"巴士"的意思，开始"字化"。

　　"啤酒"一词也很有意思。"啤酒"译自英语 beer，指一种酒，其中的"啤"只表音，没有义，这在《现代汉语词典》中有反映。《现代汉语词典》第 6 版之前对"啤"这个字头的注解是"见下"（下收词条【啤酒】）。随着啤酒在中国的普及，成为人们饮酒时常见的一类和普遍的选择，"啤酒"一词也高频使用，逐渐出现了以单字"啤"来指称"啤酒"的情况，如：

　　（4）生啤、扎啤、冰啤。

(5)　问：今天喝啤的还是喝白的？

《现代汉语词典》第 6 版及时反映了这种变化，在"啤"字头下，改注为"指啤酒"，"啤"开始有了意义，实现了"字化"。

　　甚至还有直接搬用英文字母，赋予其改造后的意义，把之当成一个单字使用，实现"字化"的情况，典型的是"PK"这一语言表达。PK 表示双方竞争、对抗或比赛的意思，《现代汉语词典》第 6 版后西文字母开头的词语中有收。在现代日常口语中，PK 作为一个动词被频繁使用。如：

(6)　你和他 PK。

(7)　咱们俩 PK。

(8)　你要能把小王 PK 掉，我就认输。

2.单字类推构词功能强化，汉语类词缀构词方式活力大增

　　在新媒体语境中，当代汉语很容易借助一个单字来类推构词，哪怕所构词语是用一用就会消失的"临时词"。这种现象也突显了汉语单字在当代语言交际与表达中的作用和活力。例如汉语中最常用的两个单字"男"和"女"，《现汉汉语词典》释义主要是"男性、女性"和"儿子、女儿"这两个义项，但在现代日常口语和新媒体语言使用中，人们会直接以"男""女"来类推构词，前面加上修饰性或描写性成分，用来指称某个或某类男人或女人（多有贬义），例如：

(9)　宝马男：指开宝马车的那位男子

(10)　雅阁女：指开雅阁车的那位女子

(11)　猥琐男：指公共场合行为猥琐的那个男子

(12)　豪放女：指行为举止不像女性（甚至有些不雅）的那位女子

这类临时词非常多，又如"渣男"（像人渣一样的男人）、"已婚男"、"二婚男"、"大龄女"、"剩女"（大龄未婚的女子）等。其他单字类推构词的例子还有"哥"（犀利哥），"姐"（房姐、地铁"真理姐"网上走红），"妹"（打工妹、学生妹、奶茶妹、萌妹），"叔"（房叔、"调解叔"五年调解纠纷 1000 余起），"帝"（表情帝、学术帝）等，这种构词方式十分能产，常常可以"即景生词"，根据当时语境情景，便可在"男、女、哥、姐、妹、帝"等单字前加上修饰成分构词。

这种借助单字表达核心类属义、把一类人（或事物）聚合起来的语言表达方式甚至扩展到了"亵字"（即骂人话的用字）上。如起于北京话的"牛逼"（也写作"牛 B"或"牛 ×"）、"傻逼"（也写做"傻 B"或"傻 ×"）中的单字"逼 / B" [2]，在微博、QQ 聊天及青年人日常口语中竟也可类推构词了，所构词语指称的是说话人所蔑视或嘲讽的一类人，如：

（13）2 逼 / 二逼：同"傻逼"，其中"2 / 二"是近年使用较多的表示犯傻、傻帽的词，如"这个人很二"就是说"这个人很傻气"。

（14）苦逼：指很辛苦做某事的人（多自指），实际使用中这个词似乎更多用在动词前表示一种状态，如"A：干嘛呢？ B：我苦逼写论文呢"。

（15）装逼：该词的意思是，（某人）说话做事很虚假、很装，令人厌恶，用法主要是指某种行为，不是指一种人，但

跟这类人有关。如说"别装逼了""我做事不装逼""装逼吧，你"等。

(16) 文艺逼：意思似指说话做事都很夸张、显示其文艺气质（且很装）的人。

(17) 道德逼：指凡事总是以道德来衡量、评判和要求他人的人。

甚至还有以该字为打头字构词的情况，如"逼格"（由"人格"一词类推），这样这个字的用法就进一步发展了。见下面微博用例：

(18) @米神萧云起 V：请不要当众打情骂俏。//@老猫在村里：回复@醉颜红 l：你是说透露出一个胖子清爽的一面？俗人也有逼格对吧？//@醉颜红 l：一改@老猫在村里过往风格，大纤云弄巧之感。

关于这一组临时词，我们是这样分析的：毫无疑问这类词语是不登大雅之堂的，一定只在部分大众口语特别是非正式场合中使用的，表达的也多是俚俗色彩浓重的意味，甚至还颇粗鄙。但值得关注的是，按理说这个衮字是不大能够广泛构词使用的，但现实语言生活中人们竟突破某种限制或禁忌，用它扩展构词了，该衮字也逐渐虚指或转指，说者和听者似都不大感觉其不雅和说不出口了。

以上主要是单字在后作为类指核心字构词的情况，此外还有单字在前类推构词的例子，如"约"字，已经有"约会"、"约见"等词，现在还出现了下面的类推构词：

(19) 约饭：指约某人一起出去吃饭。

(20) 约炮：指约异性发生一夜情（"炮"指"打炮"，发生性关系）。

（21）约架：指向某人（多为自己的仇人或发生冲突、争执的人）发出打架的挑战。

以上这些用例似乎说明，只要现实需要，汉语中的单字（哪怕是不雅的"亵字"）都可以参与临时造词，造词的能产性还很强，其中表核心类属义的单字类推构词功能得到强化，语义、构词及表达功能都大大增强。

三、短语紧缩成词与"离散化"使用，使得单字语义、语用功能增强

1.短语紧缩为词，构词单字的语义负载量加大

这里以"醉酒驾驶机动车辆"紧缩为"醉驾"、"酒后驾驶机动车辆"紧缩为"酒驾"为例略作分析。请看新闻报道（见加点字）：

（22）9 日，鸡西市公安局向媒体通报，"8.5"重大道路交通事故肇事路虎司机张喜军的驾驶证在 2004 年年末就已被注销，经省公安厅刑事技术总队检验，张喜军肇事时是醉酒驾驶。黑龙江省公安厅刑事技术总队经对张喜军血液进行酒精检验，检测出其每 100 毫升血液中酒精含量为 198 毫克，远远超出每百毫升血液中酒精含量为 80 毫克的醉酒驾驶标准，属于严重醉酒驾驶机动车肇事。（新闻标题《肇事路虎司机系无证醉驾》）

从例（22）新闻报道可以看到，新闻标题（《肇事路虎司机系无证醉驾》）出于表达简洁需要，用了"醉驾"这一紧缩形式，

而正文中使用的仍是"醉酒驾驶"、"醉酒驾驶机动车"等短语表达。从整篇报道可以清楚看到"醉驾"是由"醉酒驾驶"紧缩而来的临时词，而"醉酒驾驶"可能又是"醉酒驾驶机动车辆"这一更长的表达紧缩过来的。

　　在"醉酒驾车"之前，我们比较了解的是"酒后开车"这种行为，但"醉驾"一词无法涵盖"酒后开车"这一行为，于是我们推想，在"醉驾"紧缩构词的影响下，汉语表达会不会产生"喝了酒但还没有喝醉状态下驾驶机动车辆"这一含义的紧缩临时词呢？果然我们在另一新闻报道中就看到了"酒驾"这个紧缩临时词。例如（见加点字）：

　　（23）本报讯（记者 李仲虞）昨日起，公安部在全国范围内严厉整治"酒后驾驶行为"。北京市交管部门昨日表示，将在主要餐饮娱乐地区实行24小时全天查酒后驾车，并将启用科技执法小分队和查处严重交通违法行为小分队，实行弹性工作制，通过高科技设备和不定时的方式检查酒驾。（新闻标题《本市餐饮娱乐地区将24小时严查酒驾 —— 政府机关如有酒驾坚决曝光》）

　　从例（23）新闻报道中，可以明显看到"酒驾"的紧缩产生轨迹："酒后驾驶行为" —— "酒后驾驶" —— "酒驾"。在同一新闻报道中，还把"醉酒驾车"和"酒后驾车"这两种行为对比，以显示这两种违法行为程度上的差别与处理上的差别。这就清楚地注释出了"醉驾"和"酒驾"含义的不同，为后起的临时词"酒驾"在汉语中扎下根来奠定了基础。如下例（见加点字）：

　　（24）在整治行动中，对于醉酒驾车的司机一律拘留，对查获的酒后驾车人员，依法严格处罚，根据情节用足罚款、暂扣、吊销、拘留、追究刑事责任等手段，通过 POS 机等科技设备对查获的酒后司机直接录入"黑名单"数据库。此外，对发生酒后驾车违法、事故的单位、驾驶人，进行公开处理、媒体曝光、追究领导责任等措施，特别是对于政府机关单位存在酒后驾驶行为的，坚决曝光。

从"醉酒驾驶"紧缩为"醉驾"，从"酒后驾驶"紧缩为"酒驾"，不仅实现了语言表达上的精简，而且加大了"酒驾"中单字"酒"的语义负载量。由"醉酒驾驶"到"醉驾"，"醉"的语义负载没有增量也没有减量，但"酒驾"中的"酒"语义负载量却比"酒后驾驶"中"酒"的语义负载量有所增加，具有"喝了酒以后（驾驶）"而不是"喝着酒（驾驶）"的语义涵义，尽管字面上"酒驾"是可以理解为"喝着酒驾驶"。

2.短语"离散化"使用，赋予其中单字以更大的语义、语用功能

这里拟以名词性短语"潜规则"在新闻报道中的"离散化"使用为例来进行分析。所谓短语"离散化"使用是指本来很固定的短语在语篇上下文中可以拆开使用，如同离合词一样。请看下面的新闻报道《女记者卧底演艺公司揭潜规则：不是想潜就能被潜》（节录），注意其中的加点字：

（25）编者按：一说到娱乐圈，好多人的第一反应就是所谓的潜规则：今天谁和谁又爆出了不正当关系，谁的裸照又曝光了……人们之所以如此关注娱乐圈的潜规则，主要是因为明星在镁光灯下受到更多人关注，背后的故事也似乎更加意味深长。

潜规则 1：不是想被潜就能被潜

潜你是给你机会，给你面子

"你想啊，当你有潜明星的实力的时候，也不能乱下手。"一位小明星经纪大丁告诉城市信报记者，潜规则之前，"甲方"也要有充分的考虑和思量。"哪些明星有继续发展的潜力，演技能够得到全剧组认可，而不是被人在背后说'这是谁谁的关系'，这样的人才有被潜的价值。"面对那些没有发展潜力、不能担当的人，潜了也是白潜，推荐一部戏得不到肯定，再推荐一部戏还是没有口碑、没有市场，"甲方"便没有了继续与你维系潜规则的意愿了。

"说句不好听的，潜你，是给你机会，给你面子，你说你被潜还是不被潜？"再说句不好听的，等着被潜的人很有可能排着队在等待，而这个等待的过程，就变质成为一种"PK"的过程……

"还有就是，潜之后也要讲规矩的，"经纪人大丁暗示记者说……不能在被潜对象间比较这些，也算是不成文的规矩，"潜规则、潜规则，如果能摆到桌面上谈，那就不是潜规则了，所以潜的时候，'乙方'不能有太多怨言……但在背后叫嚣自己被这个人那个人潜过，可就不对了。"

摄影大哥还告诉城市信报记者，无论是"甲方"还是"乙方"，都有拿这个说事儿的人，自然不缺乏恶意相向的人，所以在潜与被潜的同时一定要多加小心。"很多人在这样恶意的人面前吃过大亏，在娱乐圈，口碑还是很重要的。

"你想横店那种鸟不拉屎的地方，吃个鸡爪子都觉得幸福，没有娱乐……相互潜一潜也正常。"

除了明星之间那些说不清的感情事，摄影师大哥还向记者爆了大明星"潜"小明星的料。

圈中更多的人，经历的是只"潜"出一部作品的尴尬境地。场记老于就跟记者讲过这样一个故事，也是圈内话题炒得很凶的一位女星……

潜规则 6：不是所有明星都靠潜规则

城市信报记者在卧底中慢慢发现一个规律：并不是所有明星都被潜，也并不是所有人都能潜成功。

隋哥说，不是所有人都是因为潜规则而出名，也有纯粹靠打拼把自己推向事业高峰的演员。"不少人潜不好，还会把自己搞臭了，因此被迫退出娱乐圈的也有……

"潜规则"原本只作为名词性固定短语使用，不可分开。然而在上面这篇新闻报道中，却在通俗浅白、俚俗口语化程度很高的语法、语义、语用表达背景下，出现了"离散化"使用，变换出诸多的临时用法，如："潜你"、"潜明星"、"被潜"、"被这个人那个人潜过"、"想潜"、"潜过"、"白潜"、"潜之后"、"（互相）潜一潜"等。

如果把固定短语"潜规则"看作该短语使用的原型范畴的话，那么以上"离散化"使用便是"潜规则"原型范畴的变化形式，归纳起来有这样几类：

①潜＋宾语，宾语为代词或表人称词语，如"潜你"、"潜明星"、"大明星潜小明星"。

②被动用法，如"被潜"、"被这个人那个人潜"。

③潜＋了/着/过，如"潜过"、"潜了"等。

④助动词＋潜，如"想潜"、"能潜"。

⑤潜＋补语，如"潜不好"、"潜成功"。

⑥状语＋潜，如"白潜"。

⑦ V 一 V 重叠用法，如"（互相）潜一潜"。

⑧其他用法，如"潜与被潜"、"潜之后"、"潜的时候"。

⑨转喻用法，如"只'潜'出一部作品来"。

以上种种变化形式之所以能够出现，也能够为读者所理解，根本原因还在于同一语篇中原型范畴"潜规则"的存在。反过来讲，也可以说，"潜规则""离散化"使用以后，其整体语义、语用功能都"压缩"在单字"潜"上了，这就大大增强了单字"潜"的语义、语用甚至修辞使用功能。

四、结语

有文章指出，网络语言研究此前大多局限于静态，相关研究需要扩展到动态，并把语义、语用两方面结合起来考察。（参见卜源、苏新春，2011）本文的分析正是从动态角度来观察互联网新媒体中汉语字词语的使用情况，从音节"字化"、有意义的单字类推构词、短语紧缩、"离散化"使用等方面，分析了互联网新媒体语言中，单字的构词、表义、语用乃至修辞等方面功能增强、活力增大的现象。通过分析，揭示了在双音节、多音节词汇占优势的当代汉语中，有意义的单个汉字（或叫单音节词或语素）在语言沟通与交流中，仍发挥着十分重要的作用。反过来从语言理解和汉语学习的角度看，有意义的单字也占据着十分重要的位置。

本文的分析还使人注意到，汉语字词语在当代汉语沟通与交流中的动态使用状况具有很强的"语言价值"和"语言学价值"[3]，

3　网络语言的"语言价值"和"语言学价值"是施春宏（2010）提出来的。所谓"语言价值"是指网络语言为网络交际提供了特定的语言成分，形成了特定的结构关系，实现了特定的功能；所谓"语言学价值"主要指网络语言的研究为语言学研究、语言观察提供了新的观察视角、方法和内容，启发人们进行新的思考、产生新的认识、得出新的结论、预测出新的趋势等。

站在汉语教学立场上我们可以进一步认为，这种字词语动态使用也具有很强的语言教学和语言学习的价值，即有意义的单字担负着重要的语义、构词、语用乃至修辞功能，是汉语教学和学习不可或缺的方面。

【参考文献】

[1]　卜源、苏新春 2011《网络聊天中的拟声应答词 —— 以"呵呵"为例》，《江西科技师范学院学报》第 5 期。

[2]　李宇明 2012《中国语言生活的时代特征》，《中国语文》第 4 期。

[3]　施春宏 2010《网络语言的语言价值和语言学价值》，《语言文字应用》第 3 期。

（李红印　北京大学对外汉语教育学院）

《汉语拼音正词法》及其修订

◎董琨

一、《汉语拼音方案》由来与地位

中国先民很早发明了汉字，这是记录汉语的最好的工具，从商周时代到互联网时代，几千年来使用不绝，造就了世界文字史上绝无仅有的奇迹。

为了有利于汉字的应用，也很早就有词典、字典的产生；但是早期的词典字典，例如《尔雅》、《说文解字》等等，都只是解释有关汉字的字形和字义（亦即汉字所记录的词的意义）。

对于字音，则无所奏其技，只能用"读若"之类来表示，而"读若"的模糊及不准确的程度，是可想而知的。

在这方面，历史上后来有两次突破，都是引进与借鉴外来文化即拼音文字的结果：

一次是佛教传入中国，因梵语的影响发明反切；二是基督教的西方传教士用罗马字母为汉字注音，而为中国知识分子所接受。

《汉语拼音方案》则是这条路径上瓜熟蒂落、水到渠成的成果，也是现代中国一项伟大的发明。可以说，为了得到这个成果，中国人经历了漫长的路程。

1957 年 11 月 1 日国务院会议《关于公布汉语拼音方案草案

的决议》中指出："应用汉语拼音方案为汉字注音来帮助识字和统一读音，对于改进学校语文教学，推广普通话，扫除文盲，都将起推进作用。对于少数民族制订文字和学习汉语方面，也有重大意义。"

所以，《汉语拼音方案》首先是为汉字注音的工具，是用来帮助汉字教学和推广普通话的工具。

1982 年 8 月 1 日经国际标准化组织（ISO）成员国投票表决，成为汉语罗马字母拼写法的国际标准（ISO-7098）。

在 2000 年 10 月 31 日第九届全国人民代表大会常务委员会第十八次会议通过的《国家通用语言文字法》中则进一步确立了《汉语拼音方案》的法定地位。

即第二章第十八条："国家通用语言文字以《汉语拼音方案》作为拼写和注音工具。《汉语拼音方案》是中国人名、地名和中文文献罗马字母拼写法的统一规范，并用于汉字不便或不能使用的领域。初等教育应当进行汉语拼音教学。"

随着世界高科技时代的降临，尤其是互联网网络的盛行，《汉语拼音方案》使用的范围不断扩大，同时，也确实产生和存在"汉字不便或不能使用的领域"（如不少国际电子邮件不是同时具有汉字字库或有的汉字字库彼此不能兼容），因此，不得不扩大《汉语拼音方案》作为准拼音文字的功能。

现在仍然有些人担心或恶意宣扬汉语拼音会取代汉字，这只能认为是无知者的杞人忧天，或是别有用心者的蛊惑人心。

提出"汉字要走世界共同的拼音文字方向"的年代，对于汉字尚且只是进行了一定程度的改革，主要是整理异体字和简化部分汉字，后来仓促公布的《第二次汉字简化方案（草案）》也得以废止。

进入改革开放新时期以来，于 1986 年 1 月召开的"全国语言文字工作会议"，在其《会议纪要》中更是明确指出："在今后相当长的时期，汉字仍然是国家的法定文字，还要继续发挥作用。"汉字作为记录汉语的最好工具，在进入互联网时代以后其使用也是得心应手，是没有任何加以废止的理由的。

但是，汉字的教学与推广，需要《汉语拼音方案》的配合和帮助。实事求是地说，汉语除汉字外，另有一套拼音性质的辅助记录工具，又有何不好呢？

二、课题背景

拼写需要规则，于是产生制订基于《汉语拼音方案》的《汉语拼音正词法》的必要。这也是国际标准化组织（ISO）专家们的希望与要求。

1982 年 3 月，原中国文字改革委员会成立"汉语拼音正词法委员会"，其预定的任务是：（1）拟订汉语拼音正词法基本规则和各种专用规则；（2）审订各种拼音表，例如街道名称拼音表、商店名称拼音表等；（3）重编《汉语拼音词汇》。

同年 9 月，委员会即草拟出《汉语拼音正词法基本规则（草稿）》，1984 年 10 月以"试用稿"的形式发表；后经多次征求意见和修改，1986 年 4 月，《汉语拼音正词法基本规则（试用稿）》有效性试验通过了鉴定。1988 年 7 月由国家教委、国家语委联合发布实施《汉语拼音正词法基本规则》。

1996 年 1 月，《汉语拼音正词法基本规则》（以下简称《基本规则》）由国家技术监督局批准、发布为中华人民共和国国家标准（GB16159-1996）。

《基本规则》发布实施以来，取得了一定的成效。但是，一方面，正如北京大学苏培成先生所指出的："（《汉语拼音正词法基本规则》）推行的情况并不是十分理想。它不像《汉语拼音方案》那样为社会各界所广泛了解，到现在还有许多人不知道有这个规则。在城市的各种公示牌、广告牌上看到的汉语拼音，有的是一长串字母连在一起，没有分词；有的是一个音节一个音节地全部分开，像汉字一样。现在也有一些人不赞成分词连写，他们说：一分词连写就成了拼音文字，而汉语拼音只是注音的工具，根本不是拼音文字。这种认识是不对的。《国家通用语言文字法》第十八条规定：'国家通用语言文字以《汉语拼音方案》作为拼写和注音工具。' 作为拼写的工具，就必须实行分词连写。"（《当代中国的语文改革和语文规范》第八章第四节，商务印书馆，2010,12,572 页）看来，有关部门今后需要加强对汉语拼音正词法的宣传工作。

另一方面，伴随着我国政治、经济、文化、科技等方面的飞速发展，社会语言生活发生了很大的变化。正词法在实际应用中，出现了一些《基本规则》未曾涉及的问题（如：中文信息处理）；也发现了一些原未处理妥帖的问题，有的规定还与应用实际（如新闻出版、辞书编纂、汉语教学等领域）不尽吻合。

为了扩大《基本规则》的功效，使正词法更好地适应汉语拼写的需要，在汉语走向世界的进程中发挥积极作用，适时修订《基本规则》就显得十分必要了。教育部语信司于 2002 年 11 月为《基本规则》的修订专门立项。

承担此课题的单位是中国社会科学院语言研究所和教育部语言文字应用研究所，修订文件起草人有董琨、李志江、金惠淑、史定国、王楠、杜翔。

课题组在学术研究的基础上，参照当初制定《基本规则》的基本思路，对其发布实施以来各界提出的意见进行了归纳整理，并考察了汉语辞书和教材编写中汉语拼音拼写的现状，然后对原规则进行了细化和完善，形成修订初稿。之后多次召开会议，征求了各方面专家意见，集思广益，反复斟酌。2008 年年底完成修订稿（征求意见稿），上报教育部语言文字信息管理司。

在征求部分省、市、自治区语委的意见后，课题组再次组织修改，完成送审稿。2009 年 7 月再次上报教育部语言文字信息管理司，在中国语言文字网上广泛征求社会各界意见。同年 12 月，课题组在教育部《语言文字》杂志上发表文章，征求学界专家意见。

2010 年 4 月，《基本规则》（修订）课题通过结项鉴定；8 月，通过教育部语言文字标准审定委员会预审，12 月，通过教育部语言文字标准审定委员会终审。

课题组还做了一些相关的后续工作，如：根据教育部语言文字信息管理司的要求，编写了《＜汉语拼音正词法基本规则＞解读》一书，约十万字，已由语文出版社出版。

同时，课题组还与上海辞书出版社、商务印书馆、中国大百科全书出版社、鲁东大学等单位合作，正在积极编纂以《辞海》、《现代汉语词典》等重要工具书为语料基础的《汉语拼音词汇》，收词将达 18 万条左右，预计从今年开始，分类分期陆续出版。

三、原《基本原则》存在的问题

从某种意义上可以说，汉语拼音正词法的难点是汉语词汇在语法层面缺乏明确的区分性所造成的。

众所周知，汉语没有完整、周密的形态标志，其语素（多用单个汉字表示）、词、词组之间，虽然在理论上具有明确的界定；但是在面对纷繁复杂的实际语言材料（语料）时，常常存在难以截然划界的情况。

任何语言的正词法，无不以"词"作为基本的拼写单位。汉语的这一特点，势必造成拼音正词法先天的内在矛盾与难点。

当初制定《基本规则》之前，学界已对汉语拼音正词法的内在矛盾进行过考察和研究，许多学者发表了很有价值的观点。

周有光先生曾归纳《正词法》的 13 对矛盾：视觉和听觉的矛盾、字和词儿的矛盾、理论词和连写词的矛盾、分连和半连的矛盾、语音节律和语法的矛盾、双音节化的矛盾、词化和非词化的矛盾、离合词的矛盾、常态词和临时接合词的矛盾、文言和白话的矛盾、原调和变调的矛盾、注音和转写的矛盾、习惯性和合理性的矛盾。（《正词法的内在矛盾》，见《汉语拼音 文化津梁》，三联书店，2007,9.）

这些矛盾比较集中地体现了汉语拼音正词法在理论上、应用上的难点。制定规则如此，修订规则依然如此。可以这样认为，解决难点的关键主要在于解决习惯性和合理性的矛盾。

习惯性从实践出发，合理性从理论出发；习惯性反映了拼写的实用要求，合理性反映了拼写的学理要求。《基本规则》的修订，力求使汉语拼音的拼写既符合语言规律，又便于操作应用。

四、修订思路与原则

原《基本规则》是国家标准，具有法定地位。自公布实施以来，在推行《汉语拼音方案》方面发挥了重要作用。课题组认为，原《基本规则》吸收了以往正词法研究的理论成果，并考虑到社会上拼写习惯，制定的规则总体上是合理可行的。

因此，本次修订基本保持原规则的框架与原则，不做大的调整。

修订的重点主要在于：细化完善各项规则，调整增补各类举例。力争做到：反映当今语言学研究的新进展、新成果，综合运用语法、词义、语音三个方面的理论，使之相互补充，相互校正，得以完善。同时，协调处理汉语拼写中习惯性和合理性的矛盾，使之既有足够明确的规定性，又有一定范围的灵活性，有利于在文字信息处理、辞书编纂、人名地名拼写等领域的应用推广。

五、《基本规则》修订的主要内容

（1）调整原规则的一部分体例，使规则的层次、结构更加合理清晰。现规则将正词法的具体规定、用法调整为"分词连写、人名地名拼写、大写、缩写、标调、移行、标点符号使用"等 7 个部分，并按此分列具体规则。

把原先按词类分节的内容全都归入"分词连写"部分，之下再按词类分列规则。其中，"缩写"和"标点符号使用"两个部分是新增的。

（2）完整呈现汉语词类系统，贯彻按语法词类分节的原则。原规则把虚词作为一个整体，与名词、动词、形容词、代词、数词和量词并列。现规则把虚词分为副词、介词、连词、助词、叹词、拟声词 6 类，跟上述实词的各类并列。

（3）总则部分的规则充分体现共性。把原列在"名词"下的关于"单音节前附成分和后附成分"的内容移至"总则"之下，以涵盖其他词类的类似问题。

（4）AABB 重叠式的拼写，取消了 AA 和 BB 中间的连接号，直接连写。如"来来往往"注为 láiláiwǎngwǎng。AABB 重叠式由语素 A 和 B 分别重叠构成，结构内部不可拆分，可不用连接号连接。原规则拼写为 AA-BB，主要是避免拼式过长，以利识读，也有一定的道理。

（5）"数词和量词"一节参照《中文罗马字母拼写法》ISO－7098的规定，补充"汉字数字用汉语拼音拼写，阿拉伯数字则仍保留阿拉伯数字写法"的内容。这项规则也符合《出版物上数字用法》的有关规定。

（6）"数词和量词"一节，原规则规定："'百'、'千'、'万'、'亿'与前面的个位数，连写，'万''亿'与前面的十位以上的数，分写。"现规则补充："当前面的数词为'十'时，也可连写"。即：可把原先分写的 shí wàn（十万）和 shí yì（十亿）改为连写的 shíwàn 和 shíyì。这样处理符合汉语语音节律，也符合现代汉语词双音节化的趋势。

（7）"助词"一节的"结构助词"中补充了"'的'、'地'、'得'前面的词是单音节的，也可连写"的内容。

（8）给叹词、拟声词标注声调，把原规则中的"honglong"yī shēng（"轰隆"一声）改为"hōnglōng"yī shēng（"轰隆"一声）。

（9）把"成语"一节的名称改为"成语和其他熟语"。

（10）把原列在"名词"下关于"汉语人名地名的拼写"的内容独立为"人名地名拼写"一节。

现已制定《中国人名汉语拼音字母拼写规则》，起草单位：教育部语言文字应用研究所；主要起草人：厉兵、史定国、苏培成、李乐毅、万锦堃。

"地名拼写规则"由民政部地名所负责起草。以上两个规则都是《正词法基本规则》的下位规范文件，对《基本规则》的"人名地名拼写"一节做详细阐释。

（11）把原规定"自然村镇名称和其他不需区分专名和通名的地名，各音节连写"，改为"已专名化的地名不再区分专名和通名，各音节连写"。（如：Heilongjiang〔黑龙江【省】〕）

（12）非汉语人名、地名中的汉字名称，用汉语拼音拼写。

（13）"大写规则"的"专有名词的首字母大写"一节，增加了"在某些场合，专有名词的所有字母可全部大写"的内容。（如：BEIJING）

（14）原"大写规则"规定："专有名词和普通名词连写在一起，第一个字母大写。"现分述为："专有名词成分与普通名词成分连写在一起，是专有名词或视为专有名词的，首字母大写。"（如：Hanyu，LIHua）"专有名词成分与普通名词成分连写在一起，是一般语词或视为一般语词的，首字母小写。"（如：京剧 jingju，广柑 guanggan，中山服 zhongshanfu）

关于成语中的专有名词大写问题：四字成语中的专有名词成分在连写式里规定小写，在分写式里规定大写。

连写式：tàishān-běidǒu（泰山北斗）jīngwèi-fēnmíng（泾渭分明）

分写式：Tài Shān běidǒu（泰山北斗）Jīng Wèi fēnmíng（泾渭分明）

专有名词成分在连写式里规定小写，是为了避免引起混淆。以"qiánlǘzhījì（黔驴之技）"为例，这里面的 qián（黔）是专有名词成分，但是如果将其大写并连写，拼为 Qiánlǘzhījì，很可能被误解为这四个字的整体是一个专有名词。

wéiwèi-jiùzhào（围魏救赵），这里面的 Wèi（魏）、Zhào（赵）是专有名词成分，如果大写就要拼成 wéiWèi-jiùZhào，大写字母夹在小写字母之间，这与大写字母通常用于首字母的规则不符，书写起来也不美观，甚至影响辨识。

（15）增加"缩写规则"，分为两种情况：A. 连写的拼写单位，缩写时取每个汉字拼音的首字母，大写并连写（如 Beijing → BJ）；B. 分写的拼写单位，缩写时以词或语节为单位取首字母，大写并连写（如：guojia biaozhun → GB）。

（16）关于汉语人名的缩写规定：姓全写，首字母大写或每个字母大写，可以不标声调；名取每个汉字拼音的首字母，大写，后面加小圆点。（Li Huɑ → Li H. 或 LI H.）

（17）标调规则方面，增加了关于标调位置的内容："声调符号标在一个音节的主要元音（韵腹）上。韵母 iu, ui，声调符号标在后面的字母上面。在 i 上标声调符号，应省去 i 上的小点。"

同时，增加了"在某些场合，专有名词的拼写，也可不标声调"的内容。

（18）"移行规则"，新增了"缩写词（如 GB，HSK，缩写的汉语人名）不可移行"的内容。

（19）增加了"标点符号使用规则"。

参照《中文罗马字母拼写法》ISO － 7098 的规定，交代了汉语拼音拼写的标点符号用法：

"汉语拼音拼写时，句号使用小圆点'.'，连接号用半字线（'-'），省略号也可使用 3 个小圆点（…），顿号也可用逗号'，'代替，其他标点符号遵循《标点符号用法》的规定。"

同时，把原《基本规则》中的短横改称连接号。

（20）增加"变通规则"以照顾某些领域和场合的特殊需要：

①根据识字需要（如小学低年级和幼儿汉语识字读物），可按字注音。

②辞书注音需要显示成语及其他词语内部结构时，可按词或语素分写。

③辞书注音为了提示轻声音节，该音节前可标中圆点；在中文信息处理方面，表示一个整体概念的多音节结构，可全部连写。

④在中文信息处理方面，表示一个整体概念的多音节结构，可全部连写。

六、余言

在很大程度上可以说，在接下这个任务之前，课题组的不少人，至少我个人，对于正词法并无专门而深入的研究。我们是在不断持续的艰苦工作中，加深了对正词法的了解和感情，同时，也不断加深了对这项工作的重要意义的认识。

国家语委的主管部门即教育部语信司和整个语言学界对正词法的修订工作非常重视。我们几次修订稿产生之后，语信司都发函征求各地语委（也就是各地语言学家）的意见，并安排相关的调研活动。课题组也组织召开各种座谈会和信访，并且按照语信司的要求，将所征求得到的意见进行了汇总和处理。寄来意见的有广西、河北、江苏、四川等各地语委，先后参加各种座谈会并提出意见的专家，也可以列出一个长长的名单。还有参加新闻出版署举办辞书编辑培训班的来自全国各地出版社的历届学员，也在审读正词法修订稿时提出不少意见。

此次修订定稿的《汉语拼音正词法》较之修订前的"基本规则"，应该说是细化、具体化了不少，可是如果面对浩繁复杂的实际语言材料，还是会令人产生难以赅括的"粗线条"之感，所以我们除了编写《〈汉语拼音正词法〉解读》，阐发"基本规则"中的"未尽之言"之外，还藉语言所词典室编纂的国家品牌辞书《现代汉语词典》第六版修订的机会，将此次修订后的"基本规则"对之进行了全面检查和全部词条的落实，先前某些有所争议的问题如四字成语的拼写，也得以彻底解决。不过，仅仅这一项工作，也花费了课题组极多的时间和精力。一般而言，绝大多数的词条是容易落实的，但也有一些"不听话"的语料，——主要是在词与非词分辨时，难以骤然取得共识，使我们大费周章，不得不"用百分之九十的时间处理百分之十的材料"，尽管这应该说是属于处理许多语料时的正常情况。同时，上述收词将达 18 万条的《汉语拼音词汇》，尚在持续积极的努力运作之中。

（董琨 中国社会科学院语言研究所）

怎样研制普通话轻声、儿化词表

◎ 沈明

提　要：轻声、儿化多用于口语，与语义、语法功能关系密切，属于词音变异（phonetic variation）。本研究计划在大数据库和足量语言调查的基础上，区分轻声、儿化词的语言属性，并充分考虑语义、语法功能以及义类的系统性，研制出《普通话轻声词表》、《普通话儿化词表》，每表再分为核心词表和推荐词表两级词表。

关键词：轻声；儿化；词表；原则

一、为什么要研制普通话轻声词、儿化词表？

1. 普通话以北京语音为标准音。而轻声、儿化是北京语音里不可缺少的成分，没有轻声、儿化就不像标准的北京音。

轻声、儿化现象不仅见于北京语音，也广泛见于北方的官话方言区。

2. 普通话语音的规范，包括字音的规范和词音的规范。

字音的规范主要针对异读词的读音。比如"血"，《现代汉语词典》(第 6 版) 注 xiě 和 xuè。那句"血 xuè 债要用血 xiě 来还"，一句话里两种读音。不过，这类问题有相对成熟的解决方案，比如《普通话异读词三次审音总表初稿》(1963 年) 和《普通话异读词审音表》(简称《审音表》)(1985 年),部分解决了此类问题。第三届(2011 年成立)普通话审音委员会的工作重点仍然在异读词上。

词音的规范主要针对轻声、儿化词表。轻声如"地道_{真正的;}_{纯粹:她的普通话说得真~(不是"地道")}"、"下水_{用来食用的家禽家畜的内脏(不}_{是"下水_{下到水里}")}"、"下手_{帮手}(不是"下手")";儿化如"花儿、尖儿、摊儿"、"白面儿_{海洛因粉}(不是"白面_{小麦面粉}")"、"扳不倒儿_{不倒翁}(不是"扳不倒")"等等。这个问题还有待于解决,需要有一个普遍认可的普通话轻声词和儿化词表。

就音变性质和原因来看,异读词与轻声、儿化的不同表现在以下 3 个方面:

异读词	轻声、儿化
文白异读等语体色彩造成的音变	语义音变、语法音变
音类演变(phonological change)	共时变异(phonetic variation)
一字一音	一字一音、两字一音

由此可见,普通话的轻声、儿化有 3 个特点:

(1)超出了字音音类系统的演变(phonological change),属于共时变异(phonetic variation);

(2)是词音不是字音,与语义、语法功能关系密切;

(3)多属于口语(或方言)。

3. 关于普通话轻声、儿化的研究,自 20 世纪 50 年代以来,多集中在两个方面:

第一,研究轻声、儿化的语音性质以及语义、语法功能。

(1)语音性质如儿化韵的音值,以及和基本韵母的对应关系;轻声调值的高低、长短、轻重(徐世荣 1958,曹剑芬

1986，林茂灿、颜景助 1980）。

（2）语义和语法功能如"- 子、- 头、着、了"之类的虚语素必读轻声；儿化表小指爱等。

第二，普通话轻声、儿化词表、词典或汇编。主要有以下 5 种：

书名	作者	出版社及出版年份	条目数
《北京话轻声词汇编》	张洵如	中华书局 1957	4351
《普通话轻声词汇编》	文字改革委员会	商务印书馆 1963	1028
《北京话儿化词典》	贾采珠	语文出版社 1990	7000
《现代汉语词典（第 6 版）》	中国社会科学院语言研究所	商务印书馆 2012	886
《普通话常用轻声词表》《普通话常用儿化词表》	"普通话轻声词儿化词规范"课题组	未刊	330 100

4. 普通话轻声、儿化要不要规范？有 3 种意见：

（1）轻声、儿化完全可以不要，自然也就谈不上规范不规范。

（2）轻声、儿化要，但不必规范。因为口语的东西没法儿规范。

（3）轻声、儿化要，还得规范。轻声、儿化虽然超音段，属于韵律范畴，但也是普通话语音的组成成分，不要就不像标准的普通话。关键在于怎样规范。

我们的想法是，做一些基础性的调查研究，在此基础上研制出一份普通话轻声词表、儿化词表，提出推荐读音和学术建议。

二、怎样研制普通话轻声、儿化词表

怎样研制普通话轻声、儿化词表，需要做 4 个方面的工作：①建立大数据库；②区分轻声、儿化词的方言或口语属性；③充分考虑语义、语法功能以及义类的系统性；④做足量的方言调查。

1. 建立普通话轻声、儿化大数据库。

主要根据《现代汉语词典》（第 6 版）（2012）和《现代汉语常用词表（草案）》（2008），并利用网络互动平台的相关内容进行补充。

其他来源。轻声参考《普通话轻声词汇编》（1963）。儿化参考《北京话儿化词典》（贾采珠 1990）。必要的时候还要参考北京周边官话方言词典里的相关内容。

在大数据库的基础上，设计并确定普通话轻声、儿化调查词表。

2. 区分普通话轻声、儿化词的语言属性，避免系统混杂。

以《现代汉语词典》（第 6 版）为例。该词典中，必读儿化的条目有 886 条。其中，无标记的 443 条，标〈口〉的 246 条，标〈方〉的 197 条。例如：

【爱人】①指丈夫或妻子。②指恋爱中男女的一方。

【把式】①〈口〉武术：练～的。②〈口〉会武术的人；专精某种技术的人：车～｜论庄稼活儿，他可真是个好～。③〈方〉技术：他们学会了田间劳动的全套～。

大数据库将按轻声、儿化词的语言属性进行分类。

3. 充分考虑轻声、儿化的语义、语法功能以及义类的系统性，尽可能找出一些可以类推的条件或规律来。比如：

（1）轻声、儿化都具有名词化功能。也就是说，轻声、儿化可以使动词、形容词变成名词。轻声如"锯子、刨子、扳子、剪子、梳子"；儿化如"摊儿、佘儿、盖儿、扫漏儿；尖儿、黄儿、葱白儿、肥瘦儿"等。

（2）轻声的功能，主要体现在 3 类词上：

① 多是一些虚化了的成分或虚语素。虚化了成分如"打算、盘算、收拾、拾掇、归置；惦记、忘记、羡慕、忌妒、喜欢、讨厌、磨蹭、利索、迁就、告诉、吩咐、嘱咐、抱怨、冤枉；热闹、僻静、结实、干净、邋遢、窝囊、舒服、熨贴、明白、糊涂、机灵、大方、小气、活络、死性"等。虚语素如名词后缀"- 子_{桌～、椅～、凳～}"、"- 头_{像头一样的东西：斧～、榔～、镐～、橛～；拳～、骨～、指～}"；动词后缀如"- 拉_{扒～、划～、拨～、耷～}"、"- 搭_{甩～、扭～、趿～}"等。

②连绵词、分音词、圪头词之类。比如"葡萄、玻璃、褡裢、嘟噜、哆嗦、蛤蟆、碌碡、疙瘩；窟窿_孔、旮旯_角、轱辘、骨拢_滚、姑绒_拱、圪蚤_{跳蚤}"。

③亲属称谓。比如"爷爷、奶奶、姥姥、姥爷、爸爸、妈妈、大爷、叔叔、婶婶／婶儿、姑姑、姑夫、姨姨／姨儿、姨夫、舅舅、哥哥、嫂嫂／嫂子、姐姐、姐夫、弟弟（弟媳妇儿）、妹妹、妹夫、闺女、姑娘、儿子、外甥，孙子，亲家、妯娌、连襟"等。

（3）儿化的功能，主要体现在 3 类词上：

①小称。如"洞儿、坑儿、眼儿"等。

②动、植物。如"鸟儿、雀儿、蝈蝈儿、蛐蛐儿；桃儿、枣儿、杏儿、丫梨儿"等。

③小器具。如"佘儿、茶碗儿、酒盅儿、痰盂儿"等。

语义分类在一定程度上可以联想类推，减少死记硬背的量。但其难点在于：同一个字，有时候轻声，有时候不轻声，条件是什么？比如：

"-生"。在"先～、后～、学～、医～"里读轻声，在"书～、考～"里不读轻声。"先生"在"老～、大～、小～"里都读轻声，"后生"在"大～、小～、老～"里也都读轻声；"学生"读轻声，但在"小～、中～、大～、留～"里都不读轻声；

"-瓜"。在"西～、南～、冬～、丝～、黄～"里都读轻声，但在"苦～、木～、佛手～"里不读轻声，在"甜瓜儿、香瓜儿"里不读轻声但是得儿化；

"-匠"。在"木～、瓦～、铁～、铜～、锡～"里读轻声，但在"篾～、银～"里不读轻声；

"-饼"。在"烙～、烧～、月～、煎～"里读轻声，在"炒～、春～、馅儿～"里不读轻声，在"油饼儿"里不读轻声但是儿化。"烙饼"偏正结构读轻声，动宾结构不读轻声。

大体上看，同一个字读轻声或者非轻声的原因有两个：第一，名物是原有的多读轻声，外来的、后来的多不读轻声。比如"西瓜、南瓜、冬瓜、丝瓜、黄瓜"是北方原本有的，"苦瓜、木瓜、佛手瓜"是外来的或是后来的。"木匠"等轻读和"篾匠"不轻读也属此类。第二，跟词的切分有关。比如"大先生、小先生"的切分是"大＋先生、小＋先生"，所以跟"先生"一样读轻声。而"小学生、中学生、大学生、留学生"的切分是"小学＋生、中学＋生、大学＋生、留学＋生"，所以和"学生"读轻声不同。

儿化的问题更为复杂。儿化在语义上表小指爱，但是有些不小的东西也儿化。比如：

"-馆"。"酒馆儿"儿化，"饭馆儿"不管大小都儿化，"宾馆"不管大小都不儿化；

"- 鼻"。"针鼻儿"儿化，"门鼻儿"并不小也儿化；

"- 饼"。"油饼儿"比"月饼"大，但是大的"油饼儿"儿化，小的"月饼"不儿化。

还有姓氏。语义相同、语音（韵尾）相同，但不能与其他儿化词混淆。比如：

[-i]尾。"小李儿"可以儿化，但"＊小黎儿、＊小麦儿"就不能儿化；

[-u]尾。"小周儿"可以儿化，但"＊小侯儿（＝小猴儿）"不儿化；"小刘儿"儿化，但"＊小裘儿（＝小球儿）"不儿化。"小赵儿、小高儿"儿化，但"＊小郝儿（和"没好儿"相混）"不儿化；

[-n]尾。"小陈儿"儿化，但"＊小沈儿（＝小婶儿）"不儿化。

[-ŋ]尾。"小王儿"儿化，但"＊小黄儿（不吃黄儿蛋黄儿）"不儿化。

4. 足量调查。

（1）调查区域、调查对象。

地点	调查对象年龄	文化程度
北京市	50 岁以下	高中以上
北京周边官话方言区	40 岁以下	高中以上
非官话方言区	35 岁以下	本科以上

（2）调查内容。发音人对普通话轻声、儿化规范的态度；以及普通话轻声、儿化数据库中的所有条目。

（3）调查方式。实地调查及网络测试系统中的问卷调查。

三、普通话轻声、儿化词表的内容

1. 选条原则。

（1）《现代汉语词典》（第6版）无标记和〈口〉条，〈方〉暂缓考虑。无标记的多放在核心词表，〈口〉条多放在推荐词表。

（2）有区别意义的条目。比如"东西"、"白面儿_{海洛因粉}"。

（3）先选词，短语或词组放后。也就是说，从构词法看，不轻声、不儿化不成词。

以上再根据调查结果，选取调查者或测试者的认可度和使用频率高的条目。

2. 审音原则。以北京语音系统为依据，充分考虑北京语音的发展趋势；保持已被广泛接受的稳定读音；尽量与现有规范相衔接。

特别注意区分调值的轻声和调类的轻声，以避免混淆音类演变和语流音变这两种性质不同的音变。普通话的轻声，调值既轻又短，属于调值的轻声。不少汉语方言的轻声既不轻又不短，但失去本调，和单字调系统中的某个调相同。比如太原话，普通话的轻声，太原话在非去声后读同去声调45，如"东西=细、连襟=禁、精明=迷、衣裳=上、云彩=蔡、干粮=晾、骨头=透"；在非去声后读同上声调虎53，如"地方=仿、事情=请、大夫=府、后头=鼓"。

3. 词表按义类排列，尽量照顾义类的系统性和条目的概括性。

（1）根据《现代汉语方言大词典》（42种分卷本）必查条目表，按义类分成29类。分别是：天文，地理，时令、时间，农业，动物，植物，房舍，器具用品，称谓，亲属，身体，疾病医疗，衣服穿戴，饮食，红白大事，日常生活，讼事，交际，商业、交通，文化教育，文体活动，动作，位置，代词，形容词，副词，介词，量词，数字等。

（2）尽量照顾义类的系统性。比如身体：脑袋、眼睛、鼻子、耳朵、嘴巴、腮帮子、头发，胳膊、胳肢窝儿、手腕儿、巴掌、指头、胸脯子、肚子、肚脐儿、后脊梁，屁股，膝盖儿、脚腕儿、脚前掌、脚后跟儿、脚底心儿，等等。这类词大多是轻声或者儿化。

又如亲属称谓。有"哥哥"就应当有"弟弟"，有"姑姑"就应当有"姨姨"或"姨儿"，有"叔叔"就应当有"婶婶"或"婶儿"、"婶子"，有"妯娌"就应当有"连襟"。

（3）注意条目的概据性。轻声如"- 头像"头"一样的东西：石～、砖～、斧～、榫～、锄～、橛～、镐～、锤～、榔～；指～、骨～"；儿化如"眼儿像"眼"一样的东西：针～、泉～、窟窿～、磨～、铆～、肚脐～、耳朵～、钱～"等，条目出"- 头、- 眼儿"，相关条目按义类推。

4.词表。包括《普通话轻声词表》、《普通话儿化词表》。每个词表再分两级：

核心词表　300-500 条　普通话习得者　必读
推荐词表　500-800 条　需达标的人群　可读

【参考文献】

[1]　巴维尔 1987 北京话正常话语里的轻声，《中国语文》第 5 期。

[2]　曹剑芬 1986 普通话轻声音节特性分析，《应用声学》第 4 期。

[3]　曹剑芬 1995 连读变调与轻重对立，《中国语文》第 4 期。

[4]　高玉振 1980 北京话的轻声问题，《语言教学与研究》第 2 期。

[5] 厉为民 1981 试论轻声和重音,《中国语文》第 1 期。

[6] 林焘 1962 现代汉语轻音与句法结构的关系,《中国语文》第 7 期。

[7] 林焘 1983 探讨北京话轻声性质的初步实验,载《语言学论丛(第 10 辑)》,商务印书馆。

[8] 林茂灿,颜景助 1980 北京话轻声的声学性质,《方言》第 2 期。

[9] 刘娟 1997 轻声的本质特征,《语言教学与研究》第 1 期。

[10] 刘俐李 2002 20 世纪汉语轻声研究述评,《语文研究》第 3 期。

[11] 裴培 2008 《现代汉语轻声调及相关问题研究》,上海师范大学硕士学位论文(未刊)。

[12] 王旭东 1992 北京话的轻声去化及其影响,《中国语文》第 2 期。

[13] 魏钢强 2000 调值的轻声和调类的轻声,《方言》第 1 期。

[14] 徐世荣等 1958《普通话语音讲话》,文字改革出版社。

[15] 杨顺安 1991 普通话轻声音节的规则合成,《应用声学》第 1 期。

[16] 张洵如 1956 北京话里轻声的功用,《中国语文》第 5 期。

(沈明 中国社会科学院语言研究所)

文白异读与两岸审音差异

◎刘祥柏

一

文白异读现象，在北京话中较为常见，文读音主要用于书面用词，多出现在复合词中；白读音主要用于口语用词，经常单用。比如"择"字，在"选择"、"择优"、"择业"等词语里面，是文读音 zé，在"菜择好后洗干净了再做"等说法里面，是白读音 zhái。文白异读是同样音韵地位、同一个语义的字在语体上存在语音分工，代表不同的语音层次。白读层往往是本地固有的读音层次，而文读层是受到共同语或强势方言的影响而产生的读音层次。虽然语义相同或相近，但是语体功能不同，文白读各有作用，并不能相互替代。比如"褪色"一词，在口语"新买的裤子洗了一水就褪色了"里面是口语白读音 tuì shǎi，在书面语体新闻标题、诗句或歌词等，或在正式语体如新闻播报、朗诵等场合，如"永不褪色的青春"，念文读音 tuì sè。该用文读音的地方念白读音，语体上就会很不和谐，往往会产生滑稽可笑的效果。

本文根据《普通话异读词审音表》和《国语一字多音审订表》这两个正式的审音标准文件，探讨两岸审音在文白异读方面的差异，并初步分析形成差异的原因。两岸审音针对文白异读的现象，一方面保留大量文白异读，并注明文、语之别，另一方面又有所取舍，在文白之中做出一定的选择。相比较而言，大陆多选择白读音，而台湾多选择文读音。

二

北京话最显著的文白异读是古入声韵来源的字存在韵母上的文白异读，宕江摄入声字文读为歌戈韵，白读为萧豪韵，如薄，文读 bó，白读 báo；曾摄入声字文读为歌戈韵，白读齐微韵，如得，文读 dé，白读 děi；梗摄入声字文读为车遮韵，白读为皆来韵，如择，文读 zé，白读 zhái；通摄入声字文读为鱼模韵，白读为尤侯韵，如熟，文读 shú，白读 shóu。

	文读	白读
宕江摄	歌戈 e üe o uo	萧豪 ao iao
	剥 bō 薄 bó 落烙络 luò 乐 lè 角 jué 雀 què 削 xuē 学 xué 约 yuē 钥 yuè 着~手 zhuó 绰 chuò	剥 bāo 薄 báo 落烙络 lào 乐~亭 lào 角 jiǎo 雀 qiǎo 削 xiāo 学 xiáo 约 yāo 钥 yào 着~急 zháo 绰 chāo
曾摄	车遮 e	齐微 ei
	得 dé 勒肋 lè 塞 sè	得 těi 勒 lēi 肋 lèi 塞 sēi
	车遮 e	皆来 ai
	色 sè	色 shǎi
梗摄	车遮 e	皆来 ai ie
	柏伯 bó 迫 pò 择 zé 侧 cè 隔 gé 客 kè	柏 bǎi 伯大~子 bāi 迫 pǎi 择 zhái 侧~歪 zhāi 隔~壁 jiè 客 qiě
通摄	鱼模 u	尤侯 ou iu
	熟 shū 六 lù 宿 sù	熟 shóu 六 liù 宿 xiǔ

除了上述古入声字的韵母文白异读现象之外，北京话还有一些其他类型的文白异读现象。

声母方面：

见系开口二等字，文读 g k h 类声母，白读 j q x 类声母，如更，文读 gēng，白读 jīng；如客，文读 kè，白读 qiě；如卡，文读 kǎ，白读 qiǎ；

庄组字、知组二等字，文读同精组字声母，白读同章组字声母，如色，文读 sè，白读 shǎi；如择，文读 zé，白读 zhái。

韵母方面：

歌戈韵字，文读 uo 韵母，白读 e 韵母，如哪吒的哪，文读 nuó，白读 né；

鱼模韵字，文读 o 韵母，白读 u 韵母，如模，文读 mó，白读 mú；或者文读 u 韵母，而白读 ou 韵母，如露，文读 lù，白读 lòu。

通摄三等精组入声字，文读细音，白读洪音，如绿，文读音 lǜ，白读 lù。

声调方面：

古清入字文读非上声，白读上声，如室，文读 shì，白读 shǐ。

三

大陆普通话和台湾国语名异实同，都是以近代官话和现代北京话为基础形成的。在文白异读的现象方面，本来也是相同的。但是两岸的语言生活实际有了半个世纪的阻隔，在确定异读审音的取舍方面存在一定的差异。

就文白异读的取舍来说，台湾审音多取文读音，大陆审音多取白读音。

216

	剥	哪（吶）	堡	怯	迫	择
大陆	bō bāo	né	bǎo bǔ	qiè	pò pǎi	zé zhái
台湾	bō	nuó	bǎo	què	pò	zé
	肋	蔓	薄	柏	掫	诌
大陆	lèi	màn wàn	bó báo	bó bǎi	zhōu	zhōu
台湾	lè	màn	bó	bó	zōu	zōu
	更	模	约	粳	百	酪
大陆	gēng jīng	mó mú	yuē yāo	jīng	bǎi	lào
台湾	gēng	mó	yuē	gēng	bó bǎi	luò

相反的情况也有，台湾审音取白读音，而大陆审音取文读音，不过这种情况比较少见。

	血	熟
大陆	xuè xiě	shú shóu
台湾	xiě	shóu

具体而言，宕江曾梗通摄的古入声字，台湾审音多取相应的文读音歌戈、车遮、鱼模韵，而大陆审音多取相应的白读音萧豪、齐微、皆来、尤侯韵，或者兼取文白两种读音。如"酪"字，台湾取歌戈韵，读 luò，大陆取白读萧豪韵 lào。再如"剥"字，台湾取歌戈韵，读 bō，大陆兼取文读歌戈韵 bō 和白读萧豪韵 bāo。

鱼模韵有部分字存在文白异读，文读音读同歌戈韵，白读与其他鱼模韵相同。如"模"字，台湾审音取文读音 mó，读音与歌戈韵的"磨"字相同，而大陆审音兼取文白两读，文读音也是 mó，为歌戈韵，白读为 mú，如"模样"，与鱼模韵其他字读 u 韵母（细音读 ü 韵母）相同。

声母方面，见系开口二等字，台湾多取文读音 g k h 类声母，与见系洪音字读音相同，而大陆有些字则取白读音 j q x 类声母，与精组细音字读音相同。如"粳"字，台湾审音定为 gēng，为文读音，大陆审音定为 jīng，为白读音。

知组二等字和庄组字的文白异读，台湾审音取文读音 z c s 声母，与精组洪音字读音相同，而大陆审音取白读音 zh ch sh 声母，与章组字读音相同。如知组二等字"择"，台湾审音定为 zé，为文读音，大陆审音兼取文白音，文读音 zé，白读音 zhái。再如庄组字"诌"，台湾审音定为 zōu，为文读音，大陆审音取白读音 zhōu。

声调方面，古清声母入声字，台湾声音多定为文读音非上声，而大陆审音多定为白读音上声，或兼取文白两读。如"褶子"中的"褶"字为古清入字，台湾审音定为 zhé，属文读音，而大陆审音定为 zhě，属白读音。再如"雀"字为古清入字，台湾审音定为 què，读去声为文读音，大陆审音兼取文白两读，文读去声读 què，白读上声读 qiǎo。

四

形成两岸审音在文白异读上的取舍差异原因何在呢？造成这种局面的原因，与两岸实际语言生活有关，与两岸通语在继承和发展方面的历史有关。

一方面由于历史的原因，两岸实际阻隔达半个世纪，中间罕有联系，双方的实际语言生活面貌发生了很多变化。北京话自身在半个世纪之间也发生了一些变化，而台湾国语脱离了基础方言之后，更多地与台湾本地闽南方言、客家方言乃至日语、英语等外语有了更为密切的接触（比如"赤嵌楼"的"嵌"字读 kǎn 就

218

是当地闽南方言影响的结果），原先的基础方言北京话半个世纪来的新发展对台湾国语没有造成实际的深刻影响。换个角度看，与大陆普通话相比，台湾国语更多地保留了北京话早期的一些面貌。比如"和"读 hàn 是早期北京话的口语读音，今天的北京话这种老的白读音已经近于消失了，仅仅在一部分北京老人的口中还有零星存在。就文白异读而言，早期北京话存在不少老文读音，如"李白"念做 bó 或 bò，今天的北京话已经不存在这种老式的文读音。"奶酪"的"酪"字，两岸审音存在差异，就可以看做是这种历史阻隔而形成的读音差异。台湾审音继承了早期北京话的读音，包括老的文读音和老的白读音，而大陆审音则更多地取自现今北京话的实际读音，为新的文读音和新的白读音。这是从发展的角度，看两岸因发展轨迹的差异所形成的新差异。

另一方面，台湾国语在继承传统读音的数量方面比大陆普通话多。古代经师注音根据各自的师承，对破读等读音现象比较注重，阅读经典会大量使用一些传统的注音。而大陆普通话对此传统则采用扬弃的方式，更多地采用大众口语中的实际语音形式。

	风	骑	乘
大陆	fēng	qí	chéng
台湾	fēng fèng 春风风人	qí jì 轻骑	chéng shèng 大乘小乘

正是由于两岸语言在继承和发展两个方面存在着实际差异，导致两岸审音出现不同。文白异读审音的差异能够很清楚地看出两岸语言差异的内在原因和机制。认识到这种原因和机制的不同，能够对今后的两岸审音工作有一定的帮助。

（刘祥柏　中国社会科学院语言研究所）

国际化背景下的两岸语音差异及对语音审定标准的思考

—— 以《两岸常用词典》中有语音差异的词语为例

◎陈 茜

在两岸的语言交流中，语音差异可能是最容易被感知到的。大陆的《普通话异读词审音表》和台湾的《国语一字多音审订表》经正式公布后已经使用多年，两岸都在做语音审定的跟进工作。要了解两岸语音差异的整体情况，需要有新的语料和调查分析数据。2012 年 8 月，《两岸常用词典》（以下简称《常用词典》）面世。这本词典共收字和词语约 42000 条，其中字头 7000 个，词语约 35000 条，大陆版由高等教育出版社出版发行。

本文以大陆版《常用词典》中收录的两岸读音有差异的字词进行了整理和分析。经统计，《常用词典》中两岸读音标注有差异的条目共 2256 条，占该词典所收条目的 5.37%，其中字头 399 个，词语 1857 条。如果排除标注不同、读音相同的情况，实际读音有差异的词语是 1422 条，加上字头共 1821 个条目，占《常用词典》所收条目总数的 4.34%。具体的统计数据如下：

表 1：《常用词典》中两岸读音差异情况统计表

总数 1821	字头 399	大陆注音有分歧，按《现汉》实际两岸读音相同的 5		
		字头在大陆为多音的 208	台湾注音为大陆多音之一的 169	台湾统读 125
				台湾多音 44
			台湾注音在大陆多音之外的 39	台湾统读 13
				台湾多音 26
		字头在大陆为统读的 186	审音表统读 138	台湾统读 157
			词典统读 48	台湾多音 29
	词语 1422	上上相连 4		
		轻声与否 295（单音节）	大陆轻声 282	
			台湾轻声 13	
		字头词 975		
		非字头词 81（多音字 60，统读或审订过 21）		
		两个或两个以上音节有差异 67（包括 5 条轻声）		

一、《常用词典》所收字词的语音差异

（一）字头的差异

1. 大陆注音有分歧的 5 个字头

这 5 个字头，《常用词典》中大陆和台湾注音不同，但台湾注音与《现代汉语词典》（以下简称《现汉》）一致。从便于两岸交流的角度来看，《现汉》的注音更符合实际应用便利的需要。如下：

表 2：大陆注音有分歧的 5 个字头

《常用词典》		《现汉》	
字头	注音	字头	注音
麻（多音字）	ma1/ma2	麻（统读）	ma2
喂（多音字）	wei2/wei4	喂（统读）	wei4
炀（多音字）	yang4/yang2	炀（统读）	yang2
壮（多音字）	zhuang1/zhuang4	壮（统读）	zhuang4
唷（统读）	yao1/yo1	唷（统读）	yo1

2. 大陆注音为多音的字头

在两岸读音有差异的字头中，多音字的字头较多，共 208 个，占注音有差异的字头总数的 52.13%。可见，多音现象是造成两岸读音差异的一个重要类型，或者说在对多音字的语音审定上两岸不同的处理原则和审定结果是形成两岸读音差异的一大原因。

（1）台湾注音为大陆多音之一的

这部分字头有 169 条，占多音字字头总数的 81.25%。其中台湾注音为统读的 125 个，台湾注音也是多音的 44 个。

举几个例子：

表 3：台湾注音为大陆多音之一（1）

《常用词典》		
字头	大陆注音	台湾注音
堡	bao3	bao3
	bu3	
	pu4	
拉	la1	la1
	la2	
	la3	
血	xie3	xie3
	xue4	

台湾注音也是多音的，如："宁"

宁 ning2　　　　①安定；平静。

②使安定；使平静。

③〈书〉出嫁女儿回娘家探望父母。

④江苏南京的别称。清朝以南京为江宁府治，故称。

⑤宁夏回族自治区的简称。

宁 ning4/ning2　①宁可，用在动词或形容词前，表示经比较之后做出选择。

②〈书〉用在动词或形容词前，表示反问语气，相当于"岂""难道"。

宁 ning2/ning4　　姓。

从功能上讲，大陆的读音更具有区别意义的作用，而台湾的读音在辨识、教学和标注时更容易操作。其他跟"宁"类似的字头还有"结""晕""载""着""撮"等。这些字头的读音在两岸交流中的相互影响和变化趋势非常值得我们继续关注。多音交叉现象可能随着两岸交流的日益频密而渐趋一致。

(2) 台湾注音在大陆多音之外

《常用词典》中字头在大陆为多音，台湾注音却不在多音之列，与大陆任何一个读音都不同的有 39 个。其中 26 个在台湾也是多音字，如：

表 4：台湾注音在大陆多音之外

《常用词典》		多音比较	
字头	注音差异	大陆多音	台湾多音
发	fa4/fa3	fa1,fa4	fa1,fa3
卷	juan3/quan2	juan3,juan4	juan4,quan2
哪	ne2/nuo2	na3,na0,ne2	na3,na0,nuo2

还有 13 个字头的台湾注音是统读音。

3. 大陆注音统读的字头

大陆注音统读的字头有 186 个，其中 138 个是经《普通话异读词审音表》审订为统读的，其他 48 个《常用词典》的大陆注音与《现汉》第 6 版的注音相同，读音都是唯一的。

186 个字头中，台湾注音也唯一[1]的有 157 个。其中 117 个经过《普通话异读词审音表》审订而成。目前来说，这 157 个字头已经在两岸的教育、传媒、商贸等领域各自有了比较稳定的应用，因其语音标准的推行及读音的唯一性，这种差异的消融可能需要更长的时间。但是了解和掌握这些差异，对于语音识别尤其是语言应用领域的语音和文字之间的转化有较大的实用价值。如语音识别和各种语音软件的开发。

其他 29 个在《常用词典》字头中的台湾注音不是唯一的。仔细比较会发现台湾的多音大多数都包含了大陆的统读音。而台湾多音中被大陆舍弃的通常是不常用音或古音。

（二）词语的差异

1. 上上相连的 4 个词语

两个上声相连的词语，前一上声发生语流音变，发音近似阳平。这个规律应用在两岸语音差异中就出现了一个很有意思的情况：如果一个字音，在大陆和台湾读音是上声或者阳平的差异，放在后一个音节为上声的双音节词语当中，由于语流音变的

---

[1]　这里台湾读音唯一的 145 个字头是根据《常用词典》中显示的统计结果。

影响，两岸读音实际发音却会相同。有 4 例：

笼统 long3tong3/long2tong3

酩酊 ming3ding3/ming2ding3

熙来攘往 xi1lai2rang3wang3/ xi1lai2rang2wang3

迤逦 yi3li3/yi2li3

2. 对是否轻声标注有差异的词语

台湾的轻声词语少，大陆的轻声词语多，这在《常用词典》中呈现出来的读音差异中也非常明显。涉及轻声与否、两岸有读音差异的（单音节有差异的）条目共 295 条，占有实际读音差异条目总数的 20.96%，其中大陆读为轻声而台湾读为非轻声的词语共 282 条，台湾读为轻声而大陆读为非轻声的 13 条。

（1）大陆读为轻声、台湾读为非轻声的词语

大陆读为轻声而台湾读为非轻声的词条[2]中，双音节的占绝大多数，共 214 条，占大陆读轻声而台湾读为非轻声词条总数的 76.16%。经统计，台湾读为非轻声的双音节词语，其声调分布的情况如下：

表 5：台湾非轻声双音节后一音节声调分布情况表

声调	数量	百分比
阴平	34	15.89%
阳平	55	25.70%
上声	33	15.42%
去声	92	42.99%
总数	214	100.00%

---

[2] 这里的统计数字，是指大陆和台湾双音节词语的读音声韵调均相同、差异仅限于后一音节的轻声与否而言。如果除了轻声差异之外还存在声韵调任何一点不同，都不在此列。

　　可以看出，大陆读为轻声的双音节词语，台湾读为去声的最多，占 40% 以上。由此得出，无论是语音教学还是语音信息处理中，台湾读为去声而大陆读为轻声的双音节词语都是重点和难点。

（2）台湾读为轻声、大陆读为非轻声的词语

　　有 13 条：

拜拜 bai4bai4/bai4bai0

勾当 gou4dang4/gou4dang0

句当 gou4dang4/gou4dang0

咕噜 gu1lu1/gulu0

了得 liao3de2/liao3de0

佩服 pei4fu2/pei4fu0

下场 xia4chang3/xia4chang0

秀逗 xiu4dou4/xiu4dou0

知道 zhi1dao4/zhi1dao0

搞不好 gao3bu4hao3/gao3bu0hao3

了不得 liao3bu0de2/liao3bu0de0

小毛头 xiao3mao2tou2/xiao3mao2tou0

正经八百 zheng4jing1-ba1bai3/zheng4jing0-babai3

　　逐条分析《常用词典》中台湾标注为轻声、大陆标注为非轻声的 13 个词语，我们发现，除了像"拜拜""秀逗""小毛头"等几个有特殊情况的词条外，大部分词语大陆都是可以读为轻声且通常读为轻声的。《常用词典》的大陆注音将其标注为非轻声或非必读轻声（即一般轻读，间或重读）可能也是出于对语言事实的考量，以此显示出轻声词语的变化状态。随着两岸乃至整个华语圈语言交流的日益频繁，相信这种变化会更加活跃和明显。我们的语音标注可以体现这种变化，也应该有所体现。

轻声问题本身就存在很多争议。现在，汉语走出国门越来越多地受到世界的关注，对于轻声标准的讨论就不再只局限和应用于大陆，更需要考虑到两岸的交流与合作、各华语地区的教学与应用以及汉语的国际推广。李宇明（2012）曾提出轻声词语表分级制订的设想，分级制订的轻声词语表可以分别适应不同群体的需要，也兼顾了语言事实，是对以往普通话轻声单一标准的突破，形成了汉语轻声标准体系的初步构想。

3. 非字头词语

《常用词典》中两岸读音有差异的词语，其中 975 条都与字头的读音差异有关，占词语差异总数的 68.57%。在词语中有字音差异而没有列出字头的有 81 条，这里称为"非字头词语"。

"非字头词语"中有读音差异的字分两种情况：

一种是该字在《常用词典》中的大陆注音为多音、台湾注音为大陆的多音之一。这种情况的词语占大多数，共 60 条。如：

中 zhong1

中看 zhong1kan4/zhong4kan4

中听 zhong1ting1/zhong4ting1

中用 zhong1yong4/zhong4yong4

第二种情况，大陆注音或者已经《普通话异读词审音表》审订为统读或确定其在某词语中的读音，或者在《现汉》第 6 版中统读，共 21 条。

这 81 个词语如果能在字头上就列出两岸的读音差异则可以方便查阅者，起到提醒的作用，同时词典自身也可以实现互证。

4. 两个或两个以上音节有差异的词语

一个词语当中有两个或两个以上字音有差异，在聆听理解

和语音识别上都会使难度加大。反之，如果能了解和掌握一个有
更多字音差异的词语，那么可以起到事半功倍的效果。《常用词
典》中两个或两个以上音节读音有差异的词语共 67 个。

　　其中因为大陆标注本调，使有些注音看起来两岸相同，
实际发音却不同，需要特别注意。这里按照实际读音的差异
来确定有读音差异的音节的多少。如"美不胜收"大陆注音为
mei3bu4sheng4shou1，台湾注音为 mei3bu4sheng1shou1，按实际
读音的不同，应该是两个音节有差异。

(三)《常用词典》中的语音差异小结

　　从《常用词典》反映出的情况来看，两岸字词的语音差异呈
现出多对一、一对多、多对多的多样交叉的复杂情况。我们粗略
地把这些差异分为以下四类：

　　第一类　大陆注音为多音，台湾注音是多音之一

　　第二类　大陆注音为多音，台湾注音在多音之外

　　第三类　大陆注音为统读，台湾注音也是统读

　　第四类　大陆注音为统读，台湾注音为多音

　　第一类和第四类基本都属于两岸有读音重合的部分，在这
两类语音差异的字词上做语音协调和语音标准靠拢的工作，阻力
会小一些，成效会很明显。两岸如果要做调整，可以适当地参考
对方现有的语音标准或语音事实，以不扩大差异为原则，尽量向
一致的方向调整。在没有适当的语音标注协调机制的情况下，可
以在语音标准调整修订公布之前两岸进行沟通和协商，能取得共
识的就公布，不能取得一致意见的可以暂时保持现状，避免单方
调整造成更多的语音差异。

　　相比较而言，第二类和第三类差异因为多音的复杂性和已
经形成的两岸语音标准的稳固性，相对来说语音差异消融的难度

会比较大。可能更多地需要做实际语音的调查，同时也要靠两岸更积极、频繁的语言交流来彼此影响，在自然选择中找到调整语音标准的依据。

二、两岸语音差异的形成原因

辞书中反映出来的两岸词语的读音差异，实际上是两岸语音标准差异的体现。辞书是贯彻和落实语音标准规范的工具书，因而两岸语音差异产生的源头应该在两岸的语音标准。

大陆的普通话和台湾的国语的推行，都是清末民初以来国语运动的延续和发展。本来两岸所遵循的语音标准是一个，以北京音系为标准音。随着两岸分治，各自在语言发展演变过程中进行了语音标准的审订和调整。因为所设定的语音审订范围、遵循的审订标准以及所参照的语音实际状况不同，就产生了一些不同的审订结果。而语音标准审订结果的差异直接影响了两岸语音差异的形成和发展。

（一）语音标准审定对象和范围的差异

大陆语音审定的对象是异读词，审定范围主要限制在易读错、易混淆的异读词语，不涉及无异读的音、义。《普通话异读词审音表》是在1957、1959至1962年先后发表的《普通话异读词审音表初稿》正编、续编和三编以及1963年公布的《普通话异读词审音表三次审音总表初稿》的基础上，经过20多年的实际应用重新审核修订才制定发布的，共收词语848条，其中审定后仍为多音字的261个。

台湾语音审定的对象是多音字，审定范围自然包括尽可能全面的多音现象。台湾所审定的字音，因为以字为着眼点，所以不管意义上有没有关联，只要是多音字就加以审定，因此数量和范围相当庞大。《国语一字多音审订表》以"常用国字标准字体表""次常用国字标准字体表"和《重编国语辞典》、台湾出版的重要辞书和台湾中小学国语文课本为收字依据，并参考《现汉》（1996 年修订本）和《普通话异读词审音表》等相关资料，对 4253 个多音字进行了审定。其间遇到不少古音的取舍和归并问题，最终保留了 957 个多音字。

总的来说，《国语一字多音审订表》的范围较大、覆盖面较广，《普通话异读词审音表》的针对性更强、更具实用性和操作性。

（二）语音标准审定原则的差异

确立和审订语音标准最主要的两个原则，一是因循语音演变的历史规律、依据音理来确定读音，二是根据语音实际应用中的口语发音以"少数服从多数"的方式采用从俗从众的读音。当两者发生冲突、读音不一致时，在优先和侧重的原则选择上不同，就会产生最后语音标准审定结果的差异。

以往的研究大都认为，台湾比较注重语音的发展规律，大陆则更重视现实生活中的实际读音。这是由两岸语音标准审定的不同目标决定的。台湾的语音审定是为了满足语言教学和语言使用的需求，解决多音现象带来的教学和使用方面的困扰，本着单纯化、标准化的原则进行语音审定。其语音标准的审定更侧重音理，每个字音的确定都讲究有据可依。而大陆除了解决多音异读问题外，还有普及教育、提高全民文化水平的目标，进行语音审定与 50 年代语言文字工作的三大任务（简化汉字、推广普通话、制订和推行汉语拼音方案）有着密不可分的关系，从俗从众、以口语音为标准成为大陆语音审定的优先原则。客观地说，两项原则在两岸的语音审定过程中都是重要的审定原则，只是在两项原则发生冲突时各自侧重和优先的选择不同。

（三）两岸语言实际应用的差异

语音标准审定的原则之一是尊重语言事实，以语言事实为依据指导语音标准的调整和修订。而随着时间的推移，两岸由于长期隔阂各自的语音标准已经在实际的语言应用中发挥效用，各自的现实语音状况已然有不同之处。

一般而言，语言的规范工作常常会滞后于语音的发展变化，这是规范工作本身的性质和要求决定的。同时，语言规范的研制和实施也都要以语言事实为根据。语言规范与语言应用即是语言理论的概括与实践，语言规范指导语言应用，同时语言规范也会根据语言应用的发展变化做出调整以适应语言应用的需要。

台湾国语教育与中小学的国语文教科书及出版的相关辞书也都以《国语一字多音审订表》为标准。大陆教育和媒体行业以《普通话异读词审音表》和《现汉》作为语音标准的参考依据。两岸不同的语音标准审定结果已经在各自的语言生活和应用领域产生了深远的影响。因此，台湾和大陆的实际语音状况已经出现差异。即使两岸都侧重遵循语言事实的原则进行新的语音标准审定，而只以本地区的语音实际状况作为参考，仍会产生审定结果的差异。

三、国际化背景下语音审定原则的调整

1985 年《普通话异读词审音表》正式公布，1999 年《国语一字多音审订表》正式公布。两岸语音标准出台以后，相关部门和语言学者都比较注意对语音标准的修订和完善。

在两岸往来交流的机遇期，大陆和台湾学者都希望能够尽量消除差异，方便交流。由于客观原因，现在的一些调整并不完全是向一致靠拢的。如《国语一字多音审订表》2012 年 12 月发布的修订初稿中"呱"改为 wɑ1，"噌"改读 zeng1。这两个音对于大陆的"呱"和"噌"来说都是没有的，修订后与大陆读音渐离渐远。再如《普通话异读词审音表》酝酿、修订过程中，有学者提出将"血"的读音修订为 xue3 的建议。这与台湾的读音会形成新的差异。

其实两岸在语音标准的修订、调整中都是有所遵循的，但如果还是只以本地区的语音现状为参照、不考虑对岸的语音状况，那审订后的语音标准还是会有扩大分歧的可能。语音标准的审订要以活的口语作为标准，而在国际化背景下就不能单纯只着眼于本地区的实际口语读音，也要兼顾到其他华语地区尤其是对岸的语音实际情况。

语音标准审订的参照系扩大后，语音标准不能再是单一的和唯一的，而是具有层级性和兼容性的语音标准体系，以适应不同的语言运用的需要。

语音标准的审订会影响和引导口语的实际使用，而口语的语音状况经过一段时间的发展变化也会反过来影响语音标准的再修订和再调整。

语音差异的消融需要语言生活中的口语交流和语言标准的调整两方面的努力。语言交流是差异消融的自然途径，标准调整是发挥人的主观能动性去促进和推动差异的消融。

另外要注意的一点，是要尊重两岸已经较为成熟稳定的语音标准和大众已经较为成形的的语音习惯，在已有的语音标准基础上微调，积极而又谨慎、稳妥。语音标准调整的大的目标，是减少差异、趋于一致。趋于一致不是放弃各自的审订标准，是在更宽广的视野下调整审订原则，便于两岸交流和华语的国际传播。

在比较两岸语音差异的同时，我们可以深切地感受到时隔50 年两岸仍然拥有的语言沟通的坚实基础。《常用词典》中有字音差异的字头 399 个，仅占词典字头总数（约 7000 个）的 5.7%；词语有字音差异的 1422 条，占词典所收词语总数（约 42000 条）的 3.39%。因此，有差异的只是很小的部分。

但是为了两岸更畅通的交流和沟通，我们可以做的工作还很多。对于两岸读音差异较大、差异情况较为复杂的，可以以"重在交流"的精神交给日益频繁的两岸交流活动，让两岸民众在沟通中自然地进行选择和使用。语言交流的参与者都会不自觉地遵循语言迁就的原则，一定时期内两种读音并行不悖的情况是可以存在的，而且不会对两岸交流构成大的障碍。

（陈茜 教育部语言文字应用研究所）

兩岸音讀之歸於一律

◎蔡信發

提　要：首以兩岸分治一甲子有餘，由「三不」至「三通」，其間音讀不免變遷，而各自幾經審訂，由劃一而分歧，遂造成識讀不便。次以音讀之異，聲調居多，發聲次之，收音為少，而以音之發聲、收音、聲調為秩，分舉其例，明其異同。終以音讀之求一致，無涉是非，匪關意識，當謀求共識，異中求同，規於一律，以利識讀，尤以海外萬千研習漢字者，有律可遵，有軌可循，不致以音讀之歧異，而顧此失彼，依違難定。

關鍵詞：音讀；發聲；收音；聲調

壹、前言

　　1918 年，國家正式公佈，「讀音統一會」，制定注音字母。1923 年，國語統一籌備會成立「國音字典增修委員會」，決定採用北平語音為標準音。1928 年「國語統一籌備會」改名為「國語統一籌備委員會」。1932 年，教育部公佈《國音常用字彙》，收正字 9920 個，別體重文（異體字）1179 個，變音重文（異讀字）1120 個，共計 12219 字。重新確定以北平語音為標準的新國音。

在字量、字形、字音、字序方面建立了初步的規範[1]。唯自兩岸分治六十四年，從「三不」到「三通」，其間音讀不免變遷，而各自幾經審訂，由同而異，遂難規一律，滋生不便。

貳、列舉兩岸音讀之異

綜觀之，兩岸音讀分歧，以發聲居多，收音次之，聲調為最，故列舉其例，多寡不一，藉表其實。至其序則以音之構成，發聲、收音、聲調為秩。

一、發聲

1. 「懾」字的音讀，台灣唸ㄓㄜˊzhé，對岸唸ㄕㄜˋshè。於是，就有
   「懾服」ㄓㄜˊㄈㄨˊzhéfú 和ㄕㄜˋㄈㄨˊshèfú 之分。
   「威懾」ㄨㄟㄓㄜˊwēizhé 和ㄨㄟㄕㄜˋwēishè 之別。

2. 「擷」字的音讀，台灣唸ㄐㄧㄝˊjié，對岸唸ㄒㄧㄝˊxié。於是，就有
   「擷取」ㄐㄧㄝˊㄑㄩˇjiéqǔ 和ㄒㄧㄝˊㄑㄩˇxiéqǔ 之分。
   「採擷」ㄘㄞˇㄐㄧㄝˊcǎijié 和ㄘㄞˇㄒㄧㄝˊcǎixié 之別。

3. 「暫」字的音讀，台灣唸ㄓㄢˋzhàn，對岸唸ㄗㄢˋzàn。於是，就有
   「暫緩」ㄓㄢˋㄏㄨㄢˇzhànhuǎn 和ㄗㄢˋㄏㄨㄢˇzànhuǎn 之

[1] 見陳海洋編著：《漢字研究的軌跡 —— 漢字研究記事》（江西教育出版社。1995年8月第1版第1次印刷），P30、P32、P36。

分。

「暫時」业ㄢˋㄕˊ zhànshí 和 ㄗㄢˋㄕˊ zànshí 之別。

4. 「睥」字的音讀，台灣唸ㄅㄧˋ bì，對岸唸ㄆㄧˋ pì。於是，就有

「睥睨」ㄅㄧˋㄋㄧˋ bìnì 和 ㄆㄧˋㄋㄧˋ pìnì 之分。

5. 「謅」字的音讀，台灣唸ㄗㄡ zōu，對岸唸ㄓㄡ zhōu。於是，就有

「胡謅」ㄏㄨˊㄗㄡ húzōu 和 ㄏㄨˊㄓㄡ húzhōu 之分。

「瞎謅」ㄒㄧㄚㄗㄡ xiāzōu 和 ㄒㄧㄚㄓㄡ xiāzhōu 之別。

6. 「隼」字的音讀，台灣唸业ㄨㄣˇ zhǔn，對岸唸ㄙㄨㄣˇ sǔn。於是，就有

「隼飛」业ㄨㄣˇㄈㄟ zhǔnfēi 和 ㄙㄨㄣˇㄈㄟ sǔnfēi 之分。

「鷹隼」ㄧㄥ业ㄨㄣˇ yīngzhǔn 和 ㄧㄥㄙㄨㄣˇ yīngsǔn 之別。

7. 「顫」字的音讀，台灣唸业ㄢˋ zhàn，對岸唸ㄔㄢˋ chàn。於是，就有

「顫動」业ㄢˋㄉㄨㄥˋ zhàndòng 和 ㄔㄢˋㄉㄨㄥˋ chàndòng 之分。

「顫抖」业ㄢˋㄉㄡˇ zhàndǒu 和 ㄔㄢˋㄉㄡˇ chàndǒu 之別。

二、收音

1. 「勁」字的音讀，台灣唸ㄐㄧㄥˋ jìng，對岸唸ㄐㄧㄣˋ jìn。於是，就有

「勁頭」ㄐㄧㄥˋㄊㄡˊ jìngtóu 和 ㄐㄧㄣˋㄊㄡˊ jìntóu 之分。

2. 「微」字的音讀，台灣唸ㄨㄟˊ wéi，對岸唸ㄨㄟ wēi。於是，就有

「微波」ㄨㄟˊㄅㄛ wéibō 和 ㄨㄟㄅㄛ wēibō 之分。

「微笑」ㄨㄟˊㄒㄧㄠˋ wéixiào 和ㄨㄟㄒㄧㄠˋ wēixiào 之異。

3. 「熟」字的音讀，台灣唸ㄕㄡˊ shóu，對岸唸ㄕㄨˊ shú。於是，就有

「熟讀」ㄕㄡˊㄉㄨˊ shóudú 和ㄕㄨˊㄉㄨˊ shúdú 之分。

「熟記」ㄕㄡˊㄐㄧˋ shóujì 和ㄕㄨˊㄐㄧˋ shújì 之異。

4. 「琊」字的音讀，台灣唸ㄧㄝˊ yé，對岸唸ㄧㄚˊ yá。於是，就有

「瑯琊」ㄌㄤˊㄧㄝˊ lángyé 和ㄌㄤˊㄧㄚˊ lángyá 之分。

5. 「稱」字的音讀，台灣唸ㄔㄥˋ chèng，對岸唸ㄔㄣˋ chèn。於是，就有

「稱職」ㄔㄥˋㄓˊ chèngzhí 和ㄔㄣˋㄓˊ chènzhí 之分。

「稱心如意」ㄔㄥˋㄒㄧㄣㄖㄨˊㄧˋ chèngxīn-rúyì 和ㄔㄣˋㄒㄧㄣㄖㄨˊㄧˋ chènxīn-rúyì 之異。

6. 「血」字的音讀，台灣唸ㄒㄧㄝˇ xiě，對岸唸ㄒㄩㄝˋ xuè。於是，就有

「血汗」ㄒㄧㄝˇㄏㄢˋ xiěhàn 和ㄒㄩㄝˋㄏㄢˋ xuèhàn 之分。

「血淚」ㄒㄧㄝˇㄌㄟˋ xiělèi 和ㄒㄩㄝˋㄌㄟˋ xuèlèi 之異。

三、聲調

1. 「儲」字的音讀，台灣唸ㄔㄨˊ chú，對岸唸ㄔㄨˇ chǔ。於是，就有

「儲備」ㄔㄨˊㄅㄟˋ chúbèi 和ㄔㄨˇㄅㄟˋ chǔbèi 之分。

「儲蓄」ㄔㄨˊㄒㄩˋ chúxù 和ㄔㄨˇㄒㄩˋ chǔxù 之別。

2. 「危」字的音讀，台灣唸ㄨㄟˊ wéi，對岸唸ㄨㄟ wēi。於是，就有

「危險」ㄨㄟˊㄒㄧㄢˇ wéixiǎn 和ㄨㄟㄒㄧㄢˇ wēixiǎn 之分。

「危機」ㄨㄟˊㄐㄧ∣wéijī 和 ㄨㄟㄐㄧ∣wēijī 之別。

3. 「夕」字的音讀，台灣唸ㄒㄧˋxì，對岸唸ㄒㄧxī。於是，就有

「夕陽」ㄒㄧˋㄧㄤˊxìyáng 和 ㄒㄧㄧㄤˊxīyáng 之分。

「夕照」ㄒㄧˋㄓㄠˋxìzhào 和 ㄒㄧㄓㄠˋxīzhào 之別。

4. 「息」字的音讀，台灣唸ㄒㄧˊxí，對岸唸ㄒㄧxī。於是，就有

「息怒」ㄒㄧˊㄋㄨˋxínù 和 ㄒㄧㄋㄨˋxīnù 之分。

「息影」ㄒㄧˊㄧㄥˇxíyǐng 和 ㄒㄧㄧㄥˇxīyǐng 之別。

5. 「播」字的音讀，台灣唸ㄅㄛˋbò，對岸唸ㄅㄛbō。於是，就有

「播報」ㄅㄛˋㄅㄠˋbòbào 和 ㄅㄛㄅㄠˋbōbào 之分。

「播種」ㄅㄛˋㄓㄨㄥˇbòzhǒng 和 ㄅㄛㄓㄨㄥˇbōzhǒng 之別。

6. 「擁」字的音讀，台灣唸ㄩㄥˇyǒng，對岸唸ㄩㄥyōng。於是，就有

「擁抱」ㄩㄥˇㄅㄠˋyǒngbào 和 ㄩㄥㄅㄠˋyōngbào 之分。

「擁戴」ㄩㄥˇㄉㄞˋyǒngdài 和 ㄩㄥㄉㄞˋyōngdài 之別。

7. 「擊」的音讀，台灣唸ㄐㄧˊjí，對岸唸ㄐㄧjī。於是，就有

「擊敗」ㄐㄧˊㄅㄞˋjíbài 和 ㄐㄧㄅㄞˋjībài 之分。

「攻擊」ㄍㄨㄥㄐㄧˊgōngjí 和 ㄍㄨㄥㄐㄧgōngjī 之別。

8. 「署」字的音讀，台灣唸ㄕㄨˋshù，對岸唸ㄕㄨˇshǔ。於是，就有

「部署」ㄅㄨˋㄕㄨˋbùshù 和 ㄅㄨˋㄕㄨˇbùshǔ 之分。

「署名」ㄕㄨˋㄇㄧㄥˊshùmíng 和 ㄕㄨˇㄇㄧㄥˊshǔmíng 之別。

9. 「識」字的音讀，台灣唸ㄕˋshì，對岸唸ㄕˊshí。於是，

就有

「識別」ㄕˋㄅㄧㄝˊ shìbié 和 ㄕˊㄅㄧㄝˊ shíbié 之分。

「識見」ㄕˋㄐㄧㄢˋ shìjiàn 和 ㄕˊㄐㄧㄢˋ shíjiàn 之別。

10.「質」字的音讀，台灣唸ㄓˊ zhí，對岸唸 ㄓˋ zhì。於是，

就有

「質料」ㄓˊㄌㄧㄠˋ zhíliào 和 ㄓˋㄌㄧㄠˋ zhìliào 之分。

「質問」ㄓˊㄨㄣˋ zhíwèn 和 ㄓˋㄨㄣˋ zhìwèn 之別。

叁、結論

上列諸例，音讀之異，似皆不涉通假或詞義轉變，且上溯其源，各有所本，文獻有據，僅去取不一，從俗有別。然則音讀之規於一律，既不涉是非，無關意識，視以兩岸字形之歸於一致，顯較具體可行。際此「書同文」暫不可得，當勤求「音不異」，是以兩岸主事者應廣邀學者專家，謀求共識，慎審研訂，異中求同，由分而合，藉使音讀一致，免生干擾。此不唯有利兩岸人民的識讀，且海外萬千研習漢字者，亦將有律可遵，有軌可循，不致以音讀之分歧，而顧此失彼，依違難定。

（蔡信發 中華文化總會）

两岸三地汉字字形问题探讨 *

◎程 荣

引言

随着两岸四地交流的日益增多，内地简化字系统与港、澳、台繁体字系统之间的正确转换显得更为重要。然而，除了简化字与繁体字之间"一对多"引发的转换问题以外，还有一些复杂的细节问题常常被忽略。例如，内地颁布的《简化字总表》《以下简称《简总表》）里附列的繁体字，是否等同于港台标准字？内地《现代汉语通用字表》（以下简称《现通表》）里未经简化的传承字，是否与港台地区标准字形一致？内地1955年颁布的《第一批异体字整理表》（以下简称《一异表》）里附列的异体字，是否也是港台地区确认的异体字？香港和台湾地区均用繁体字系统，其间是否无差异？回答均应是否定的。厘清这些问题，对两岸三地之间的字形沟通和转换至关重要。

现实情况表明，内地《简总表》和《现通表》确定的规范

* （1）本文初稿曾在第七届海峡两岸现代汉语问题学术研讨会(香港,2013年3月)上交流；定稿过程中吸收了毛永波先生（香港）、王婉贞女士（台湾）、《中国语文》专家提出的宝贵意见，在此谨致衷心谢意。

（2）全文已发表于《中国语文》2014年第1期，本论文集收录时有所删减。

字，跟台湾地区《国字标准字体宋体母稿》、《国字标准字体楷体母稿》（以下统一简称《字体稿》）中确定的标准字、香港地区教育界《常用字字形表》（以下简称香港《字形表》）中确定的标准字之间，既存在着简化字系统与繁体字系统的区别，也存在着正体字与异体字的选字差异，还存在着新字形与老字形的选形差异；香港地区教学标准字（以下或简称香港标准字）与台湾地区标准字之间也存在着某些选字或选形区别。本文试图通过对已有字形规范或标准的对比，重点分析简繁正异一对多以外的字形对应问题，探讨两岸三地汉字字形的异同。

一、内地繁体字与港台标准字的对应问题

《简总表》中的简化字和繁体字跟一般称说的简体字和繁体字，并非完全等同，属于既有联系又有区别的不同概念。一般所说的简体字和繁体字是分别泛指流行于社会当中笔画相对较少的字和笔画相对较多的字，未经人工干预，其写法或有多种；而《简总表》中的简化字是特定的称说，这些字是经过专家筛选、整理、改进后确定，并由官方正式发布的一批笔画较为简易的字，每个简化字只确定一种字形，其后所附繁体字也仅选列一种相应字形。在国家语言文字工作委员会 1986 年重新公布《简总表》时，其中的繁体字形已由 1964 年发布时的旧字形改为新字形。因此对于《简总表》中附列的繁体字也可称之为内地繁体字或直接称"繁体字"。

(1) 内地繁体字未必是港台地区标准字

从古到今出现的简体字形和繁体字形都可能不止一个，港台地区选定的标准字，虽以繁体字形为主体，却与内地《简总表》附列的繁体存在某些差异。例如：

"为"字是用行草书楷化方式定形的简化字；甲骨文写法上边从"又（手）"，下边是象，表示人役象；金文至隶楷上边从"爪"（也代表手），楷化字形作"爲"；行草字和手写字略简，变形作"为"。"为"，《玉篇》视为俗字"爲，俗作为"；《中文大字典》视为简字"【爲】爲之简字。……今楷书爲写作为"；《康熙字典》采用"爲"；《国语辞典》初版（1937年）以"爲"作正体，附列"爲"和"为"：【爲】（爲、为）；台湾地区《重编国语辞典》（1981年）采用"为"，未收"爲"。

"为"的写法是目前香港和台湾两地选择的标准字形：香港《字形表》中以"为"作标准字，以"爲"作异体字；台湾《字体稿》收录"为"作标准字，《异体字表》把"爲"作"为"的异体字收录。内地《简总表》中简化字"为"后面附列的繁体字只有"爲"，没有"为"：为（爲），所附繁体字"爲"不是港台现行标准字。

内地繁体字中以"爲"作偏旁的还有"伪"的繁体字"僞"、"妫"的繁体字"嬀"、"沩"的繁体字"潙"，而在港台地区标准字里是"偽""媯""溈"。当遇到这种《简总表》繁体字与港台标准字对应不上时，内地的简繁对照就不能直接用于内地与港台字形的转换。

另外，由于香港《字形表》和台湾《字体稿》选定的标准字不是完全一致，因此便出现了有些《简总表》繁体字或者只对应台湾标准字，或者只对应香港教学标准字。例如，"衛"字是《简总表》附列在简化字"卫"之后的繁体字，与台湾《字体稿》中的标准字相合，与香港《字形表》中的标准字"衞"不合；"檯"是《简总表》附列在简化字"台"之后的繁体字之一，也与台湾标准字相合，与香港教学标准字不合；香港《字形表》选择的标准字是"枱"，把"檯"作为异体字。此时，《简总表》的简繁对

242

照，不适宜直接用于跟香港教学标准字形的转换。

《简总表》繁体字只对应香港《字形表》标准字、不对应台湾《字体稿》标准字的情况，"裏"和"裡"的不同选择即是。"裏"是《简总表》附列在"里"后的繁体字，与香港教学标准字相合，与台湾标准字左右结构的"裡"不合。此时，《简总表》的简繁对照，不能直接用于跟台湾标准字形的转换。

总的说，内地《简总表》繁体字并非全等于港台地区的标准字，香港教学标准字也不一定就是台湾标准字，在两岸三地的字形沟通转换中应当加以注意。

(2) 内地简化字中也有港台标准字

《简总表》中的简化字大多数字源悠久，源于历代出现过的简体字，主要为旧称的"俗字"或"手头字"，而不是新中国成立以后的新造字，因此有的简化字也恰好是港台选定的标准字。例如：《简总表》中的简化字"灶"，在先秦的陶文中有上下结构的字形（上从"火"，下从"土"）；金代的《五音集韵》中收有左右结构的字形，注释为"灶，俗竈"；明代的《正字通》收录后注释为"灶，俗竈字"；1932 年出版的《国音常用字汇》和 1935 年出版的《简体字表》也都收录了"灶"字。也就是说，"灶"这种较为简易的写法很早就出现了，《简总表》把"灶"作为简化字收入，所做的只是对它作为规范字的一种正式身份的认定。

"竈"在《简总表》中是附列在"灶"后的繁体字：灶〔竈〕，但香港《字形表》和台湾《字体稿》选择的标准字恰恰是内地的简化字"灶"，而不是内地的繁体字"竈"。当内地与港台之间进行简繁转换时，该字无需转换。

在简体与繁体的选取上，由于香港《字形表》与台湾《字体稿》不尽一致，因此有时会出现台湾标准字与内地简化字对应，而香港教学标准字与内地繁体字对应的情况；有时也会相反，出现香港教学标准字与内地简化字对应，而台湾标准字与内地繁体字对应的情况。

例如："晒"是内地简化字，也是历史上就存在的简体字，相应的繁体是"曬"。《正字通》里收有"晒"字，注释为"晒，与曬同"；《字汇补》也收录了该字，注释为"晒，同曬"。"晒〔曬〕"是《简总表》中简化字与繁体字的对照；台湾地区的现行标准字是"晒"，与简化字相合，在两岸之间的字形转换时无需改换。

又如："平台〔臺〕"的"台〔臺〕"，香港《字形表》确定的标准字是"台"，跟简化字对应，台湾确定的标准字是"臺"，跟繁体字对应；该字在内地与香港之间的简繁转换时无需改换。

综上，《简总表》认定的繁体字，有的直接对应香港和台湾的标准字；有的只对应香港教学标准字，不对应台湾标准字；或只对应台湾标准字，不对应香港教学标准字；简化字当中，有的本身就是香港和台湾地区使用的标准字。因此，单凭《简总表》中的简繁对照，无法直接进行内地与港台之间字形的正确转换；其间的不对应，不仅仅存在于简化字与港台标准字一对多之间；在简化字之外，两岸三地之间对繁体字字形标准的认同也存在着该如何协调统一的问题。

二、两岸三地正体字与异体字认定上的异同

汉字在几千年的发展演变中，产生了大量的异体字。一个字有众多写法是书同文的障碍，不方便人们的学习和使用。从各个字种中整理出几个主要写法，根据一定的原则确定出一个正体字，是两岸三地都做过的工作。然而由于汉字的复杂性，两岸三

地在正体与异体的择选上不尽相同，致使两岸三地字形系统之间，除了存在简繁差异之外，还存在着正体的认定差异，其间的字形转换所涉范围明显超出《简总表》，而香港与台湾之间在正体与异体的认定上也存在着某些区别。

（1）有些异体字是港台正体字

内地《一异表》发布于《简化字方案》（1956 年）和《简总表》之前，采用的是正体字（有些是后来的繁体字）与异体字的对照形式；正体字后面附列的是规定停止使用的异体字，但其中有些恰好是港台地区正体标准字。例如，《一异表》中正体字和异体字的对照：撑 [撐]、耻 [恥]、够 [夠]，在香港《字形表》和台湾《字体稿》中的标准字是"撐""恥""夠"，这些都是《一异表》内附列的异体字，与内地正体规范字"撑""耻""够"不合。这几组字的正体和异体，虽未涉及《简总表》中的简化字与繁体字，但由于内地与港台择定的正体和异体未能对应，因此在进行两岸的字形转换时，仍需调换。

《一异表》中"鷄 [雞]"、"衆 [眾]"正体与异体的对照，实际上是内地繁体字与异体字的对照，因为其中的正体字"鷄"、"衆"是《简总表》中的繁体字。香港《字形表》和台湾《字体稿》都选择了"雞"、"眾"作为正体标准字，跟内地繁体正字"鷄"、"衆"不合。

（2）有时香港与内地正体相合，台湾与内地异体相合

例如，"污"是内地规范字，在《一异表》里列在正体字位置，"汙"和"汚"被作为异体字加括号附列其后：污 [汙汚]。香港《字形表》把"污"作为正体标准字收入，跟内地正体规范字合拍；台湾《字体稿》把"汙"作为正体标准字收入，跟内地

表内异体字之一相合。此时，内地与台湾地区的字形转换，要用内地的表内异体字，内地与香港地区的字形之间无需转换。

(3) 有时台湾标准字与内地正体相合，香港标准字与内地异体相合

例如：床 [牀]、峰 [峯]、群 [羣]，括号前的"床"、"峰"、"群"既是《一异表》中的正体字，也是《现通表》里的规范字，同时还恰好是台湾《字体稿》中收入的正体标准字，内地海峡两岸正体字的认定一致。香港《字形表》里认定的正体字是"牀"、"峯"、"羣"，即内地的表内异体字，不同于内地和台湾对这几个正体字的认定。对于类似的字，两岸三地的字形转换是否需要加以区分，应当有所考虑。

在《一异表》里，"鼈 [鼈]"是繁体正字与异体字的对照；台湾的正体标准字是"鼈"，与内地繁体正字只有左上第四笔带钩与不带钩的细微差异；香港教学的正体标准字是"鼈"，与内地的表内异体字只有很细微的笔形差别：左上第四笔带钩，右上末笔为长点。此处内地规范字与台湾标准字之间主要为简繁差别，而与香港教学标准字之间还存在着简化之前正体与异体的择定差别，字形间的正确转换需要有所区分。

(4) 有的正体与异体的认定，两岸三地各不相同

例如，"叙 / 敍 / 敘"三种写法，其间也是异写关系。《说文》："敍，次弟也。从攴余聲。"商承祚《殷墟文字类编》："篆从攴之字……古文多从又。"《正字通》："敘，俗敍字。"内地以"叙"为正体字，收入《现通表》，把"敘、敍"作为异体收入《一异表》：叙 [敍敘]；香港《字形表》以"敍"为正体字，以"敘、叙"为异体字（"敍"字备注：亦作叙、敘）；台湾地区以

“敘”为正体字，以“敍、叙”为异体字。此时，当需要把内地的规范字系统转换成港台标准字系统时，还需要区别是转换成香港地区的教学字形标准还是台湾地区的字形标准。

（5）有时港台正体字是内地表外异体字。

例如，“凛”与“凜”、“懔”与“懍”，其间是异写关系；《现通表》以“凛”和“懔”为正体规范字；香港《字形表》择选“凜、懍”（末笔是捺）为正体标准字；台湾《字体表》以“凜、懍”（末笔是长点）为正体标准字。“凛／凜”和“懔／懍”未见于《一异表》，当进行两岸三地字形转换时，仍需把这些内地表外异体字考虑其中。

又如，“臥”与“卧”也是异写关系。古代字书主要以“臥”为正体，以“卧”为俗体。《说文》："臥，休也。从人、臣，取其伏也。"《正字通》："臥，《同文舉要》作卧，俗作卧。"《现通表》以“臥”为正体规范字，“卧”未被《一异表》收录。《新华字典》和《现代汉语词典》把“卧”作为表外异体字，加括号附列于正体字“臥”之后。香港《字形表》确定的正体和异体与内地相合，把“臥”和“卧”区分正异、主次收入其中。台湾《字体稿》以“卧”为正体标准字，把“臥”视为异体字。当内地规范字要转换成香港地区教学标准字时，无需改换字形，而要转换成台湾地区标准字时，则需改换。

（6）有时港台标准字与内地规范字相同

例如，“抬”与“擡”未见于《简总表》，也未见于《一异表》，但“抬”读 tái 时曾用作“擡”的异体（读 chī 时是“笞”的异体），《西游记》中就有“抬頭”的写法："猴王漸覺酒醒，忽抬頭觀看。"在“抬”与“擡”的择选上，《现通表》以“抬”

作规范字；香港《字形表》和台湾《字体稿》也把"抬"作标准字收入。台湾地区的《重编国语词典》曾以"擡"为正体字，以"抬"为附列字，而后出的《重编国语词典修订本》改为以"抬"为正体字。也就是说，在"抬"与"擡"的择选上，目前两岸三地是一致的，均以"抬"为正体。此时两岸三地的字形之间无需转换，无需将"抬"转换成"擡"，"抬头"的转换只需把其中的"头"换成"頭"。

以上示例说明，在正体与异体的择定上，两岸三地之间异中有同，香港与台湾之间同中有异；《一异表》中附列的异体字有些是港台标准字，有些仅是台湾标准字或仅是香港教学标准字；有些《一异表》以外的异体字是香港或台湾地区的标准字；两岸三地之间的汉字字形的相互转换，所涉范围既超出《简总表》，也超出《一异表》；《简总表》中的简繁对照加之《一异表》中的正异对照，仍无法作为两岸三地字形之间相互转换的总体对照表。

三、两岸三地新老字形择选上的异同

两岸三地之间的字形差异，有相当一部分反映在印刷新字形与传统老字形方面。内地新字形和旧字形的称说始于 1965 年《印刷通用汉字字形表》（以下简称《印通表》）发布之后。新字形特指《印通表》中的字形，1988 出台的《现通表》沿用了《印通表》的字形，其中 7000 个通用字采用的均为内地规范的新字形；旧字形的具体范围不够明确，一般特指《印通表》说明中提到的几类印刷旧字形，以及权威性汉语辞书据此编制的《新旧字形对照表》里的旧字形部件及其带有这些部件的字。实际上这些特指的新字形大约就是笔形上接近于手写体写法的新印刷字形，旧字形大约就是笔形上与手写体有细微区别的传统的老印刷字形，如"吕、录、吴、骨（上边内部是朝左的横折一笔）、兑"等为新字形，"吕（中间有一小撇）、彔、吴、骨（上边内部是朝右的横和竖两笔）、兌"等为旧字形。按现在的新旧字形划分标准，《康熙字典》、《中华大字典》、《国语辞典》（1937 年版）等字书里的传统印刷老式字形即旧字形；《汉语大字典》主要采用的是新字形。目前，内地使用新字形；台湾在部分沿用传统老字形的同时，也有一些采用了新字形，有的字形部件还有另外的新改变；香港在参用台湾地区字形的同时，另有一些字形部件坚持了自身选择。新字形的采用与传统旧字形的沿用及改造，致使两岸三地之间的字形转换增加了复杂性。

（1）繁体新字形与港台地区标准字形的异同

规范字采用新字形，与简化字相应的繁体字是否也要采用新字形呢？对此文字学界有不同看法。一种观点认为繁体字字形应当跟简化字字形和传承字字形相协调，统一用新字形，另一种观点则认为既然未采用繁体字系统，就不必去干预繁体字字形，沿用传统旧字形即可。通过对 1964 年和 1986 年《简总表》所附繁体字的字形对比，可以看到表中繁体字已由最初公布时的旧字形换为重新公布时的新字形。例如：

1964 年《简总表》：丝〔絲〕红〔紅〕细〔細〕组〔組〕络〔絡〕

　　　　　　　　　　↓　　　↓　　　↓　　　↓　　　↓

1986 年《简总表》：丝〔絲〕红〔紅〕细〔細〕组〔組〕络〔絡〕

以上所举"糹（糸）"旁繁体新旧字形的改换，在港台现在的标准字形里也得以反映。也就是说，有些港台标准字并未继续沿用传统旧字形，因此便跟内地字形之间无差异或差异很小。但总起来看，更为普遍的则是内地繁体新字形与港台字形的不对应现象，有的是由内地和港台都改变了传统印刷旧字形带来的。

内地《简总表》中的繁体字换成新字形以后，致使有些原来能与港台标准字对应的繁体字也出现了字形区别。例如，繁体旧字形"鍋（右上内部是横和竖两笔，横靠右）"与港台标准字形相合，繁体新字形"鍋（右上内部是连写的横折一笔，朝左）"与之不合，当简化字"锅"要转换成港台标准字时，无法完全根据 1986 年《简总表》中相应的繁体字"鍋"的字形进行转换。

有些字由于新旧字形问题，还出现了两岸三地之间都有字形差异的情况。例如：1964 年《简总表》中简化字"说"的相应繁体字用的是旧字形"說（左边起笔是横，右上是八）"，1986 年《简总表》中相应的繁体字用的是新字形"説（左边起笔是点ⅠⅠ，右上是ⅤⅤ）"；香港教学标准字形与内地繁体新字形写法相同；台湾标准字形"說"左边的"言"用的是新字形（起笔是点ⅠⅠ），右边的"兑"用的是旧字形（上方是八），该字形既不同于内地繁体旧字形"說（左起笔是横，右上是八）"，也不同于内地繁体新字形"説（右上是ⅤⅤ）"。也就是说，台湾地区的标准字形"言"及其带"言"旁的字已不用旧字形"言"，而"兑"及其带"兑"旁的字尚未用新字形"兑"，因此"說"字，只是左偏旁与内地繁体新字形相同；此字新字形和旧字形都不是台湾地区标准字形。此时，内地与香港的简繁字形转换可以依照 1986 年的《简总表》，而与台湾的简繁字形转换既难以依照 1964 年的《简总表》，也难以依照 1986 年的《简总表》。

(2) 两岸三地传承字中的新旧字形异同

《印通表》说明中提到整理字形的标准是"同一个宋体字有不同笔画或不同结构的，选择一个便于辨认，便于书写的形体；

同一个字宋体和手写楷书笔画结构不同的，宋体尽可能接近手写楷书；不完全根据文字学的传统"，其中所设字形自然也包括传承字字形在内。例如，"呈"与"呈"、"角"与"角"、"摇"与"摇"，等等，均未涉及繁简，其间都是《印通表》中归纳的旧字形与新字形的细微差异。对于这些字，香港与台湾相同，沿用前者传统字形，内地采用后者新字形，与港台不同，因此与港台之间也存在字形转换问题。

"脱"字，在香港《字形表》里作"脱"，在台湾《字体稿》里作"脱"，三地各不相同，分别从不同角度改变了《康熙字典》里的传统字形"脱"：内地"脱"的右旁用了新字形，致使仅左旁跟《康熙字典》"脱"同。港台把居左的肉旁与"月"从写法上区别，台湾标准字"脱"仅右旁跟《康熙字典》"脱"同；香港教学标准字"脱"的右旁采用新字形，使得该字的左边跟台湾字形同，右边跟内地字形同，与《康熙字典》字形左旁和右旁都不同。

事实上，月肉旁与"月"在汉字字形演变过程中较早就基本混同，《康熙字典》里的"肚、肺、肝、胆"等居左的月肉旁，已跟"月"写法无别，内地依此沿用，而由于港台地区对此重新区别（月肉旁内部的两小横改为点和提：肚、肺、肝、胆），使其与内地字形出现差异。

（3）港台标准字在新旧字形上的异同

用内地新字形和旧字形的概念去审视港台地区标准字形的选择情况，可以发现：有些字港台地区都选用了新字形，如选择了"半、羽、直、兼"等，而不是"半、羽、直、兼"等；或是都选择了旧字形，如港台都是"草、氏、没"等，而不是新字形"草、氏、没"等。也有些字港台两地对新旧字形的选择并不相同，例如，旧字形"温、扁"等与新字形"温、扁"等，台湾标准字形是前者，香港教学标准字形是后者。当内地与港台字形相互转换时需要加以区别。

　　另外，由于台湾月肉旁写法的新订变化，点⎯和提的月肉旁不仅用于该旁居左的字，还用于该旁居下的字"胃→胃"等。"骨/骨→骨"的情况更加特别：在《康熙字典》中作"骨"；内地规范新字形定为"骨"，把"骨"视为旧字形；香港教学标准字仍定为与《康熙字典》相同的字形"骨"；台湾新订标准字形为"骨"，以示下面是"肉"不是"月"，这样便使原本港台两地字形无别的字也有了差别，并牵涉以它作偏旁的"骼"、"髓"等字写法各不相同。当两岸三地之间进行字形转换时，需留意其间的细微区别。

（4）异体字新字形与港台标准字形的差异

　　《一异表》公布时，其中的正体和异体大都是旧字形，后来一律改为新字形；于是便出现了不仅正体字有新字形，异体字也有新字形的情况。内地辞书对于简化字、繁体字和规定停止使用的异体字，一般来说都用新字形。而港台地区大多数字仍在沿用传统旧字形，因此内地异体字与港台标准字之间就有了一些新变化：有些内地异体字原本可直接对应港台标准字，当把旧字形改为新字形以后，这些字就不再直接对应港台标准字。

　　例如，《一异表》里原来的正体字"麵"和括号里附列的异体字"麪"都是半包围结构，属于《印通表》里列举到的繁体旧字形和异体旧字形，后来改成左右结构的繁体新字形"麵"和异体新字形"麪"。改变以后，《一异表》括号外的正体字"麵"，由原来跟台湾正体字"麵"大致相合（只有"夂"与"夊"的捺是否出头的区别），变成不合；括号内的异体字"麪"由原来跟香港字形"麺"相合，变成不合；当进行字形转换时，都要考虑新旧字形区别。

　　总之，内地认定的繁体字不一定是港台标准字，简化字中或有港台标准字；《一异表》表内异体和表外异体中都有港台标准字；港台标准字中有旧字形，也有新字形；香港和台湾的标准字形同中有异；在传承字中内地规范字与港台标准字之间也有字形差异。因此不能简单地认为，港台是繁体字系统，转换时改用内地的繁体字即可。事实上，两岸三地字形间的相互转换较为复杂，《简总表》、《一异表》、《印通表》中的简繁对照、正异对照、新旧字形说明和举例以及《现通表》中的规范字形，加在一起仍难解决其间的顺利转换问题。

四、字形标准在实际应用中存在问题

从两岸三地字形沟通的角度看，字形标准还有欠缺，实际应用中问题不少。

（1）字形标准不完备或不配套

以内地的字形规范标准为例，以往出台的《现代汉语常用字表》（以下简称《常用字表》）、《现通表》、《现代汉语通用字笔顺规范》（以下简称《笔顺规范》）以及新公布的《通用规范汉字表》中的字均为宋体，而小学语文教学中需用楷体给学生做示范。有的字楷体跟宋体笔画上还有所区别，如宋体的"小"左边是撇，楷体的"小"左边是点儿，宋体和楷体"雨"字的写法无别，雨字头的写法有别，如宋体的"雷"上部竖画的两侧是四个短横，楷体是四个小点儿："雷"。此时小学语文老师向学生讲解相关笔画时就无所依从；用楷体出字头的小学生字典，显示笔画和笔顺时难免有纠结：如果用宋体，有的笔形与楷体字头对应不上；想用楷体，尚无楷体的笔画和笔顺的规范标准。

走之旁的规范字形，宋体和楷体也不一样：宋体是"辶"，与港台写法不大对应；楷体是"辶"，与港台的写法基本对应。"廷/廷"字的第二横在《常用字表》和《现通表》里短于第一横，在《笔顺规范》里改为长于第一横，与港台字形相吻合，《通用规范汉字表》又改回第二横短于第一横。由于字形规范本身不够明确，当进行两岸三地之间的字形转换时难免令人困惑。

香港《字形表》中的字形原为手写的楷体，《香港电脑汉字字形参考指引》（以下简称《字形指引》）提供了楷体和宋体两套字形参考指引，用于 ISO/IEC 10646 国际标准和《香港增补字符集》，这样虽说解决了香港电脑用字问题，但它们并不是香港字形标准，因为在这两套指引中，当遇到同一个字有多种写法时，未像《字形表》那样区别出正体和异体。例如，在《字形表》中是把"吞（起笔是横）"作为正体标准字列出，"吞（起笔是撇）"作为异体字附列的，而《字形指引》中则是把"吞"和"吞"分别列出编码，不作主次区别。《香港增补字符集》只是对台湾大五码字集的增补，在字形上是内地、台湾、香港三体系的混杂（2008，张群显）。实际上，在香港地区除了用于教学的《字形表》以外，尚无香港整个地区的字形标准。

(2) 社会应用与字形标准的差距不小

在香港，对汉字字形的使用有较高的宽容度，教育界的字形标准不约束其他领域的社会应用。例如，《字形表》中以"峯、羣"为标准字，社会使用中"峰、群"与"峯、羣"并行；GovHK 香港特区政府一站通网站的繁体字网页，大多用"稅、悅、脫""育、脊、背"等台湾标准字形，较少用《字形表》的标准字形"税、悦、脱""育、脊、背"；有些香港《字形表》中已随内地采用了新字形的字，如"编、房"等，香港特区政府网站大多还在随台湾字形标准用"編、房"等旧字形；也有些字则是使用了内地的新字形，如传承字"骨"、繁体字"術"等，未使用《字形表》中的标准字形"骨"、"術"等。在内地学者用繁体字撰写的同一篇论文中也可以看到，内地新字形、传统字形、台湾字形来回换用的情况。由此可知，当字形标准及其应用原则未能给出明确指向的时候，往往让使用者无所措手足。

辞书编纂者和出版者在涉及两岸三地字形时，处理上的艰辛和纠结更为明显。例如，内地的一部收录 20902 个中日韩汉字的词典，字头中"骨"及"骼、骸、體、髏"等只有内地新字形，但这些新字形字头后面的标注却是：C (GT) JK，表示中国内地和台湾以及日本和韩国都用。另有内地的一部涵盖港台词语的词典，凡例中提到条目用字有差异的采用对照形式，港台字放后面，但其中所列港台字形，有不少是内地规范字或内地繁体新字形。例如：冻火鸡／凍火鷄，"鷄"是内地《简总表》里的繁体字，港台的标准字是"雞"；"过电／過電"，"過"在港台字形里是"過"，"電"在台湾字形里是"電"，在香港字形里其上部与台湾相同，但是下部是末笔不带钩的"电"。

台湾地区有一部按照《字体稿》标准编纂出版的字典，其正文以外的说明、封面及版权页上的用字，仍有非台湾标准字形。如："編輯大意"里的"編"字，按台湾现行标准字是"編"；封面上的"育""著""體"，按其现行标准字形是"育""著""體"；版权页上的"台北"的"台"，按其现行标准字形是"臺"。

香港有一部采用《字形表》字形标准编纂的小学生词典，其正文以外的部分用字与正文标准字并不一致。如：凡例里的"電"用的是内地繁体字形，"編"用的是台湾标准字形；版权页上的"編"和"網"用的是《康熙字典》中的传统旧字形。另外，该书正文字头后面标注有香港地区最流行的输入法——仓颉码，方便了小学生学习电脑打字的需要，但用该输入法打出的字不一定都是《字形表》中的标准字。例如：仓颉码的"溫"、"翻"等，在《字形表》里的标准字形是"温"、"翻"等。这样该书正文字头的香港教学标准字形与仓颉码输入法打出的字形是不同的，小学生会遇到学习写字与电脑打字在字形差异上的纠结。

　　以上所述表明，两岸三地之间的字形问题是错综复杂的。只有全面细致地了解其间的异同，才有可能探寻多渠道解决途径，最终实现无障碍字形沟通。

五、结语

　　两岸三地汉字字形的异同及其混用现象，一方面说明具有几千年发展史的汉字字形的多样性和复杂性，另一方面也反证出两岸三地的字形之间并无明显的划界，主流为相通性和兼容性。笔者认为，实现无障碍的字形沟通是书同文的先行基础。似需及早进行以下工作：1）编制多种类型的内地（包括简繁、正异及新旧字形）与香港和台湾的字形对照表，如：内地与香港的字形对照表、内地与台湾的字形对照表、香港与台湾的字形对照表，内地、香港、台湾的字形对照表，等等。2）对内地新字形的类推范围做出明确规定，编制统一的新旧字形对照表。3）研究解决因字体不同引起的字形差异问题，对仍有差异的做出具体说明。4）对已有字形规范标准进行修订、整合、完善，尽早推出完整明确的字形规范标准。5）参照内地和台湾分别编写的《两岸常用词典》，组编内地与香港的常用词典，以及类似的两岸三地的词典，在字形和词形的沟通和转换上发挥示范作用。6）改进和完善现有排版和办公自动化系统中的字体字形，使之适合内地、香港、台湾两岸三地字形的选用和转换。

（程荣　中国社会科学院语言研究所）

汉民族的母言和母语

◎侍建国

提　要：本文从语言学的角度探讨汉民族的本族语观及其母言、母语内涵，主张以半个多世纪的全国推广普通话的全民实践为依据，分析汉民族的本族语观，发掘本民族内在的、一脉相承的语言文化精神。这种文化精神体现在语言观上就是汉民族母言、母语的内在关联。本文提出汉民族的母言就是各地区的方言，而汉民族母语的口语形式就是目前多数国人所说的普通话。2000 年全国范围的方言和普通话使用情况调查显示，国人主要日常语言仍然是方言，而全国已有超过半数的人能用普通话交际。我们应该乐于接受现今国人母言和母语"平分天下"的语言习惯，正视多数国人所说的普通话其实是"普通话变体"的语言实态，并予以后者应有的语言地位。

关键词：普通话变体；本族语观；母言；母语

一、关于母语的困惑

在讨论"华人"、"华语"、"大华语"等术语时，常常触及到母语的概念。新加坡学者张从兴认为，不能把"华人"简单地定义为"中国人"，而"华语"则应该是"华人的共同语"。"中国人"具有明确的国籍义，"华人"则可包括"接受汉语为母语的中国人的后裔"。[1] 可见，以汉语为母语这一特征似乎比"中国人的后裔"更具有华人特性。"中国人的后裔"可以是 1/2、1/4 甚至 1/8 的中国人血统，而"汉语为母语"却是一个说一不二的标准，也比较容易界定。比如，新加坡有不少华人以汉语为母语的人，但也有一些只会说英语而不会说汉语的"中国人的后裔"，按照张从兴的定义，后者就不能算"华人"。笔者揣测，这样的定义侧重个人的文化取向，因为血统不是自己选择的，而每个人的母语则是自觉或者不自觉地传承而来的，以何种语言为自己的母语通常属于个人文化取向。

汉语的概念在海外非常明确，它包括汉语所有方言，也包括它的标准语形式。在国内，因为有方言和普通话的不同，母语的所指反而变得含混不清。例如每年 2 月 21 日的"国际母语日"，我国各地有的是推广普通话，有的是宣传保护方言。似乎有这么一个倾向：官方主张母语是普通话，民间认为方言才是自己的母语。由于双方认识不同，母语到底指方言还是普通话反而成了一个非此即彼的选择。其实，如果对我们汉民族从古至今一脉相承的语言观有正确的认识，对从古以来汉语方言和共同语的相互关系有所了解，现今对于本族语的认识就不会变成非此即彼的对立。

词典的解释并未为这一困惑释疑。《现代汉语词典》（第 5 版）对母语的定义是"一个人最初学会的一种语言，在一般情况

1　张从兴：《"华人""华语"的定义问题》，《语文建设通讯》第 74 期,2003 年 6 月。

258

下是本民族的标准语或某一种方言。"《中国大百科全书》（语言 文字卷）对于汉族人的母语（也称第一语言）有如此观点（张志公撰）：在中国，汉语是汉族人的第一语言……普通话对汉语各方言地区的人来说，仍是第一语言，因为无论是普通话或是方言，同属汉语，这里不存在第二语言的问题。笔者非常赞同张志公的观点，下文将以母言和母语来论证汉语方言和共同语的关系。《现代汉语词典》定义的第一句话虽然符合语言学的一般说法，但"在一般情况下"的情况着实让人困惑，经过中国政府和人民半个世纪的推广普通话运动，全国的汉族人口到底有多少人最初学会的语言是汉民族的标准语？看下面一组调查数字。

　　2000 年全国规模的普通话和汉语方言使用情况调查数字显示了将普通话作为第一语言的人数。[2] 东北地区（辽宁、吉林、黑龙江）有 66.9% 的人选择"小时候最先学会说普通话"，只有 34.3% 的人选择"小时候最先学会说汉语方言"；[3] 北京市选择"最先学会说普通话"的有 74.7%，选择"最先学会说汉语方言"只有 27.1%。这组数字表明北京、辽宁、吉林、黑龙江这四个省市绝大部分的人都认为自己的第一语言是普通话，不是方言。再看同一调查的另一组相关数字：东北地区的人在家最常说普通话的有 72.6%，北京市有 87.8%，内蒙古有 39.9%，其他省市自治区在家

2　这次全国规模的普通话和汉语方言使用情况调查始于 1999 年 8 月，结束于 2001 年底。最后的统计结果必须依靠第五次全国人口普查的人口数据进行推算，但后者的分县分民族的人口数据 2003 年下半年才陆续公布，所以这次语言使用情况调查的成果 2006 年才发表。见国家语言文字工作委员会：《中国语言文字使用情况调查工作总结报告》，《中国语言文字使用情况调查数据》，北京：语文出版社，2006 年，第 361 页。为了显示这次语言调查的实际年份，本文在引用有关语言人口数字时，将调查年份定于 2000 年，如"根据 2000 年国家语委的调查"。

3　此项问卷答案可多选，所以比例相加会大于 100%。

说普通话的比例都大大低于 30%。根据《中国语言地图集》的统计（按照 1982 年的数字），在官话方言区的八个次方言区里，北京官话区（包括辽宁和河北的部分县市）和东北官话区（包括内蒙古的一些县市）的总人口有 1 亿，占官话方言人口的 15%。

官话方言区只有 15% 的人口最初学会的语言是普通话。按照 2000 年国家语委调查的全国 86.38% 的人能说汉语的比例，以第六次全国人口普查的 13.7 亿计算，2010 年能说汉语的人口应有 13 亿；即便这 13 亿人口都以 15% 的比例将普通话作为第一语言，全国以普通话为第一语言的总人口也只有 1.9 亿。

从以上数字看出，把普通话作为第一语言的人数占全国人口的比例很小。如果全国只有 1.9 亿人的第一语言是普通话，而其余 11 亿人的第一语言是汉语方言，那么将普通话作为母语，而把方言排斥在外，这显然不符合中国国情。

如果从最初学会的语言来定义汉民族的母语，方言毫无疑问是我们的母语。然而中国的方言太复杂多样了，如果将汉族人的母语指称一个具体语言，没有哪种方言能够代表其他方言，所以，将汉语的共同语（即现在的普通话）作为汉民族的母语。

以上的思路似乎在做一种被动的、无奈的选择，它先将方言和普通话对立起来，然后在二者之间选择，这是一种割断历史、不尊重国情的思路。方言和共同语历史上一直存在，从来没有中止过，也没有对立过。不同时代的共同语可能有不同的名称，最早叫"雅言"，后来叫"通语"，此后"雅言"、"雅音"前冠以地名如汴洛音、中原雅音，明清时称官话，清末称国语，现在的共同语叫普通话。普通话作为各方言区的人相互沟通的交际语已经存在 60 年了，如果就它的早期语音系统而言，从 1913 年由各省选派代表参加的"读音统一会"算起，以北京语音为基础的汉语通用语流通至今已有一百年了。在这一百年里，特别是 1955 年开始的全民推广普通话运动，加上电视的普及和 30 年来我国工业化、城镇化的快速发展，汉民族共同语的普及程度达到了历史的颠峰。国家语言文字工作委员会 2006 年发布的调查数据显示，2000 年全国已有超过半数的人能用普通话进行交际。2010 年国家语委又进行一次"普通话普及情况调查"，对河北、江苏、广西三个省（区）的普通话应用情况进行了抽样调查，结果显示能用普通话沟通的人在 70% 左右。[4] 若按第六次全国人口普查 13.7 亿的数字来计算，2010 我国能用普通话交际的人数应为 9.5 亿。

以上数字表明，现今民族共同语的普及程度前所未有，并正以更快的速度继续扩展。汉民族两千多年来长期形成的方言和共同语的传统格局已被打破，一个崭新的平衡格局已经出现，方言和共同语成为人们日常生活中两种常用语言。在现代信息科技和经济发展的支配下，人们最大地追求语言的信息效应和经济效益，比如重视外语学习，这必然对信息含量和经济价值都较逊色的方言造成冲击。这种冲击体现在两个方面：一是年轻一代的方言能力下降，二是共同语的语言要素对方言要素的影响促使了方言朝着共同语变化的速度正在加快。这两方面的合力对方言造成的冲击力是前所未有的，也是不可估量的。在方言地位岌岌可危的形势下，不少学者呼吁"保护方言"、提倡"爱说方言"并非杞人忧天。

二、汉民族的本族语观

以上分析的共同语对方言的影响来自两个因素：一是现代

4　见国家语委前副主任王登峰做客腾讯网的发言，2011 年 8 月 2 日，http://edu.qq.com/a/20110802/000404.htm，2011 年 12 月 7 日。

经济社会中方言的使用范围在退缩，二是如何看待方言的语言学地位。第一个因素是现代社会发展的必然趋势，我们应该乐见其成；对于第二个因素，需要根据中国人两千多年形成的语言观重新认识方言的地位。

在汉语这个语言大家庭里，一直存在着这么一个特殊现象：两千多年来中华民族在不同区域流行着不同的方言口语，但整个民族的书面语（包括它的文字读音）在一定的历史时期基本上是统一的，即它的书面语音是跨地域、超方言的，其中一个重要因素来自汉字的跨地域、超方言性质。这就自然形成了汉族人民特有的语言观：日常生活中使用方言口语，重要场合使用严肃的语言形式，后者能用汉字记录。

因此，中国人的本族语两千多年以来延续着两种形式：[5] 一为摇篮里学会的言语形式，可称母言 (cradle tongue)；一为接触启蒙读物时的话语形式，可称母语 (native tongue)。[6] 母言是各方言区自己的方言口语，母语是整个民族的、可用文字表达的话语形式。文字形式的语言自古以来在启蒙教育中占有重要地为，它

---

[5]　此处用"本族语"(ethnic language) 而不用"母语"。笔者把"母语"跟"母言"相对，前者是全民族共有的、直接传承民族文化的话语形式。

[6]　本文"母语"不同于"母言"的概念来自英国作家、语文学 (philology) 教授约翰·托尔金 (J. R. R. Tolkien) 的"native language"不同于"cradle tongue"的观点，他在 1955 年的一次讲座教授就职演讲"英语和威尔士语"中提出。他的"native language"指不同于第一语言 (cradle tongue) 的、由本族传承下来的语言能力。他对于母语是这么说的：我们每个人都有自己的语言潜力：我们每个人有自己母语。但它不是我们最初学会的摇篮语言。从语言使用的角度看，我们都遵从俗成规则 ("we all wear ready-made clothes")。("We each have our own personal linguistic potential: we each have a native language. But that is not the language that we speak, our cradle-tongue, the first-learned. Linguistically we all wear ready-made clothes...") 见 J. R. R. Tolkien, "English and Welsh", in *Angles and Britons* (O'Donnell Lectures), Cardiff: University of Wales Press, 1963, p 36. 托尔金也是小说《霍比特人历险记》(*The Hobbit*) 和《魔戒》(*The Lord of the Rings*) 的作者。

首先需要辨认汉字字形和读音。西汉刘歆《七略》："古者八岁入小学，故周官保氏，掌养国子，教之六书"。东汉许慎《说文解字·叙》："周礼八岁入小学，保氏教国子，先以六书。"班固《汉书·艺文志》亦云："古者八岁入小学，故周官保氏掌养国子，教之六书"。三位汉代大学者所说的"六书"虽然指汉字形体之"六书"，但古者八岁入小学，先学汉字字形及其读音，这说明文字语言（即母语形式）对于学习儒家经典的重要作用。中国人母语观的主要特点就是对文字所记录之语言的崇敬心理，并将这种语言看做先圣以文字传承下来的民族瑰宝，它既有语言的魅力，更有民族文化的魅力。

对于汉民族共同语和汉语方言的关系，笔者基本同意 50 年前胡裕树等学者在《现代汉语》中的观点，认为汉语方言是汉民族共同语的低级形式，它们之间虽有明显差异，但语音对应规律很整齐，基本词汇和语法构造也大体相同，汉语方言是共同语的地域分支。[7] 张斌主编的《新编现代汉语》基本上也持这个观点，认为汉民族共同语是在方言基础上加工的，是高于方言的形式。[8] 然而这里所说的"高、低"之分，应该理解为流通范围的大小以及使用场所的不同，而不是形式上的精华、糟粕之别。如以母言、母语的概念区分方言、共同语，母言是只说不写，母语是可写可说。在交际内容的重要性上，值不值得用文字记录可视为二者的"高、低"之别，母语可直接用汉字记录，母言则须转化为母语才能用汉字记录。至于母语的发音，它不是母语区别于母言的本质特征。

7　胡裕树主编：《现代汉语》（重订本），上海：上海教育出版社，1995 年，第 6 页。

8　张斌主编：《新编现代汉语》，上海：复旦大学出版社，2002 年，第 6 页。

因此，汉语的方言和共同语的关系不是对立的，也不是非此即彼的，而是相辅相成的。汉民族的本族语包括方言形式和共同语形式。各地的方言是全国大多数人最初学会的语言，也是日常使用最多的口语形式；而共同语不仅有文字形式，也包括它的语音形式，即全民交际语形式。

三、"普通话变体" —— 母言的母语化

我们用"共同语"而不用"标准语"来指定汉族人的母语，因为标准语是共同语的标准形式，它对语音、词汇、语法等都有严格的限制，是一种经过加工的特殊形式，全国只有极少数的人能说标准的普通话。而"共同语"指标准语的通用形式，目前它是全国 9.5 亿的普通话人口所使用的言语交际形式，是一种超越方言的全民交际语。下面从 2000 年国家语委的调查材料中引用一组数字说明这一点。那次的入户问卷有两个问题是针对被调查人说普通话的动机和对普通话交际的满意度，即"您为什么要学（说）普通话？"和"您希望您的普通话达到什么程度？"就学（说）普通话的动机看，如果某种语言用于日常交际，那么能达到交际目的就是使用该语言最直接的动机。问卷对于说话动机的选择是：1、工作和业务需要，2、为了同更多的人交往，3、为了找更好的工作，4、学校要求，5、个人兴趣。被调查人只能有一个选择。调查结果 1 和 2 分别为 40.80% 和 33.74%，两项合共74.54%，而选择 3 的只有 2.97%。从这组数据看，国人使用普通话主要把它当作一种交际语，"工作和业务需要"也可看作某种交往的目的。如果说普通话能跟较好的工作机会直接挂钩，应该有较多的人选择 3。

其次，看交际满意度的调查结果，它也是根据被调查人

的主诉。有四个选择：1、能流利准确地使用，2、能熟练地使用，3、能进行一般交际，4、没什么要求。被调查人只能选一项。结果显示选择 3 和 4 的分别为 29.19% 和 25.91%，两项合共 55.1%；选择 1 和 2 的合共 44.9%。在多数国人看来，普通话作为一种交际语，只要能够沟通，使用者就满意了。

再看"能用普通话沟通"能力的调查结果，它也是根据被调查人的自我评价，或者说全国大多数人所说的普通话其实是当地普遍流行并认可的言语形式。那次调查的一个问题是"您的普通话程度怎么样？"有七个选择，前四个属于"能用普通话与人交谈"，后三个属于"不能用普通话与人交谈"。现将"能用普通话与人交谈"的四个选择的内容和统计数字摘引如下。

选择内容	比例
1. 能流利准确地使用	20.42%
2. 能熟练使用但有些音不准	35.56%
3. 能熟练使用但口音较重	15.36%
4. 基本能交谈但不太熟练	28.67%

从表中内容看出，"有些音不准"和"口音较重"不易区分，较谦虚的人一般选择后者，较自信的人会选择前者，只要被调查人认为自己"能用普通话沟通"，他对自己的普通话程度就有足够的自信。

上面三项调查结果表明，共同语作为一种超越方言的全民交际语，这已是一个世纪以来形成的语言实态。我们必须正视、尊重这个事实，并对它的语言形式进行科学研究，从而挖掘我国近 10 亿人的具有民族特色的语言观。这组统计数字还传递出一条重要信息：全国超过半数的人认为自己会说普通话，并且这种普通话获得当地人的普遍认可。为了让各地的普通话区别于有严格定义的标准语，笔者把前者叫做"普通话变体"。

普通话变体是全国大力推广普通话的一种自然产物，它与普通话共生、共存。但是，普通话变体长期以来都被视为有缺陷的言语形式，被扣上的帽子有"不标准的普通话、发音不准的普通话、带地方口音的普通话、方言普通话、地方普通话"等等，它流行至今仍未有一个学术名称。笔者曾提出我们的国家语言有两种形式：一是它的标准形式，一是它的通用形式，后者也是全国人民广泛运用的言语形式。[9]普通话定义所规定的是国家语言的标准形式，它始于 1955 年，至今它仍为我国影视、广播等大众传媒的主要语言，也在一些特殊场合使用，如外交部新闻发言人的讲话。普通话变体则是我国近百年来统一口语语音的产物，是言语书面化的必然结果。目前全国有 9.5 亿的普通话人口正在以各种普通话变体进行跨方言的言语交际。

"普通话变体"的语言特征是显而易见的，例如语音上它处处显示了方言口语的书面语化，笔者称之为母言的母语化。其书面语化的语音特征反映在两个方面：一是文读性，二是单字性。文读性体现在如果方言里存在文白异读，"普通话变体"一般用文读音。李慧对两个中年江苏泰兴人跟两个外地人（江苏盐城）之间 30 分钟的一段自由交谈录音中发现，这两个泰兴人的言语形式可称为"泰兴方言交际语变体"，这种方言变体的语音特征主要是"沿用"泰兴方言。此外泰兴方言变体将"姐"说成 [tsiɛ]，而不用方言口语的 [tɕiɑ]；泰兴方言口语里古全浊声母的

9　侍建国、卓琼妍：《关于国家语言的新思考》，《语言教学与研究》2013 年第 1 期，第 84 页。

清化规律为不论平仄一律送气，而两位被调查人的泰兴方言变体却是平声送气、仄声不送气，跟泰兴方言的文读音一致。[10] 这两个说话人虽然没有学过普通话，却受到它的耳濡目染而能够以"沿用"和对应手段自发地将方言向普通话转化，说话人接触普通话越多，对应性转化也越多。

"普通话变体"书面语化的另一语音特征是单字性，体现在方言口语词的连字调消失，单字以介乎方言字调和普通话字调的形式转化。笔者讲常州话，听当地人说的常州"普通话变体"一般不出现口语词的连字调，各人根据自己对普通话的感觉，将单字调发成介乎方言字调和普通话字调之间。比如他们说"普通话变体"的"我们"，有的是低调的 [13] 连字调（如"馄饨"），首字调接近普通话单字调；有的说成高调的 [50] 连字调（如"升重"），首字调接近常州话单字调（[45] 为原字调）；很少有说成像常州话"我家"（"我们"的意思）的 [455] 连字调（如"颈根"）。[11] 笔者在分析丹阳话连调规律时曾提出连字调属于口语的基本语音单位 —— 词调，只有读过书的人才需要念单个字的调，即书面语的基本语音单位 —— 单字调。[12] "普通话变体"不出现口语词的连字调，主要是单字调，这一现象揭示了这种变体的性质是口语的书面语化变体，可看做母言的母语变体。另一方面，一般人的普通话也是以方言口音说出接近书面语的句子，标准普通话常见的语音特征如轻声、儿化、变调等也不出现在"普通话变体"

10　李慧：《泰兴方言的交际语变体研究》，硕士学位论文，澳门大学中文系，2013 年。

11　常州话连字调类型来自汪平：《常州方言的连读变调》，《方言》1988 年第 3 期，第 177-194 页。

12　侍建国：《丹阳话的"嵌入式"变调》，《中国语文》2008 年第 4 期，第 342 页。

里，所以"普通话变体"其实是方言区的人以读句子的形式说话。陈松岑在对绍兴市城区普通话情况进行调查时发现，有一部分自称会说普通话的绍兴人，实际上说的是一种最靠近方言的地方普通话，当地叫"书面话"。[13]

四、结语

全民推广普通话运动已经进行了半个多世纪，最近一次全国范围的方言和普通话使用情况调查显示，一般人所说的普通话变体和各地方言已经成为国人的两种日常语言。我们应该乐意接受并认可这种具有充足交际功能的普通话变体，它反映了汉族人民本族语观的文化传承和语言自信。其他国家和地区（如印度、德国）的语言虽然也存在母言、母语现象，但它们在人口数量、二者的相关性及历史源流方面远远比不上汉语的情况，这正是汉民族共同语和方言最有价值、最值得研究的地方。希望本文提出的"普通话变体"有助于各方言区的语言学者对本地区母言、母语结构关系做深入研究，充分挖掘中华民族特有的本族语观。

（侍建国　澳门大学中文系）

13　陈松岑：《绍兴市城区普通话的社会分部及其发展趋势》，《语文建设》1990 年第 1 期，第 42 页。

宅女小紅作品的詞彙和語音模因特色

◎ 高婉瑜

提　要：Richard Dawkins 根據 gene 造出 meme，何自然、
　　　　何雪林將 meme 中譯為模因。模因的核心意義是模
　　　　仿，是文化的基本單位。

　　　　臺灣作家宅女小紅利用部落格宣洩情傷，詼諧的語調
　　　　與辛辣的用詞受到網友的喜愛。她長期在報紙上撰寫
　　　　專欄，陸續出版三本書，以獨樹一格的手法撰寫散文，
　　　　令人耳目一新。

　　　　筆者認為小紅作品能獲得許多支持是語言模因傳播的
　　　　影響，多種模因靈活運用，如語音上有特殊的臺灣國
　　　　語；詞彙上新鮮有趣的方言詞、外來語、文言詞等等
　　　　的參差交錯，營造層次感。從流行廣度來說，她的詞
　　　　語（或語言模因）不單純是個人的言語，而是多數臺灣
　　　　人的言語特色，故能稱為一種語言風格。

關鍵詞：模因論；模因；宅女小紅；語言風格；臺灣國語

一、前言

　　研究語言與文學的跨領域學科稱為語言風格學，意即用語言學的方法研究文學作品的形式、音韻、詞彙、語法，較客觀、科學地呈現作品之美或作家的風格特色。梁劉勰《文心雕龍‧情采》：「立文之道，其理有三：一曰形文，五色是也；二曰聲文，五音是也；三曰情文，五性是也。五色雜而成黼黻，五音比而成韶夏，五情發而為辭章，神理之數也。」形文指修辭藻飾，聲文指音律協調，情文指內容情感。透過語言模因的分析，可以了解文學作品在形文、聲文、情文方面的特色。

　　文學作品的內容包羅萬象，形式的文通字順只符合消極修辭，尚且不足以成為美文佳篇，讓人印象深刻。本文側重在文學形式的分析，具體地說是討論構成作品的語言層面。筆者選擇臺灣作家宅女小紅的作品為材料，觀察語言模因的特色，如何營造新鮮有趣的風格。

二、理論基礎

　　英國動物學家 Richard Dawkins（1976）*The Selfish Gene*（中譯本《自私的基因》）模仿 gene（基因）造出 meme，主張文化的發展是 meme 不斷複製的結果。何自然、何雪林（2003：201）將 meme 中譯為模因。[1] meme 源自希臘語 mimeme，核心意義為模

1　有關 meme 譯名的討論，詳參崔學新（2007：80-83、2008：33-35）、謝朝群與林大津（2008：63-67）。

仿，是通過模仿而進行複製、傳播的文化基本單位。[2]

　　對於模因的定義，Dawkins（1976：206）的解釋是文化遺傳單位或模仿單位，模因的類型在生活中有曲調旋律、想法思潮、時髦用語、時尚服飾、搭屋建房、器具製造等模式。Dawkins（1982：109）又說模因是大腦的信息單位，存於大腦中的一個複製因子，在現實世界裏，模因的表現形式有詞語、音樂、圖像、服飾格調，甚至是手勢或臉部表情。

　　Dawkins（1976）將模因比喻為複製機，成功的複製要具備三個指標：保真度（copying-fidelity）、多產性（fecundity）、長壽性（longevity）。三者之中，多產比長壽重要很多。

　　Blackmore（1999：66）用比較寬泛的角度界定模因，如觀念、儲存觀念的大腦結構、由大腦所產生的行為表現，以及存在於書籍、說明書、地圖、樂譜等各種有關行為的指令信息，只要能通過廣義的模仿而被複製，就可稱為模因。由此推論語言也是模因現象，語言的單位只要通過模仿得到複製與傳播，都可能成為語言模因。

　　Distin（2005）提到模因的複製不能簡單等同模仿，複製的過程會產生變體。這一點在 Dawkins 給 Blackmore（1999）的序中亦曾涉及，但 Distin 告訴我們人類控制模因的複製內容與進程，模因會發生變異，複製過程可能發生誤差，造成突變或重組。重組相當於 Dawkins 與 Blackmore 所謂的模因複合體（memeplexe），複合體可以是新模因與舊模因的重組，或兩個以上舊模因重組，易於引起注意，獲得複製與傳播。

　　模因的變異如果不能適應環境很快就被淘汰，Distin 主張成功模因的標準不同於 Dawkins 的三個指標，而是：1. 模因本身的內容；2. 適應其他模因的方式；3. 適應人的思想與環境。換言之，在 Distin 的論述中，一再強調人對模因存亡有着主導權，能吸引人們更多注意力，獲得理解、接受後，被記憶保存，才是成功的模因，然而，能被優先選擇的模因必須與當前的文化環境相應。

　　語言是文化的載體之一，語言本身也是模因，或說模因藏於語言之中，任何的語言成分，如文字、詞語、句子、段落、篇章，只要透過模仿而複製，歷經同化、記憶、表達、傳播的生命週期（Heylighen1998：418-423），構成複製的循環網路，就是有效、成功的語言模因。若語言成分很少被模仿、複製，便會逐漸被遺忘，進而消失、死亡。反之，如果語言成分能夠引人注意，不斷被模仿、複製，變成強勢模因，便能確保其生存。因此，模因論對語言的研究亦具有解釋力。

三、研究材料

　　臺灣作家宅女小紅（羞昂）[3] 利用部落格宣洩情傷，詼諧的語調與辛辣的用詞，說人不敢說、不願說之事，揭露內心的真實聲音，受到許多網友的支持與喜愛。[4] 她在《爽報》、《自由時報》、

3　小紅的臺灣閩南語發音接近「羞昂」。

4　2009 年《宅女小紅の胯下界日記》的介紹中，提到她的部落格每天吸引近 8 萬人次瀏覽，累計總瀏覽人次逼近 600 萬人次。2010 年 10 月，宅女小紅開始在《爽報》週一至週五專欄發表文章，曝光率很高。2013/2/24，筆者用 google 搜尋宅女小紅，出現 1,350,000 筆資料，由此可見她已具有相當的知名度。

《中國時報》定期撰寫專欄，陸續出版三本書，分別是 2009 年《宅女小紅の膀丁界日記》（以下簡稱為《日記》）、2011 年《宅女小紅の空虛生活智慧王》（以下簡稱為《智慧王》）、2012 年《空靈雞湯》（以下簡稱為《雞湯》）。

如果以中國傳統文學觀來看，三書的內容多是日常瑣事，還有身體書寫和禁忌，詞語俚俗露骨，談不上遠大的經世濟民，或典雅的文質彬彬、有骨有肉。然而，就網路文學來看，小紅作品體現了個性與創意，透過網路的快速傳播，成功地打開知名度，獲得讀者喜愛，還撰寫專欄，出版著作。

本文以模因理論探討宅女小紅（2009、2011、2012）的語言模因，及其模仿、複製、傳播的過程，分析模因傳遞的類型與傳遞成功的原因。從流行廣度來說，小紅所用的語言模因不僅是個人的言語，而且是多數臺灣人共通的言語特色，有了這項基礎，故成為頗具特色的語言風格。文中着重作品的形式分析，內容方面僅是輔助，不涉及文學批評或美學討論。

四、詞彙與語音模因分析

小紅作品的語言模因分成兩類：詞彙與語音。

（一）詞彙模因

詞彙模因包含了方言詞語、外來語／大陸用語、文言／舊詞、字母詞／網路流行語、體勢語的運用。

1. 方言詞語

方言分為社會方言與地域方言，前者在作品中很少（如江湖黑話「罩子」），後者則很多。地域方言以臺灣閩南語（以下簡稱閩南語）為主，偶有粵語。2011 年附錄的閩南語詞語有 148 個，2012 年有 149 個。[5]

　　方言詞語的書面形式不是採拼音或方言字，是以通俗的諧音，用漢字或注音符號來記錄方言，相當於音譯。有些沿用民間習慣的寫法，有些是小紅的習慣。閩南語音譯的例子如：

（1）敝人從小到大都不愛搞休揪去棒溜這套，因為以前的我是鐵漢，覺得三五好友邊調笑邊去廁所很娘氣。（你可以叫我宅女小紅，《日記》頁 9）

（2）多年後我想起這件事，問老木為何吃前要先養，她說看到魚游來游去很促咪。（阿木美雲的故事，《日記》頁 10）

（3）應該還有很多，沒寫到的真拍謝。（宅女小紅就是這樣誕生的，《日記》頁 18）

（4）你如果不想懷孕可千千萬萬要認真避孕啊，不然恐怕會生產無了時。（人生的紅色警戒區，《智慧王》頁 18）

（5）總之最後是我朋友自己發現的，發現後大聲「嘖」了一聲，還惡狠狠的瞪了那個不速鬼一眼，他才把手機收起來假裝沒事安捏。（養腿千日用在一時，《雞湯》頁 21）

（6）我還看過一家店叫做鼎泰豐，聽說同樣也是賣小籠包，可能是想吸收一些排不到鼎泰豐或是走着走着突

5　此處的數據是根據 2011 年、2012 年附錄所統計的，這只是保守的計算，因為文中有些方言詞沒有特別說明，如「幹譙」，閩南語的音譯，指用激烈、粗俗的言詞抱怨或咒罵，見於〈冰箱裏的東西其實也會壞〉：「請大家務必把這件事傳頌下去，才不枉費我一口咬下之後幹譙三天的美頌。」（《日記》頁 94）再如「正港」，閩南語的音譯，真正之意，見於〈睡眠之神請多給我一點時間〉：「連正港的黃老頭都睡得比我多很多。」（《日記》頁 86）。

然目睭勾到蛤仔肉　(…)[6] 而晃神看錯字的顧客。(仿冒的藝術~,《雞湯》頁 235)

(7) 寫到這過大家不難發現本人這輩子減肥沒有成功過──某嗯丟~我還真的沒當過瘦子。(諾貝爾腰瘦獎,得獎的是…,《日記》頁 128)

(8) 畢竟夏天貿然穿上可能會心浮氣躁火大到亂砍路人,嗯湯啊嗯湯~。(向上提升,向前看齊,《日記》頁 84)

例 1 「休揪」為互相邀約之意。「棒溜」為尿尿之意。

例 2 「老木」為媽媽之意。「促咪」為有趣之意。

例 3 「拍謝」為抱歉之意。

例 4 「無了時」為無止盡之意。

例 5 「不速鬼」為色鬼之意。「安捏」為這樣之意。

例 6 「目睭勾到蛤仔肉」是諺語,可說成「目睭去予蜊仔肉糊著」(a̍k-tsiu khì hōo lâ-á-bah kôo--tio̍h),根據《教育部臺灣閩南語常用辭典》的解釋,意指眼睛被河蜆肉糊住了,罵人看不清真相。

例 7 「某嗯丟」為沒有錯之意。

例 8 「嗯湯」是不可以之意。

小紅作品的粵語詞較少,2011 年附錄的粵語詞只有 1 個,即「嗨桑」。2012 年則有 2 個,即「嗨桑」、「好驚哪」。

(9) 所以看到「十五分鐘到信義區」不用太嗨桑,因為老子曾經坐救護車十五分鐘從新店狂飆到北投過。(賣房子的人

不能信哪，《雞湯》頁 120）

(10) 以後被威脅時不管怕不怕千萬記得要說我好驚哪。(新聞
讓我學到好多，《雞湯》頁 196)

例 9「嗨桑」為開心之意。

例 10「好驚哪」好怕之意。

2. 外來語／大陸用語

小紅作品外來語多為音譯詞，意譯詞較少。主要來源是英
語，其次是日語。2011 年附錄的英語音譯詞有 14 個，2012 年有
18 個。[7]

(11) 我不以為意的跟他說本人腳很醜像男生等等等，然後不啦
不啦繼續聊着。(女性安全約會守則，《日記》頁 42)

(12) 我跟棒先生一直有一搭沒一搭的出門，直到某次跟他去
吃把費…。[8] (醜男殺手回憶錄，《日記》頁 48)

(13) 我試着睡前抱着「明天要上班」的心情想欺騙我的巴底
看它會不會上當。(睡眠之神請多給我一點時間，《日
記》頁 86)

(14) 從進進出出五告持久的時間，到女優從說以呆以呆轉而
變快樂無比的表現，我想那些全部都是演出來的。(A 片
的影響，《雞湯》頁 33)

(15) 在下就是傳說中的敗犬敗犬啊～。(情人節呷賽，《日

7　音譯的外來詞限定於詞語，若是字母的音譯則不列入計算，例如「L•o•威•e」即
love，「KT 威」即 KTV。

8　刪節號為筆者所加。

記》頁 50）

例 11「不啦不啦」，英語口語 blabla 的音譯，等等之意，用於省略以下的話語。

例 12「把費」，英語 buffet 的音譯，自助餐之意。

例 13「巴底」，英語 body 的音譯，身體之意。

例 14「以呆以呆」，日語いたい（itai）的音譯，疼痛之意。

例 15「敗犬」，日語負け犬的意譯，2003 年酒井順子《敗犬的遠吠》的「敗犬」指美麗能幹的女人過了 30 歲還是單身，而且沒有子嗣之意。作者以「負け犬」自嘲，認為自己像喪家之犬一樣，遭人排擠，「敗犬」成為日本流行語。2009 年臺灣三立偶像劇「敗犬女王」更推動了「敗犬」一詞的風行。

小紅作品還有少量的大陸詞語，如「利嗦」、「立馬」、「直白」等等。

(16) 一開始覺得挺麻煩，走路還會很搖擺一點也不利嗦。（你可以叫我宅女小紅，《日記》頁 8）

(17) 她說她一進去就覺得共用的浴室髒到她頭皮發麻，立馬買了清潔劑想去洗掉廁所一層皮。（惱人的房事，《雞湯》頁 123）

(18) 當愛情走到理應要尬一下的那一步（好直白）。（今天晚上想……（扭捏），《雞湯》頁 68）

例 16「利嗦」相當於「利索」，《漢語大詞典》記載：「言語、動作靈活敏捷。」見於浩然《艷陽天》：「焦淑紅手腳利索地淘了米，又把米下到鍋裏。」

例 17「立馬」為立刻、馬上之意，又作「立碼」。根據《漢語方言大詞典》，「立馬」流通的地域很廣，見於東北官話、北京官話、中原官話、江淮官話、西南官話、晉語、吳語。

　　例 18「直白」為直接了當之意。見於魯迅《娜拉走後怎樣》：
「她還須更富有，提包裏有準備，直白地說，就是要有錢。」

3. 文言／舊詞

　　小紅作品不純以白話文書寫，當中夾雜古漢語文言詞，例
如「本座」、「本宮」、「在下」、「高堂」、「耆老」、「便溺」、「鬩
牆」等等。這些文言詞已經退出現在的口語，偶見於書面系統，
屬古語的殘留。少數詞語仍在使用，亦只出現在特定情景，如佛
教詞「圓寂」。

> (19) 我想他是正打算進行每天例行性的排遣。(出恭的 Know
> How，《雞湯》頁 42)
>
> (20) 寫到這，諸君一定以為我很用功是個專心在課業上的好
> 孩子吧。(追憶逝水年華，《日記》頁 46)
>
> (21) 回家後約莫四點，我趴在牀上靜靜的彌留着，突然接到
> 一通電話邀約我過節。(情人節呷賽 AGAIN，《日記》頁
> 66)
>
> (22) 雖然敝人很想表現出情人節於我如浮雲的氣度，不過隨
> 着情人節的腳步近了，滿街來勢洶洶的小熊和玫瑰花讓
> 人很難淡忘這該死的日子。(情人節呷賽 AGAIN，《日
> 記》頁 66)

　　例 19「排遣」的「遣」是東漢新生的義項，指排泄大小便
或精液。《漢書・東方朔傳》：「朔嘗醉入殿中，小遣殿上，劾不
敬。」唐代顏師古注：「小遣者，小便也。」篇名中的「出恭」
是元代新詞，《漢語大詞典》記載：「從元代起，科舉考場中設
有『出恭』、『入敬』牌，以防士子擅離座位。士子入廁須先領此

牌。」如元關漢卿《王潤香夜月四春園》第三折：「喝上七八盞，管情去出恭。」

例 20「諸君」是西漢的敬詞，諸位之意。《史記・項羽本紀》：「今日固決死，願為諸君快戰，必三勝之，為諸君潰圍，斬將，刈旗，令諸君知天亡我，非戰之罪也。」

例 21「約莫」，揣度之詞，大概之意，見於唐高適〈自淇涉黃河〉：「約莫三十年，中心無所向。」

例 22「敝人」，自謙之詞，見於明末顧炎武《顧亭林詩文集・答俞右吉》：「書篇留京邸未到，尚稽詶答，附錄與敝人一詩博笑。」

小紅作品還用了一些民國早期舊詞，早期舊詞多數已退出現在的口語，如「跌股」[9]、「決計」，而「逆襲」比較特別，近些年來還持續使用。

(23) 下午沒事做只好裝勤勞大掃除一下，免得突然有機會帶人回家家裏太亂很跌股。(盛竹如的警告—萬萬沒想到⋯,《日記》頁 62)

(24) 為了保護當事人，本人決計不會縮粗那位腋下剪刀手是誰的！(職業傷害事件,《日記》頁 152)

(25)〈老臉的逆襲〉(老臉的逆襲,《雞湯》頁 211)

例 23「跌股」即出醜之意，胡適〈我的母親〉：「你總要踏上你老子的腳步。我一生只曉得這一個完全的人，你要學他，不要跌他的股。」此文曾選入臺灣的中學國文教材，70 年代的學子

---

9 Google 搜尋「跌股」，出現的筆數很多，但大多數是指股票下跌，而非丟臉之意。

並不陌生。

　　例 24「決計」，表肯定之意，猶言一定。鄭振鐸〈書之幸運〉：「我敢擔保定你買的書花的錢是決計撈不回來的。」

　　例 25 篇名中的「逆襲」，《漢語大詞典》記載：「侵擾，侵襲。」引茅盾《動搖》：「一個艷影，正對於他的可憐的靈魂，施行韌性的逆襲，像一個勇敢的蒼蠅，剛把牠趕走了，又固執地飛回原處來。」「逆襲」一詞還具有活力，例如 1988 年日本動畫「機動戰士鋼彈 逆襲的夏亞」、2007 年電影「300 壯士：斯巴達的逆襲」、2012 年電影「王者逆襲」，2012 年 10 月《商業週刊》標題「張忠謀逆襲三星 搶史上最大訂單」，無名小站有「草泥馬的逆襲」、You Tube 有「路人的逆襲」，facebook 還有許多的「XX 的逆襲」。

4. 字母詞／網路流行語

　　鄒玉華（2012：61）提出字母詞有兩個概念原型，即字母加漢字形式和外文縮略語形式。字母詞有四個形式特徵：1. 與漢字組合；2. 讀字母名稱音；3. 形體大寫；4. 縮略。四個指標可構成 15 種字母詞基本形式。數字和符號是字母詞的輔助成分，而不是判斷指標。

> （26）私以為如果有辦 PK 賽，本人不是種子選手就是可以直接去當魔王了。（拎北相信下一個會更好，《日記》頁 26）
>
> （27）最近看到王力宏的〈第一個清晨〉MV，頭皮不知怎的麻了起來。（原來這就素 L・O・V・E 啊，《日記》頁 30）
>
> （28）她穿長度直逼腳踝的牛仔 A 字裙。（閃開，讓專業的來！《日記》頁 52）

　　例 26「PK 賽」的 PK 是 Player Killer 或 Player Killing，前者指遊戲中專門殺害其他玩家的人，後者現在指一對一決鬥之意。

「PK 賽」即一對一決鬥賽之意。

例 27「MV」是 Music Video 的首字母縮略語,為音樂影像帶之意。

例 28「A 字裙」是腰圍較窄,下擺較寬,呈現 A 字的裙子。

網路流行語指以網路為流通平台,交際者用打字方式即時對談、溝通、留言的特殊用語,形式趨於短小簡潔。小紅的作品除了套用流行語之外,如「馬子」、「很威」、「廢柴」、「嘴砲」、「醬」、「釀」、「砍掉重練」、「躺著也中槍」等等,特別的是會以添加符號來模擬情境,重現畫面。

> (29) 這個時陣醫生也煩到,很大聲的說:妳・白・帶・很・
> 多))))))。媽呀~,…[10] 這五個字在我腦中嗡嗡的響。
> (見鬼中醫診所,《日記》頁 96)

例 29「妳・白・帶・很・多))))))」中的符號・表示説話速度減慢甚至停頓,文後出現「這五個字在我腦中嗡嗡的響」,可見符號))) 用來模擬説話的回音,有具象的功用。「媽呀~」的符號~,有將歎詞「呀」延長的功能,將抽象的語音聲調具體化了。

5. 體勢語

體勢語是非言語交際的重要手段。用身體的動作,如眼神、手勢、面部表情、身體姿勢、肢體動作來表達情感、交流信息、説明意向的溝通手段。在文學作品中,作者利用體勢語揭露

---

10 刪節號為筆者所加。

人物複雜的心理，藉此烘托場景，使人物更加具象。

　　體勢語的多變及頻繁運用是小紅作品的特色，她習慣以圓括號（）內加體勢語。

　　（30）如果當年努力些，我都可以生出這麼大的孩子了……（遠目＋煙）（老化自我評量，《智慧王》頁 15）

　　（31）不搞清楚實在讓人很不安啊（轉手指）。（給胖子的強心針，《雞湯》頁 18）

　　（32）回到內褲打劫事件（跳一下）…然後場景拉回捷運上（再跳一下）…。[11]（養腿千日用在一時，《雞湯》頁 21-22）

　　（33）想到那畫面我都想去酗酒了啊啊啊（抱頭）。（我要拔十個，《雞湯》頁 29）

　　（34）今天站在學術的角度（扶眼鏡）來探討這個嚴肅的課題吧。（不願面對的真相，《雞湯》頁 36）

　　例 30「遠目＋煙」是戲劇常用來表現陳年舊事的手法，鏡頭往往是主角凝視着遠方。較誇張的演出是旁邊冒煙霧來輔助，暗示是過往雲煙了。

　　例 31 有些女孩坐立不安時會出現不自覺的肢體動作，例如轉手指、頻頻扭動身體。

　　例 32 根據小紅（2009：20）和 2011 年的附錄，「跳一下」的解釋是參與節目錄製的眾人一起跳一下，方便剪接。每當場景轉換或回到主題時，她常用「跳一下」來表示。

　　例 33「抱頭」透露出不願面對現實的那種難堪心境，經常

11　刪節號為筆者所加。

282

出現在漫畫。

例 34「扶眼鏡」出現在以嚴肅和專業的態度討論問題的情境，一般人對學者、專家的刻板印象是年紀較長並戴着眼鏡，故擷取了眼鏡的形象來表示。

（二）語音模因

小紅作品的語音模因分為三種：1. 臺灣的國語普遍的語音現象，2. 帶有臺灣閩南語腔調（即臺灣國語），3. 其他變異。通常是多種語音模因混合出現。

1. 臺灣的國語普遍的語音現象

此現象不限定族群，只要生長在臺灣的人，說國語時普遍存在的語音現象，例如 [n-]、[l-] 不分，捲舌與非捲舌音不分，[-ən]、[-əŋ] 不分，[-in]、[-iŋ] 不分。

> （35）一個人上廁所有個隱憂，就素衣衫沒整好不會有人提醒你。（你可以叫我宅女小紅，《日記》頁 9）
> （36）（溫蒂姊）真是個好姊接。（哦～溫蒂姊，《日記》頁 16）

例 35「是」唸成「素」，聲母發生變異，體現了捲舌與非捲舌不分。

例 36「姊姊」唸成「姊接」。名詞重疊時，第二個名詞聲調調整為陰平，類似的例子還有「寶寶」（寶包）。

2. 帶有臺灣閩南語腔調

具臺灣閩南語腔調者屬特定的族群，發生於以閩南語為母語者。他們說國語的時候會受到閩南語的影響發生語音變異，稱為臺灣國語。

　　臺灣國語的語音特徵很多，例如：1. 唇齒音 [f] 唸成舌根擦音 [x]，如「發生」唸成「花僧」、「舒服」唸成「酥胡」。2. 空韻後面加上 [u]，如「老師」唸成「老蘇」。3. 複元音 [uo] 唸成單元音 [o]，如「我」唸成「偶」。4. 圓唇前元音 [y] 唸成展唇前元音 [i]，如「國語」的「語」唸成「蟻」。5. 插入圓唇音 [u]，改開口為合口，如「發現」唸成「花現」。

(37) 仔細觀察馬桶水還會發現上面浮着一層油的感節。(我的雞歪阿寄，《日記》頁 12)

(38) 只好再把它推進去一點，然後忍不住一直去勾勾看有沒有推到搆不着的地荒……（小姨媽初體驗，《智慧王》頁 23)

例 37「感覺」唸成「感節」，介音 [y] 唸成 [i]。
例 38「地方」唸成「地荒」，聲母 [f] 唸成 [x]。

3. 其他變異

　　其他變異可能發生在聲、韻、調，屬特殊的語音變異或個人變體。變異的原因有刻意模仿、創新求變和嘗語的禁忌。

(39) 我以前很黑，所以她很愛叫我瑪莉亞，逼我當菲傭使喚，逼我在外面要叫她「胎胎～」。(我的雞歪阿寄，《日記》頁 12)

(40) 從我後來約會的男倫，臉都很有立體感這件事可見一斑。(宅女小紅就是這樣誕生的，《日記》頁 68)

(41) 看到他裏面穿吊帶襪和粉紅蕾涇小內褲。(醜男殺手回憶錄，《日記》頁 49)

(42) 所以他們都比我瘦……暗。((前男友) 媽媽的味道，《日記》頁 40)

　　例 39「太太」唸成「胎胎」，聲調發生變異，模仿外國人說國語的聲調。

　　例 40「男人」唸成「男倫」，聲母 [z] 唸成 [l]，插入介音 [u]，改開口為合口。屬刻意的求新求變。

　　例 41 英語 lace 常見的音譯是「蕾絲」，此處以「溼」代替「絲」，將非捲舌改成捲舌音，違反語音的規律，屬刻意的求新求變。

　　例 42「幹」唸成「暗」，聲調發生變異，避免直接使用帶有性暗示的詈語。

　　語音的變異有時是混合性的，可能是第一和第二種的混合（即臺灣的國語普遍的語音現象和臺灣國語的混合）。例如〈醜男殺手回憶錄〉：「諾貝爾隨和獎不給我要給隨？」（《日記》頁 48）「誰」唸成「隨」，聲母原是捲舌變成非捲舌，屬臺灣的國語普遍的語音，增加介音 [u]，改開口為合口，屬臺灣國語。

五、模因混用下的語言風格

　　小紅首先透過在網路書寫部落格的方式，將生活的點點滴滴，內心真實的聲音公開，讓網友閱讀，不斷轉貼。轉載文章保證了模因的保真度，複製次數愈多，表示能產性愈高。再者，網路散播速度快，影響層面廣。後來，報紙專欄又成為傳播媒介，如週一至週五的《爽報》，週六的《自由時報》、週日的《中國時報》，天天都可看到小紅的文章，持續數年之久，證明了能產性之高，以及語言模因的長壽性。

　　小紅綜合了多樣化的語言模因完成一篇篇生動活潑的散文，成功的行銷作品。多元模因的集合、混用下，形塑出獨樹一格的語言風格，總結為以下四項特點。

（一）靈活的語碼轉換

俯拾即是的國語、方言、外來語語碼轉換（code switching）[12]，書面語和口語轉換、文言與白話的轉換，都是顯著的風格特色。

就語碼轉換的類型而言，以句內的轉換居多，句間的轉換較少。因為句內轉換是詞語的替換，在遵守國語的語法規則下，直接用另一種語言或方言詞語替換，既簡單又便利，所以數量是最多的。小紅的句間轉換是採用形式簡短的小句來替換，而且不會連續數句之後，才又轉換成國語的語碼。

就語碼的類型而言，國語、閩南語的轉換具絕對優勢，其次是國語、英語轉換，國語、日語或國語、粵語的轉換較少。

就信息的使用或傳播方式（即語式 mode）而言，書面語和口語轉換頻繁，其次是文言與白話的轉換。

（二）演示性的內心表現

小紅活化文字，展現內心的手法很多，包括體勢語、加註和刪除。前兩種使用很頻繁。

作者以圓括號標示，內加豐富的體勢語，讓靜態的敘述變成動態的畫面，具有演示性，增加臨場感。例如《日記・阿木美雲的故事》頁 10：「媽媽這麼偉大，在下的第一本書不歌誦她一下還是人還是人嗎？（右手背拍左手心）」雖然「還是人還是人」

12　語碼轉換（code switching）是語言接觸的產物，指說話者在交際時交替使用不同的語言或語言變體。有關語碼轉換和語碼混用（code mixing）的關係有三種看法：1. 兩者之間存在區別，2. 兩者之間沒甚麼區別，3. 不置可否。何自然、于國棟（2001：87）認為兩者是否有區別取決於研究目的和方法，如果研究語法限制，則可分成句間的語碼轉換和句內語碼混用。若是研究交際功能，兩者沒有區別的必要。本文的語碼轉換採寬泛的認定，包含句間語碼轉換和句內語碼混用。

已經用形式的重複增加信息量了，但仍屬平面的敍述，加上「右手背拍左手心」的動作之後，建構了畫面，讀者有身歷其境感受到作者不能苟同、無法置信的態度，帶來戲劇般的張力。

其次，作者用圓括號加註一些敍述，具有補充說明，展現另一個聲音的功用。例如《日記‧腳皮磨成一座山》頁 76：「它的正面像一個削蘿蔔絲的東西，不過摸起來不利並不會傷人…，[13] 所以可以放心的給嬰兒玩（這是開玩笑的各位應該知道吧）」。圓括號內的文字用來補充。同文：「傑克和珍妮佛是一對洋騙子（搞不好他們壓根住在台灣），大家不要再被騙了啊。」圓括號內的文字反映了內心的另一種想法。

小紅偶爾用刪除線標示應該刪除的文字，暗示這些文字是不可浮上檯面的內心話。如《日記‧後記》頁 191：「要不是你~~迷戀我~~把我介紹給社長，也不會有《宅女小紅の胯干界日記》的誕生。」「迷戀我」是開玩笑的詞語，故意用刪除線刪掉來呈現，以收幽默之效。

（三）創新性和沿襲性

小紅的語言模因兼具了創新性和沿襲性。

她採用大量的新詞語、流行語，合乎年輕讀者的口味。更能彰顯個人特色的是詞語的組合關係，打破了書面和口語的語體範疇，打破文言與白話的界線，插入充滿戲劇張力的體勢語，也就是書面語交織口語，白話文夾雜文言，敍述中加進體勢語，混用新、舊模因，變成新的模因複合體，使得篇章上，呈現出一種

13　刪節號為筆者所加。

參差錯落、形象鮮明的風格。

(四) 零距離的題材內容

　　小紅作品的題材多為生活瑣事和親身經驗，儘管人生有許多不如意，種種光怪陸離的遭遇，她都用帶點阿 Q 的精神面對困難，以輕鬆詼諧的口吻，率直地展現自己。還有些題材涉及禁忌，有大量的身體書寫，包含身體的外部敍述、內在描寫、隱身體的書寫（如吃喝玩樂、睡眠、疼痛、情愛）[14]。她跨越傳統價值觀對女性的期待，融合多樣的語言模因談論身體或禁忌，內容雖然有詈罵或嘲諷，卻不能概括成尖酸刻薄，一味損人利己，或通篇低劣猥瑣，許多文章的出發點是挖苦自己的長相與身材，嘲諷自己的行為、個性和遭遇。文章內容反映了真實的生活，勇敢展現內心聲音，故能贏得讀者的支持。

【參考文獻】

一、文本

[1]　宅女小紅，2009，《宅女小紅の胯下界日記》，臺北：自轉星球文化。

[2]　宅女小紅，2011，《宅女小紅の空虛生活智慧王》，臺北：自轉星球文化。

[3]　宅女小紅，2012，《空靈雞湯》，臺北：自轉星球文化。

14　有關身體書寫的論述，詳見劉恪：《現代小說技巧講堂：增訂版》（天津：百花文藝出版社，2012 年），頁 63-72。

288

二、專書與單篇論文

[1] 何自然、于國棟 2001〈語碼轉換研究述評〉,《現代外語》第 1
期,頁 85-95。

[2] 何自然、何雪林 2003〈模因論與社會語用〉,《現代外語》第 2 期,
頁 200-209。

[3] 崔學新 2007〈選擇與建構:從 meme 到"模因"〉,《外語研究》第 6
期,頁 80-83。

[4] 崔學新 2008〈談 meme 及其漢譯名"模因"〉,《中國科技術語》第 4
期,頁 33-35。

[6] 許寶華、宮田一郎主編 1999《漢語方言大詞典》,北京:中華書局。

[7] 鄒玉華 2012《現代漢語字母詞研究》,北京:語文出版社。

[8] 劉恪 2012《現代小說技巧講堂:增訂版》,天津:百花文藝出版社。

[9] 謝朝群、林大津 2008〈meme 的翻譯〉,《外語學刊》第 1 期,頁 63-
67,又收錄於譚占海主編《語言模因研究》,2009 年,頁 163-172。

[10] 羅竹風主編 1994《漢語大詞典》,上海:漢語大詞典出版社。

[11] Francis Heylighen. 1998. *What makes a meme successful?* Proceedings
of the 15th International Congress on Cybernetics. pp.418-423.

[12] Giles, Howard, and Philip Smith. 1979. Accommodation theory:
Optimal levels of convergence. In H. Giles & R. St. Clair(Eds.),
Language and social psychology. pp. 45-65. Oxford: Blackwell.

[13] Kate Distin. 2005. *The Selfish Meme-A Critical Reassessment.*
Cambridge: Cambridge University Press.

[14] Myers-Scotton, Carol. 1993. *Social Motivations for Codeswitching
Evidence from Africa*. Oxford: Clarendon Press.

[15] Richard Dawkins. 1976. *The Selfish Gene*. New York: Oxford
University Press.

[16] Richard Dawkins. 1982. *The Extended Phenotype*. Oxford: Oxford
University Press.

[17] Richard Dawkins 著，盧允中、張岱雲、王兵譯 1998《自私的基因》，長春：吉林人民出版社。

[18] Richard Dawkins 著，趙叔妙譯 2009《自私的基因》，臺北：天下遠見，第二版。

[19] Susan Blackmore. 1999. *The Meme Machine*. Oxford: Oxford University Press.

[20] Susan Blackmore 著，高申春、吳友軍、許波譯 2001《謎米機器》，長春：吉林人民出版社。

（高婉瑜　淡江大學中國文學學系）

突发事件标语口号的构建模式研究

◎白云 吴东翔

提　要：突发事件标语口号在突发事件处理过程中发挥着不可替代的宣传、号召、鼓舞作用。其构建、传播过程可以看成是一种非即时交际过程，具有动态性、关联性和滞后性，这些特性影响着突发事件标语口号的构建、传播。从言语行为和非即时交际的动态视角切入，突发事件标语口号的构建、传播遵循选择 —— 关联 —— 构建 —— 调整的模式。受众制约着发布主体对突发事件标语口号的构建，明确受众的物理、社交和心理世界有利于提高标语口号的相关性。非即时交际模式可以将静态的社会用语转变为动态的交际过程，为社会用语的研究提供新的思路和视角。

关键词：突发事件标语口号；非即时交际；构建模式

　　近几年，突发事件给社会成员的生命、财产安全带来了巨大的损失，引起人们的广泛关注。突发事件标语口号作为标语口号的一种，在突发事件处理过程中发挥着不可替代的宣传、号召、鼓舞作用。标语口号在我们的日常生活中使用广泛，但长期以来，学术界并未给予足够的重视。2000 年前，标语口号的研究只有少数关语言特色、修辞方法、语言规范等方面的文章，研究方法较单一，而且多停留在描写层面。2004 年胡范铸、聂桂兰等人在《修辞学习》上开辟"中国标语口号的田野调查"专栏，从社会语言学和语用学角度对户外标语口号进行系统的调查、研究。胡范铸在《中国户外标语口号研究的问题、目标与方法》一文中提出了中国标语口号的"言语行为"研究。其他学者根据胡先生提出的方法对不同领域的标语口号进行调查、分析，如聂桂兰对"过期"标语口号的调查、陈佳璇对计划生育标语行为动词的分析。

　　本文选取从 2003 至今的具有代表性的突发事件的标语口号，从言语行为和非即时交际的动态视角切入，分析发布主体通过突发事件标语口号与受众进行"对话"的完整过程，将静态的社会用语转变为动态的交际行为，从一个全新的视角观察和剖析标语口号，为社会用语的分析和解释提供新思路和新方法。

一、突发事件标语口号

1.标语口号的定义

　　"标语：用简短文字写出的有宣传鼓动作用的口号。"[1]
　　"口号：供口头呼喊的有纲领性和鼓动作用的简短句子。"[2]
　　从释义中可以看出，标语口号是通过具有鼓动性的简短句子实现特定目标的社会宣传手段。标语口号与广告语的区别在于

---

[1]　中国社会科学院语言研究所词典编辑室，《现代汉语词典》(第五版)，北京，商务印书馆，2005，88。

[2]　中国社会科学院语言研究所词典编辑室，《现代汉语词典》(第五版)，北京，商务印书馆，2005，784。

标语口号以社会公共利益为核心，培养社会成员的集体意识，引导和规范社会成员的行为。

[1] 加强法制宣传教育，提高全民法律素质。

[2] 文明礼让 道路畅通 大家守法 人车安全

2.突发事件标语口号的定义

突发事件是指突然发生，造成或者可能造成严重社会危害，需要采取应急处置措施予以应对的自然灾害、事故灾难、公共卫生事件和社会安全事件，如地震、洪水、火灾、矿难、非典、甲流、打砸抢烧暴力行为等。突发事件具有两个特点：一是事件发生、发展的速度很快，出乎意料。二是事件都具有负面效应，都会对社会成员的生命、财产安全造成一定威胁，对生产、生活造成一定的影响，必须采取非常规方法来处理。

突发事件标语口号是指宣传应对和解决突发事件的方针、办法，对受众有一定鼓动作用的简短句子。

[3] 坚强让"非典"远离 海尔让生命精彩

—— 2003 年非典

[4] 想民所想 竭尽全力 排忧解难

—— 赤峰市水污染

[5] 民族团结 汉藏一家

—— 2008 拉萨 314 打砸抢烧事件

3.突发事件标语口号的特性

突发事件标语口号作为标语口号的重要组成部分，除了具有标语口号的宣传、鼓动性，还具有针对性、不可预知性、延展性和时效性。

（1）针对性

突发事件标语口号是发布主体针对某一突发事件或该事件不同发展阶段构建、发布的，具有思想上和行动上的指导作用。突发事件具有极大的破坏性，给人民的生命、财产安全带来危害，影响社会生产、生活，造成极大的负面效应。突发事件标语口号正是针对消除事件可能造成的或已经造成的危害采用的措施、方法宣传，在语义上和目的上比非突发事件标语口号更具针对性。

[6] 为青海玉树人民祈福

——针对玉树地震的灾区人民

[7] 抗冰灾，保供电

——针对冰灾恢复输电、供电的工作

[8] 打赢防治非典战役，保障人民生命健康安全

——针对非典疫情的防治工作

非突发事件标语口号则不具有如此明确的针对性，如：

[9] 创建全国文明城市 让市民更满意 让城市更文明

[10] 净化社会文化环境 保护未成年人健康发展

非突发事件标语口号旨在让受众了解一个国家、一个城市或一个机构的形象、精神；或是提高社会成员对某些社会行为、社会规范、道德准则的认同感，往往是对全体社会成员而言，更多是思想上的引导。

（2）不可预知性

非突发事件标语口号是针对已经出现或存在的问题提出的，如生产生活安全类标语口号和政策、法规宣传类标语口号，受众通过标语口号认识问题并防范此类问题发生。发布主体对已存在的问题已有一定的认识。如春运期间，发布主体就可以针对

294

春运期间可能出现的问题提请受众注意，在车站、机场等公共场所发布标语口号，受众看到标语口号后会对可能出现的安全隐患做出防范。

[11] 从严查处违法行为，确保春运交通安全
—— 金湖县公安局交巡警队

[12] 积极加强自我防范意识　共同提高识骗防骗能力
—— 盐都公安局

突发事件是短时间发生的、出人意料的、具有极大破坏性的事件，发布主体无法预知事件发生的时间、范围。事件出现后，发布主体才能针对具体事件构建标语口号，因而突发事件标语口号具有不可预知性。

(3) 延展性

每一个突发事件都有产生、发展和结束的过程。有的突发事件在短时间内发生，造成的影响也能在较短时间内消除，如水污染、火灾、交通事故；有些突发事件在短时间内发生，造成的危害极大，负面效应在短时间内难以消除，如地震、洪水，泥石流等；有些突发事件发生、发展时间较长，在一段时间内会一直存在，如非典、甲流等传染性疾病。针对突发事件在不同阶段发布主体会发布有不同的标语口号，因而突发事件标语口号具有延展性。如果上一阶段的标语口号放在突发事件的下一阶段，很难起到行动上的指导和思想上的鼓舞作用。

(4) 时效性

突发事件标语口号伴随着突发事件的发展而发展，具有极强的时效性。失效的突发事件标语口号如果没有及时撤去，可能会引起社会恐慌。如在非典防治取得阶段性胜利，社会经济生活

秩序逐步恢复正常后各省市防非典指挥部办公室都会下发通知，要求有关部门尽快清理全市有关防治非典的宣传标语。

二、突发事件标语口号的构建、传播

1.突发事件标语口号的构建、传播过程

　　突发事件的标语口号从构建到实现其语用价值至少包含五个组成部分，分别是：突发事件、发布主体、标语口号、受众和受众反应。突发事件对当地社会成员的生产、生活造成影响，发布主体分析突发事件的性质、危害，制订相应的解决方案，以标语口号为宣传工具，让受众了解、选择或实践一定行为来应对突发事件。发布主体身份根据不同的目的，选择相应的形式和内容构建标语口号；根据受众的范围和身份选择传播途径，包括发布时间、发布地点以及传播媒介。标语口号的发布影响受众的思想和行为，受众对标语口号做出一定反应，可以注意、理解、接受标语口号，也可以不认同标语口号。受众反应影响标语口号的进一步传播。各个部分相互作用，共同构建突发事件的标语口号，完成标语口号的传播实现标语口号的语用价值。

图1：突发事件标语口号的构建、传播过程

2.突发事件标语口号的构建、传播过程分析

　　突发事件标语口号的构建、传播不仅仅是图1显示的从突发事件到受众反应的自上而下的过程，我们可以将突发事件标语

口号的构建、传播看成是发布主体（说话人）围绕突发事件通过突发事件标语口号（话语）对受众（听话人）实施言语行为的交际过程。其构建、传播过程可以看成是一种非即时交际过程。与即时交际相比，非即时交际具有以下两方面特点：第一，对话以说话人和听话人的话轮转换为基础，不断推动对话的进行，一般以言语作为对说话人的反应；而标语口号的发布主体通过标语口号与受众进行交际时，受众一般以行为作为反应方式来表示对标语口号的注意、理解和认同。第二，会话是一种即时交际，说话人和听话人对话语的反应都是即时的，并根据对话的推进，双方随时调整或改变自身的语境假设使对话继续。虽然现在的科技手段使标语口号的构建和传播的过程简化，时间也大大缩短，但标语口号作为一种交际方法较之于对话，具有一定的滞后性。

（1）非即时交际的动态性

突发事件标语口号的构建、传播过程是发布主体针对突发事件与受众展开的一种动态非即时交际，并随着突发事件的发展推进。突发事件对发布主体产生直接刺激，发布主体根据突发事件的性质以及自身的职责决定标语口号的发布目的，通过标语口号实施言语行为来影响受众的思想认识和行为。受众通过对突发事件标语口号的理解，推理发布主体的意图，进而改变自身认识，影响自身的行为。突发事件标语口号以静态的方式呈现，但其构建、传播过程是一种动态的过程。

（2）非即时交际的选择和推理

在言语交际过程中，说话人通过明示行为向听话人展示自己的信息，为听话人提供推理的依据；听话人根据对方的明示行为进行推理，获取说话人的交际意图。在推理过程中，听话人不仅要与话语中的信息建立联系，还要和话语中的语境假设建立联系，产生语境效果，从而推断交际意图，推动对话进行。

　　突发事件标语口号的非即时交际过程中，发布主体围绕突发事件与受众展开对话，发布目的是明确的，即消除突发事件产生的负面效应。发布主体要根据事件的负面效应与受众建立联系选择相应的言语行为构建标语口号，利用标语口号消除突发事件给受众带来的物质和精神方面的负面效应。受众是在语境假设的基础上，推理标语口号是否符合自身利益、情感需求，是否能引起情感的共鸣或行为上的认同。

(3) 非即时交际的滞后性

　　交际以即时对话的方式展开，听话人通过话语即时回应说话人，说话人根据听话人的反应调整交际策略。而标语口号的构建、传播存在一定滞后性。首先，发布主体构建标语口号需要一个过程。发布主体需要根据发布目的，选择恰当的言语行为表达方式，考虑作为一定社会群体的受众反应。其次，现代的科技手段如网络、多媒体、电子屏幕已比较常见，但标语口号的传播媒介仍以传统横幅为主。横幅的制作周期较长，同时传播范围较小，制约着标语口号的传播速度。突发事件标语口号的针对性和时效性要求标语口号的制作和传播速度都大大加快，但与即时对话交际模式相比，突发事件标语口号的非即时交际还是具有一定的滞后性。

三、突发事件标语口号的构建、传播模式

1. 根据言语行为类型的分类

　　标语口号作为宣传思想、传播信息的工具，通过标语口号的

发布，说话人实施了号召、鼓励、承诺等行为，而受众在看到标语口号后采取了思想上认同和行动上实践的反应。我们将标语口号视为发布主体实施的言语行为。根据 Searle 的言外行为理论，我们可以将突发事件标语口号按言语行为分为四大类，不同类型的言语行为，在发布目的和表达形式有根本区别。

(1) 阐述类言语行为

此类标语口号主要表达发布主体对突发事件的认识和态度，发布主体认为这种认识或态度是正确的，并希望受众认同。

[13] 地震天不塌，大灾有大爱

[14] 甲型 H1N1 流感，可防可控不可怕

(2) 指令类言语行为

此类言语行为指导受众在突发事件过程中或结束后应采取的措施或对事件的认识和思考。通过告知受众做什么或不能做什么来实施针对突发事件的应急措施。

[15] 早发现，早报告，早隔离，早治疗！

[16] 一切为了让人民群众满意 ——"既来抢修，哪能不吃苦"

(3) 承诺类言语行为

承诺类言语行为是发布主体在突发事件应对中根据自身相应的责任承诺一定要实施的行为。

[17] 全力救治王家岭煤矿透水事故获救人员 —— 中国铝业公司 山西铝厂医院

[18] 保交通　保供电　保民生

(4) 表达类言语行为

表达类言语行为的目的是激发受众的感情和情绪，在突发事件中用来表达期盼、哀悼、感谢、致敬等情感。

[19] 向 11.15 特大火灾遇难者致哀

[20] 铁路职工期盼矿工兄弟

2.构建、传播模式

突发事件标语口号的构建、传播遵循选择 —— 关联 —— 构建 —— 调整的模式。

(1) 选择

发布目的决定突发事件标语口号言语行为类型，是发布主体发布标语口号的根本意图，是标语口号构建的基础。说话人实施不同的言语行为，具有不同的语用目的。阐述类言语行为的目的是说话人通过阐述对命题的判断来让听话人作出与说话人相应的判断；指令类言语行为的目的是说话人设法让听话人去做某事；承诺类言语行为的目的是表明说话人承担起做某事的义务；表达类言语行为的目的是表达说话人对某种客观事实的心理状态。行为目的是实施言行为时最先考虑的条件。

突发事件的发生时间短，出乎人们的意料，并且具有极大的负面效应，突发事件标语口号的发布目的就是消除负面效应。针对突发事件的受负面效应，发布主体身份可以分为直接受负面效应影响的发布主体和间接受负面效应的发布主体。直接受负面效应影响的发布主体通过承诺行为或表达情感的方式构建标语口号选择承诺类和表达类言语行为。间接受负面效应的发布主体多通过阐述类和表达类言语行为构建标语口号。例如发布主体直接面对甲流的负面效应为了向社会成员说明甲型 N1H1 流感，了解甲型 N1H1 流感可以预防、治疗，就是要对甲型 N1H1 流感的性质作出科学的描述，需要选择阐述类言语行为。

(2) 关联

受众制约发布主体构建标语口号产生关联的方式，关联性越大，产生的交际效果越好。突发事件标语口号的发布主体要通过各种语境假设，希望自身与负面效应的直接承受者在情感或行为上保持一致，从而产生最大的关联。突发事件标语口号的发布主体通过以下方式，取得语境效果，产生关联性：

① **受众身份使语境假设与新信息发生关联**

如果受众满足身份条件，就要实施相应的行为。

[21]"共产党员要始终站在抗震救灾的前列！"

语境假设：如果你是共产党员，你应该始终站在抗震救灾的前列。

[22]"禁止生产经营使用三聚氰胺和瘦肉精等有毒有害物质"

语境假设：如果你是该行业生产者，禁止使用三聚氰胺和瘦肉精等有毒有害物质。

② **突发事件对受众的影响使语境假设与新信息发生关联**

当突发事件影响受众生产、生活时，发布主体建议受众应该采取的行为。

[23]"勤洗手 勤洗脸 勤饮水 勤通风"

语境假设：受众的生产、生活直接或间接的受到甲流的影响，在甲流防治和预防过程中，受众要注意的问题。

③ **发布主体的职责与受众利益使语境假设与新信息发生关联**

当发布主体实施承诺的行为时，受众是发布主体实施承诺行为的受益者。

[24] 众志成城抗冰灾，全面携手保供电

语境假设：政府或相关部门组织抗击冰灾，保证供电是其职责，受众是这种职责的直接受益者

④ 发布主体与受众的信息一致使语境假设发生关联

[25] 一件衣就是一份温暖！一元钱就是一份希望！

语境假设：发布主体和受众都认为"一件衣就是一份温暖！一元钱就是一份希望！"是正确的。

⑤ 发布主体与受众的信息矛盾使语境假设发生关联

[26] 甲型 H1N1 流感，可防可控可治不可怕

语境假设：受众原来的认识"甲流不能预防，不易治愈"与发布主体的新信息"甲流可以预防，可以治疗"相矛盾

⑥ 发布主体与受众的情感一致使语境假设发生关联

[27] 向战斗在抗震救灾第一线的英雄们致敬！

语境假设：发布主体与受众怀有同样情感，认为抗震救灾第一线的英雄们是可敬的。

(3) 构建

发布主体将意义通过"所指"+"所述"两部分呈现出来，"所指"和"所述"根据不同的言语行为又可以分为不同的表达形式。

阐述类突发事件标语口号一般采用"突发事件"+"叙述／说明"的形式。

[28] 天灾无情人有情，八方支援暖人心

指令类言语行为一般采用"主体"+"行为"的形式，发布主体希望最大限度地引起受众的共鸣，以"我们"作为"主体"，在标语口号中有时省略，实施的行为一般以"方式＋行为"的形式

出现。

[29] 出自己的力，流自己的汗，自己的事情自己干！

[30] 广泛动员全社会力量，团结一心共抗非典！

承诺类言语行为一般包含说话人、动作和受事三部分，以发布主体承诺在突发事件中的职责为主，多采用"说话人＋动作＋受事"的表达方式。

[31] 全力救治王家岭煤矿透水事故获救人员

—— 中国铝业公司 山西铝厂医院

"说话人＋动作＋受事"有时可以省略为"动作＋受事"，为了标语口号的简洁，发布主体有时不出现在标语口号中，但通过悬挂或张贴的地点（发布主体所在单位、警车、消防车等）来表明发布主体身份。

[32] 想民所想 竭尽全力 排忧解难

表达类言语行为一般采取"发布主体＋向＋受事＋（表心理状态的）行为动词"形式，发布主体可以出现也可以不出现。如：

[33] 车队职工向白衣天使致敬

[34] 向 11.15 特大火灾遇难者致哀

也可以采用"发布主体＋（表心理状态的）行为动词＋受事"或直接采用"（表心理状态的）行为动词＋受事"

[35] 绵阳人民感谢英雄子弟兵

[36] 沉痛悼念"5.12"特大地震北川中学遇难师生

（4）调整

突发事件标语口号由意图外化为言语形式后，发布主体还需根据说话和听话人双方的身份调整标语口号，使标语口号实现最佳关联。提高话语的关联性，需要考虑受众的物理、社交和心理世界。突发事件造成的影响不仅包括物质方面还包括精神方面，发布主体不仅要考虑受众的物理环境，更需要明确受众的情感需要，最大限度地保持双方情感和行为上的趋同。

图 2：语境顺应图 [3]

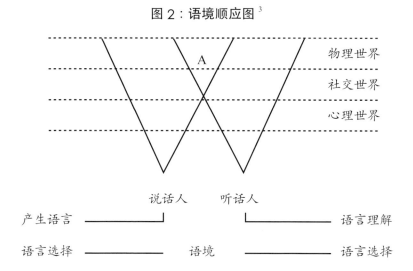

如图 2 所示，当区域 A 越大时，说话人与听话人的语境假设越趋于一致。听话人在交际时所需要付出的推理努力就越小，话语的语境效果越好，而话语具有的关联程度越大。维索尔伦认为语境可以分为交际语境和语言语境。交际语境包括说话人、听话人和物理世界、社交世界和心理世界等因素，说话人和听话人是语境的焦点，语境是由说话人和听话人激活，并随着双方交际的深入而不断变化。心理世界是交际双方的情绪、意愿和意图；社交世界是指社交场合、社交环境，双方应遵守的社交规则（如

3　何自然，冉永平。新编语用学概论 .[M]. 北京，北京大学出版社，2009，252。

双方的身份、权力等因素）；物理世界是指时间与空间关系，任何交际都必须在一定时空中进行，这些因素共同构成交际语境，制约交际的进行。

提高突发事件标语口号的关联性需要明确以下几点：

① 明确受众的物理世界

突发事件是在特定时间和特定地点发生的，发布主体在构建标语口号时，要明确受众所处的物理世界。突发事件标语口号具有很强的时效性，如事故灾难类突发事件，发生时间很短，标语口号发布要即时，才能有效地反应突发事件，解决突发事件带来的问题。同时，突发事件的时效性又要求发布主体随着突发事件的推进，及时更换或清除标语口号。如公共卫生事件的标语口号，在不同的发展阶段应采取不同的标语口号对受众的心理或行为进行指导。在疫情结束后要及时清除标语口号，否则容易引起不必要的社会恐慌。

② 明确受众的社交世界

明确受众的社交世界，要求发布主体明确自身与受众的关系，采取相应的方式表达发布主体的意图，实现标语口号的价值。发布主体对受众有管理职能，才能采用命令和要求的形式发布标语口号；发布主体对受众承担责任并具有实施该承诺的能力，才能选择承诺的方式。受众和发布主体之间的关系，制约着标语口号对言语行为的选择。

③ 明确受众的心理世界

受众的心理世界是因人而异的，影响着交际的流畅和效率。标语口号的受众并不是一个人，而是具有某种特征的一类人，标语口号的发布主体要充分考虑该类人群整体的心理世界，才能提高标语口号的有效性。抗震救灾的标语口号要采取鼓励、号召的方式，尽量不采用要求，更不能采用命令的方式使受众去实施某一行为，这样容易挫伤受众的积极性，降低标语口号的语境效果。

　　"禁止生产经营使用三聚氰胺和瘦肉精等有毒有害物质。"
这条突发事件标语口号是发布主体即食品安全监管部门与目标受
众即食品生产厂商和销售公司之间围绕"三鹿奶粉事件"这一主
题展开的交际。食品安全监督部门根据三鹿奶粉这起公共卫生安
全突发事件的性质，决定为保证消费者的合法权益和身体健康，
对食品生产厂商实施指令类的言语行为。发布主体通过受众身份
使语境假设与新信息发生关联，如果你是该行业生产者，禁止使
用三聚氰胺和瘦肉精等有毒有害物质，再选择三聚氰胺和瘦肉精
等有毒有害的化学物质为所指部分，严厉禁止生产者在食品中添
加此类有害物质为所述部分构建标语口号。发布主体最后根据自
身职责以及生产企业的职责衡量这条标语口号的实施性。这条标
语口号通过横幅、电子屏幕和新闻媒体等向受众传播。受众根据
标语口号的命令行为，检查并监督自身在生产和经营过程中的行
为，拒绝添加三聚氰胺和瘦肉精等有毒有害物质。食品安全部门
可以根据食品检测和消费者的反馈信息考察目标受众对标语口号
的执行程度。

图3：突发事件标语口号构建、传播模式

四、结语

　　突发事件标语口号不仅具有语料价值，更具有巨大的语用
潜力。从言语行为和非即时交际的动态视角切入，分析发布主体
通过突发事件标语口号，可以得出以下结论：

　　1. 突发事件标语口号作为标语口号的重要组成部分，除了

具有标语口号的宣传鼓动性，还具有针对性、不可预知性、延展性和时效性，这些特性制约着突发事件标语口号的构建和传播。

2. 突发事件标语口号的构建、传播模式是一种非即时交际模式，具有一般交际的特点，如动态性和关联性，同时又是非即时的，具有一定的滞后性。

3. 突发事件标语口号的构建、传播遵循选择 —— 关联 —— 构建 —— 调整的模式。选择即发布主体根据发布目的选择相应的言语行为，关联即发布主体使受众与标语口号建立联系，构建即发布主体将意义通过"所指"+"所述"两部分外化，调整即发布主体对标语口号的可实施性进行的衡量。

4. 受众制约着发布主体对标语口号的构建，当发布主体与受众的物理世界、社交世界和心理世界交集越大时，受众在理解标语口号时所付出的推理努力越小，突发事件标语口号的关联性程度越高。明确受众的物理、社交和心理世界有利于提高标语口号的相关性。

5. 这种非即时交际模式可以将静态的社会用语转变为动态的交际语言，为社会用语的研究提供新的思路和视角。通过这种动态的交际过程去剖析广告语，可以发现广告语实质是主体跟受众进行对话交流，从而劝说受众接受自己的产品和服务。设计者根据受众的年龄、性别和消费水平进行语境假设，使广告语与目标受众产生关联，以肯定的方式告知受众选择某种产品的理由和正确性，从而增强受众对该产品的购买欲。

【参考文献】

[1] 布龙菲尔德，语言论 [M]，北京：商务印书馆，1997，166。

[2]　陈佳璇，正确的观念和"？"的措施 —— 广东潮州计划生育标语的行为动词分析 [J]，修辞学习，2007 年，(6):34-36。

[3]　董平荣，试论语言与身份研究中话语分析的整合视角 [J]，外语与外语教学，2009，(7):8-10。

[4]　顾曰国，多媒体、多模态学习剖析 [J]，外语电化教学，2007，(114):3-12。

[5]　韩承鹏，标语与口号：一种动员模式的考察 [D]，复旦大学，2007。

[6]　何自然、冉永平，新编语用学概论 [M]，北京：北京大学出版社，2009，252。

[7]　胡范铸，中国户外标语口号研究的问题、目标与方法 [J]，修辞学习，2004，(6):27-30。

[8]　柯贤兵、朱丹锋，试析校园标语的语言特征 [J]，高等函授学报（哲学社会科学版），2007，(4):14-16。

[9]　刘凤玲，标语口号语言刍议 [J]，修辞学习，1999，(1):27-28。

[10]　刘凤玲、戴仲平，社会语用艺术 [M]，广州：暨南大学出版社，2002。

[11]　刘晓云，高建波试论言语行为理论在广告中的应用 [J]，江西科技师范学院学报，2006，(1):111-120。

[12]　卢骄杰、蔡立予，目的的"实现"与"背反" —— 山西播明镇商业类标语口号调查 [J]，修辞学习，2004，(6):40-42。

[13]　聂桂兰，乡村计划生育标语口号合法性的语言学分析 [J]，井冈山师范学院学报，2004，(3):52-54。

[14]　聂莉娜，新时期户外标语口号的语用特点 [J]，南通大学学报（社会科学版），2008，(4):83-87。

[15]　钱小青，广告标语的语言艺术 [J]，湖南教育学院学报，2001，(6):109-111。

[16] 邱莉芹，浅谈标语的语言艺术 [J]，连云港高等师范专科学校学报，1998，(1):18-19。

[17] 施旭、冯冰，当代中国公共话语的主体分析 [J]，中国社会语言学，2009，(1):1-14。

[18] 束定芳，认知语义学 [M]，上海：上海外语教育出版社，2008，105。

[19] 孙洪卫，刺激行为理论和言语行为理论的对比分析 [J]，大众商务，2009，(4):279-280。

[20] 屠海波，汉语标语研究 [D]，黑龙江大学，2007。

[21] 涂家金，基于语用论辩理论的修辞批评 [J]，语言教学与研究，2011，(1):105-112。

[22] 王云红等，标语口号—时代呐喊最强音 [M]，北京：光明日报出版社，2003。

[23] 尉万传，从话语控效说看"另类"标语 [J]，黑龙江教育学院学报，2006，(2):88-89。

[24] 辛斌，福柯的权力论与批评性语篇分析 [J]，外语学刊2006,(2):1-6。

[25] 辛斌，语言、权力与意识形态：批评语言学 [J]，现代外语，1996，(1):21-27。

[26] 于根元等，广告、标语、招贴……用语评析 400 例 [M]. 北京：中国社会出版社，1992。

[27] 张佳，上海市区户外非商业性标语口号有效性的社会语言学调查和分析 [D]，华东师范大学，2005。

[28] 张敏，标语中语用预设的作用 [J]，现代语文，2008，(4):54-55。

[29] 张琪昀，标语语言初探 [J]，汉语学习，1983，(4):43-48。

[30] 张萍，现代汉语标语语法研究 [D]，南京师范大学，2006。

[31] 郑为汕，时代口号 [M]，天津：天津人民出版社，2000。

（白云 山西大学文学院；吴东翔 山西职工医学院）

2012 年各地語文話題選評

◎ 姚德懷

一、 繁簡字問題

繁簡字問題，《第六屆海峽兩岸現代漢語問題學術研討會 (2011) 論文集》[1] 澳門作者董月凱、鄧景濱有較詳盡的評述 [2]，不贅。我們（香港中國語文學會的部分會員會友）提倡所謂 "和諧體"，主張恢復少數會引起歧義的簡化字為繁體字。這個想法得到了海內外不少朋友的回應和支持，例如多位 "書同文" 的朋友們便積極回應。[3]

也有人認為更改某些簡化字會 "牽一髮動全身"，是真的會這樣嗎？

《2011 論文集》是用繁體字排印，其中某些錯字是由於簡繁不一一對應而引起，如：

第 11、44、45、57 的 "劉複" 應為 "劉復"；

第 11 頁 的 "張一麟" 應為 "張一麐"；

1　李向玉主編，《澳門語言文化研究（2011）—— 第六屆海峽兩岸現代漢語問題學術研討會論文集》，澳門：澳門理工學院，2012 年 11 月。

2　董月凱、鄧景濱，"優化漢字：漢字統一的必由之路"，《2011 論文集》，第 219-237 頁。

3　參見 上海炎黃文化研究會 第15次書同文研討會會務組，《漢字書同文研究》（第 10 輯試印本，會務檔匯總，中華漢字和諧體專刊），上海，2012 年 6 月。（周勝鴻撰寫 "編後記"）

第 3 頁 的 "党" 應為 "黨";

第 17 頁 的 "王世傑" 應為 "王世杰"（抗戰前後名人，不是越繁越好。）;

第 180 頁 的 "瀋陽" 應為 "沈陽";

第 305 頁 的 "幹擾" 應為 "干擾"。

請問，以上的錯字，如果經過 "和諧化"，難道會 "牽一髮動全身"？

董月凱、鄧景濱兩位對王寧的 "漢字優化論" 作了進一步的探討，並訂出了一些標準（"健全優化方案"）。他們以"杯""盃"為例，認為"盃"字優於"杯"，因為"皿"起類化作用，而"杯"的 "木" 旁在示意上不屬優化。

我們承認，"和諧體" 有一定的隨意性，但也有立即可行的現實意義。"優化論" 者是理想主義者，在可見將來恐怕難以實現。

二、字形詞形問題

即便解決了繁簡問題，還有字形問題。各地對字形的取態互異，如何面對？異體字無法淘汰，只能為它們安排優先次序。古代異體字有學術價值；錯體郵票價比黃金。對異體詞也應作如是觀。

大陸宋體印刷體有規範，但據說正在調整中。大陸楷體印刷體和宋體印刷體不一致。以"小"字為例，宋體左旁是"撇"。小學課本用楷體，"小"字左旁是"點"。

台灣有 "正體字" 的標準。一些詞書，字頭用標準，釋義用例用字還未標準化，有待標準軟件的普及。台灣學者，也有對某些 "正體字" 表示不滿的，例如"寺"字，一般上半是"土"，但 "正體" 則用"士"。大家可研究，哪個字形可算是 "優化"？

香港則是兼收並蓄，漫無標準。小學課本有標準，採用特區教育部公佈的用字[4]。但社會上各用各的軟件,字形無法統一。例如"迪"字有多個異體字形。香港政府各部門用的字形不同,為此汪惠迪先生遇上了不少麻煩,並被香港政府某部門小職員奚落:"你連自己的名都唔識寫!"汪先生在內地也遇上麻煩,內地某銀行職員唔識他香港證件上的"迪"的某字形,最後只能用手照描!

　　香港中國語文學會《語文建設通訊》嘗試為廣義異體字排序,這也是一種優化方案,但不是只取一個最優者,而是有第一、第二、第三,……等等。當然這只是一種嘗試,是否可行要由大眾、當局、時間來決定[5]。

三、國語　普通話　方言

　　《2011 論文集》多位作者談到了有關普通話的語言政策問題,如黃坤堯[6]、徐大明[7]。另外有侍建國、卓瓊妍兩位,他們參加了"2011 研討會",但論文發表在《語言教學與研究》上[8]。

　　多位元作者都主張有一個寬鬆的語言政策,在推廣普通話

4　香港特別行政區政府教育局課程發展處中國語文教育組編,《香港小學學習字詞表》,香港教育局,2007 年。

5　姚德懷、陳明然、國麗婭,"'龍'的一條龍:"龙 龍 龍 竜……"——以"字位"說試排"龍"的異體異形字",《語文建設通訊》,第 100 期,第 39-43 頁,香港,2012 年 5 月;"'過'的一條龍:"过 過 過 过 過……"——以"字位"說試排"過'的異體異形字",《語文建設通訊》,第 102 期,第 12-16 頁,香港,2013 年 1 月。

6　黃坤堯,"論國語、普通話與方言的互動發展",《2011 論文集》,第 64-74 頁。

7　徐大明,"試論寬鬆的語言政策",《2011 論文集》,第 367-377 頁。

8　侍建國、卓瓊妍,"關於國家語言的新思考",《語言教學與研究》,2013 年,第 1 期,第 80-88 頁。

之餘，更應尊重地方語言和少數民族語言。

侍建國和卓瓊妍指出，"放寬語言標準是漢語國際化的重要一步"。他們主張"讓通用語跟標準音脫鈎"，這樣可以使許多普通話未能達標的現代公民提高公民意識和文化自信。

多年前我在"'規範普通話'與'大眾普通話'"一文中闡發的要旨也與多位作者相近 [9]。

上次第六屆研討會的主題是"國語運動百年"。但台灣來的朋友不多，自是憾事。不過其間台灣出版了一本重要的文獻，那便是《國語運動百年史略》[10]。該書主編為：張正男；編撰小組成員有：王天昌、李鍌、林良、林國樑、張正男、張孝裕、董鵬程；總審訂為：李鍌。這本書最切合第六屆研討會的主題，這裏不妨簡單介紹一下：

該書由民國元年（1912 年）講起，共 11 章，目次為：讀音統一會、推行國語的機構及其工作成果、國語標音符號、國語教育的工具書、推行國語在台灣、教育部標準字體與電子辭典、中小學的國語教育、推行國語的社會活動、國語教育國際化、《國語日報》及其他國語書刊、國語教育與母語方言。該書最後說：

> 每一個人出生後在家庭、社群中，學習自己的母語方言；……長大後尊重其他族群的母語方言；……人人應該學習國家共通語。這樣才是真正可以落實的、均衡平等的語言政策。

9　姚德懷，"'規範普通話'與'大眾普通話'"，《語文建設通訊》，第 57 期，第 1-12 頁，香港，1998 年 10 月。

10　世界華語文教育會編，《國語運動百年史略》，台北：國語日報社，2012 年 8 月。

可知，該書的主張與上述其他作者的觀點略同。

然而，理論歸理論，實際上怎麼辦？我們主張要為普通話、方言、次方言的重要性排序，而且要聽<u>孔夫子</u>的話，不是大吃小，而是長幼有序，哥哥要愛弟弟。

例如，在<u>香港</u>，許多港人要 "撐粵語"。然而要撐甚麼 "粵語" 呢，恐怕只是 "香港話"，而且是新潮的香港話。有些人歧視帶鄉音的粵語，也歧視老人家過時的粵語。本來<u>香港 "新界"</u>地區流行<u>客家</u>話，但是經過數十年的 "母語（粵語）教育"，客家話在 "新界地區" 已經瀕臨消亡了！[11]

客家話在香港是怎麼消亡的？《香港原居民客語 —— 一個消失中的聲音》[12] 這本書的作者<u>劉鎮發</u>說：

> 客語的消失是香港歷史發展的一個必然結果，是過去香港政府在當時形勢下做出的決定而間接造成的。
>
> 當然，我們身為客家人的不可以說一點責任都沒有。港英政府的確沒有禁止過我們講客語，是我們絕大多數人 "自動棄權" 的。

可知我們不但要愛護方言，方言也應該懂得自愛。"愛" 字比 "撐" 字好。

以下再談幾個國語／普通話的小問題。

（1）"兒化" 的書面寫法

11　根據《香港特區基本法》，新界應該加上引號為 "新界"。

12　劉鎮發，《香港原居民客語 —— 一個消失中的聲音》，香港：香港中國語文學會，2004 年。

讀《2011 論文集》第 97 頁，李宏、張志毅[13]談“兒化”的一段有以下三行（出自《國語辭典》，1937、1947）。

【涼粉兒】ㄌ一ㄤㄈㄜ兒

【疤瘌眼（兒）】ㄅㄚ・ㄌㄚ一ㄢ（一一ㄚ兒）

【白麵兒】ㄅㄞㄇ一ㄚ兒

這引起了我對“兒化”書面寫法的興趣。查原《國語辭典》，這三行應該是（調號略）：

【涼粉兒】ㄌㄧㄤㄈㄜㄦ

【疤瘌眼（兒）】ㄅㄚ・ㄌㄚㄧㄢ（一ㄧㄚㄦ）

【白麵兒】ㄅㄞㄇㄧㄚㄦ

可能是該文校對者唔識最後的“儿”，該是注音字母“ㄦ”，不該把它繁化為“兒”，又：注音字母“一”橫排應為“ㄧ”。

內地詞典，兒化詞都用小一號的“儿”，如“花儿”，但一般書刊都不用，省事？倒是趙元任先生喜歡用，例如

> “……可是在多數——剛剛是‘有限’的反面ㄦ——在多數文字用處的場合，比方說是自然科學啊、工啊、農啊、商啊、軍事啊、普及教育啊，這些用處上吶，我覺得現在就可以用國語羅馬字拼音文字。”[14]

其中“反面ㄦ”的“ㄦ”是注音字母，不是簡化字“儿”。

13 李宏、張志毅，“國語運動的傑作——《國語辭典》”，《 2011 論文集》，第 93-106 頁。

14 趙元任，《語言問題》，第 145 頁，台北：台灣商務印書館，1968、1977 年。

(2)"～儿"與"～子"

再談一個小問題。有外國朋友在網上問,甚麼是"份子錢"。有香港朋友在網上回答,"份子錢"便是香港人所説的 AA 制。其實不一定全對。

《現漢》有"份儿錢"、"車份儿"、"份子",但沒有"份子錢"、"車份子"。可能內地有些地方,以"子"代"儿"了。

又如"樂儿",也可説"樂子","皮筒/桶儿"="皮筒/桶子",都是以"子"代"儿"。

哪些詞語可以以"子"代"儿"?

(3)"四合院兒"

近日乘地鐵時,看到鄰座乘客在-看香港大學 SPACE 的普通話教材。某課標題用黑體大字印上"第八課　四合院兒",覺得刺眼。為甚麼刺眼呢?

四、"漢語拼音"55 周年

(1)《漢語拼音》是對外文化交流的橋樑 [15]

1958 年初頒佈的《漢語拼音方案》至今已 55 周年,發揮了巨大的功能。漢語拼音,除了為漢字注音之外,還有多種其他

15　周有光,"文化傳播和術語翻譯",《語文建設通訊》,香港,1991 年 10 月,第 34 期,第 1-8 頁。也見周有光著,《文化暢想曲》,北京:中國青年出版社,1997 年,第 57-71 頁。

功能，更是對外文化交流的橋樑，例如可為地名、人名、專名等
轉寫成羅馬字母拼式。當然，"漢語拼音"也不可能一帆風順。
以下試舉數例。

① 香港中西音樂界，用英語媒介時，早已把"戲曲"轉寫
為漢語拼音形式"xiqu"。但是有些人仍認為應該翻譯成
"Chinese opera"。殊不知中國戲曲與西方的 opera（歌劇）
是兩回事。事實上，香港音樂界也早已把中樂樂器用中
文拼音轉寫如：

dizi 笛子　　erhu 二胡　erxian 二弦　　gaohu 高胡
guqin 古琴　houguan 喉管　luobo 鑼鈸　pipa 琵琶
sanxian 三弦　sheng 笙　suona 嗩吶　tiqin 提琴
yangqin 揚琴等 16。

不過得承認，華人地區（不管是香港還是大陸，還是其他地
區），懂得這道理的仍屬少數。大家自願放棄漢語話語權！

② 在"漢語拼音"逐步普及的同時，也不可不知其他拼音
方式仍然存在，否則會像北京清華大學某教授那樣，唔
識"Chiang Kai-shek 蔣介石"。

內地不少人認為，除了漢語拼音，便是"威妥瑪式"，其
實還有許多五花八門的雜牌拼式，Chiang Kai-shek 便是雜牌。
其他如香港人有 Aw Boon Haw（上世紀萬金油大王胡文虎，閩
南拼音），Leung Chun Ying（簡稱 C.Y.，梁振英，粵式拼音），
Zen Ze-Kiun（香港樞機主教陳日君，滬式拼音）。還有大數學家

16　例如可參見 香港電台第四台確認刊物，《美樂集 • Fine Music》（月刊）。該刊
物在香港大會堂及各文化中心免費贈閱。

Chern Shiing-sheng（陳省身，國語羅馬字拼音），等等。

　　③《漢語拼音》是專名，不可改寫為 "中文拼音"。蘇金智
　　對此有論述 17。但《2011 論文集》仍有把《漢語拼音方案》
　　印成 "中文拼音方案" 的，如該書第 52 頁。

（2）詞典名稱的 "英譯"

　　《2011 論文集》中有多篇談到詞典：1. 李宏、張志毅，"國
語運動的傑作 ——《國語辭典》"；2. 郭伏良，"《國語辭典》與
《現代漢語詞典》同收數理化條目詞義對比研究"；3. 周荐，"《新
編國語日報辭典》收條立目指瑕"；4. 李雄溪，"讀《現代漢語大
詞典》"，……。

　　各文都附有英語撮要。我們試看各位作者對各詞書名的英
譯：

　　①《國語辭典》：李宏、張志毅譯為 "*Kuo-yü Dictionary*"；
　　　郭伏良譯為 "*Mandarin National Language Dictionary*"

　　②《現代漢語詞典》：郭伏良譯為 "*Modern Chinese Dictionary*"

　　③《新編國語日報辭典》：周荐譯為 "*New Chinese Daily Dic-
　　　tionary*"

　　④《現代漢語大詞典》：李雄溪譯為 "*Xiandai Hanyu Dacidi-
　　　an*"

　　我們知道，專名是不必 "翻譯" 的，名從主人，照抄便是。
因此李雄溪根據《現代漢語大詞典》版權頁照抄為 "*Xiandai Ha-
nyu Dacidian*" 最為準確。同理，《現代漢語詞典》根據該詞典

17　蘇金智，"國語與普通話問題面面觀"，《2011 論文集》，第 75-81 頁。

照抄為 "*Xiandai Hanyu Cidian*" 便是。把它翻譯為 "Modern Chinese Dictionary" 大可不必。

1930 年代出版的《國語辭典》應該根據國語羅馬字轉寫為 "*Gwoyeu Tsyrdean*"。當時，黎錦熙等國語羅馬字創制者不可能用威妥瑪式的 "*Kuo-yü Dictionary*"。直到 1981 年，台灣 "重編國語辭典" 仍用國語羅馬字 "*Chorngbian Gwoyeu Tsyrdean*"。

台灣 "國語日報" 系列一向也用國語羅馬字，如《國語日報字典》（1976 年）為 *Gwoyeu Ryhbaw Tzyhdean*；《國語日報外來語詞典》（1981 年）為 *Gwoyeu Ryhbaw Waylaiyeu Tsyrdean*。

總之，專名 "翻譯"，照抄或轉寫便是。刻意去譯，模糊失真，一名多譯，反為不美！

五、字母詞　嚴格拼音序字典

在內地，"字母詞" 是近年熱門話題。由於《現代漢語詞典》第 6 版（2012 年）多收了 "字母詞"，並把舊版裏的 "附錄" 升格為正文，因此引起了保守派的反對並向有關當局 "舉報"。其實《現漢》第 5 版，（2005 年）已經把 "字母詞" 升格進入正文。

香港人一般沒聽說甚麼是 "字母詞"，事實上一百年前出現的 "X 光" 等便是字母詞，《現漢》稱之為 "西文字母開頭的詞語"。其實，一些含有西文字母的（不一定是開頭的）詞語，如 "阿 Q"、"卡拉 OK" 等早已進入舊版《現漢》詞典正文，保守派當時沒有發覺，可謂後知後覺了。

字母詞問題大家談得多了，這裏且不談。談一個更重要的問題，那便是：應該提倡編寫嚴格拼音序的詞典。（"嚴格拼音序" 也稱 "單一字母順序"、"純音序"。）

傳統詞典都是以漢字為字頭排序。嚴格拼音序詞典便是以

a，b，c，d……排序。這類詞典（詞彙）有 1960 年左右周有光編的《中文拼音詞彙》，倉石武四郎編的《岩波中國語辭典》（東京 1963 年），德範克（John DeFrancis）主編的《ABC 漢英大詞典》（美國夏威夷大學、上海漢語大詞典出版社，2003 年）。

　　有了嚴格拼音序詞典，字母詞便可自然而然地進入詞典正文。例如《ABC 漢英大詞典》T 部最後幾條便是 "Tǔzú 土族"、"tūzuǐʼāobí 凸嘴凹鼻"、"túzuò 徒坐"、"tǔzuòjiā 土作家"、"T-xù shān T恤衫"。最後一條便是 "字母詞"。

　　徐文堪曾寫過一篇文章："略論漢語詞典的純音序檢索法"[18]，大家可以參考。

　　人們總說，中國有幾千年的歷史。然而歷史越長，積累越多，問題不會少。編纂漢語詞典，可以有不同取向，來解決不同的問題，這也是很自然的事，不必視為異端邪說！

　　嚴格的拼音序詞典也方便收錄少數民族詞語。這裏記一趣事。2012 年 12 月 26 日《明報》報導有關溥儀姪女、道光皇帝第四代後人愛新覺羅・文嘉的經歷。民國成立後，滿清皇族後裔多改姓，改成 "金"、"艾" 等。文嘉 1992 年來香港，恢復用 "愛新覺羅" 本姓。《明報》文章附有她香港身份證照片，照片上可見在姓名 "愛新覺羅文嘉" 下有 "英文姓名"（其實是粵語拼音）"OI SAN KOK LO，Man Ka"。

　　"愛新覺羅" 究竟該如何拼寫，是否該按照漢語拼音寫成 "Aixinjueluo" 呢，那又未必。根據胡增益主編的《新滿漢大詞

18　徐文堪，"略論漢語詞典的純音序檢索法"，《語文建設通訊》，第 51 期，第 64-67 頁，香港，1997 年 3 月。

典》[19]，應該寫成"Aisin Gioro"。那麼"愛新覺羅文嘉"應該寫成"Aisin Gioro Wenjia"，真的是滿漢一家了！然而這個"Aisin Gioro"，無法進入傳統漢語詞典。

六、中英（中外）夾雜

中文外文夾雜，既是小問題／沒問題，又是大問題。

小問題／沒問題：中學裏早就用上 a，b，c，x，y，z，log，sin，cos，HCL，……。

大問題：大概多數人會説：不應該中外夾雜。內地如此，香港學界也如此。據報導，香港考評局中文科組曾説，不應中英夾雜；也有人説，考評局不是這個意思；然而，考評局至今對此好像還沒有一個明確表態。

2013 年 3 月 23 日香港中國語文學會將在香港教師中心舉辦座談，討論：

> "學生用語是否可以中英夾雜"：
>
> 考評局 首屆中學文憑試報告發表。據説該報告中引起最大關注的是"考生在小組討論裏中英夾雜的情況"。
>
> 本項活動擬討論口語及書面語是否可以中英夾雜。有人認為，香港是中西文化交匯的地方，並且資訊發達，中英夾雜似無可避免。果真如此，我們可以深入討論，中英夾雜可以容許到何種程度？又可為"中英夾雜"分等級。如夾雜"新的科技術語"為"可以"（"一等"）；

19　胡增益，《新滿漢大詞典》，烏魯木齊：新疆人民出版社，1994 年。

夾雜"俚語俗語"為"不可"（"三等"）；哪些是"可"與"不可"之間的"二等"呢？

（1）阿爾茨海默病　Alzheimer disease

此病在內地、香港、台灣、日本曾分別被譯為"老年癡呆症"、"阿爾（耳）茨海默病"、"認知症"等等（詳見近年的《語文建設通訊》）。2010 年香港有人為此在傳媒發起"命名民主選舉"，選出了"腦退化症"，但該"民主名"又於 2012 年為香港醫學界否決，另定精英專家名"認知障礙症"。

北京《中國科技術語》2012 年 12 月（第 6 期）發表了盛樹力的文章，文章說內地也有人想發起為 Alzheimer 病舉行"全民投票"。然而 2012 年 10 月 10 日，中國衛生部已表示，該病的規範名稱是"阿爾茨海默病"。（據 2012 年 10 月 11 日《新京報》。）

以上說明了幾點：1. 還是"阿爾茨海默病"好。2. 即使是權威刊物如《中國科技術語》也是消息滯後（2012 年 10 月的消息到 12 月還未刊出）。3. 但我認為，還是"Alzheimer 病"最好（優化），它只用了 9 個字母。比較："阿爾茨海默"用規範字寫約 42 筆，用繁體字寫約 53 筆！對外漢語的學生要學多久才能寫這幾個漢字？

也就是說，不管口語還是書面語，我認為中文不妨夾用"Alzheimer 病"。"Alzheimer"既是超方言，也是國際用語。它其實不是英語，是德語。德語"z"音值與漢語拼音"z"音值相近。也可乘此機會向小學生教活的漢語拼音的"音素拼音"，不僅是死板的"音節拼音"。（"mer"應音譯為輕聲"嘛 me"，不應譯成重音"默"。）

322

（2）核心價值 core value

　　香港重視“核心價值”。甚麼是“核心價值”，漢語詞典好像未收，《全球華語詞典》（2010）也未收。

　　香港的“核心價值”，有人說，是：自由、民主、人權、法治、平等、公義、多元、包容、廉潔、誠信（integrity）等等，又稱“普世價值”。（似獨缺“義務”）

　　也有不少人的“核心價值”（用口語來說是“最緊要”）是：

　　最緊要係：搵食（覓食）、搵銀（賺錢）、搵著數（佔便宜）、唔執輸、唔蝕底（不吃虧）、好玩（可夾用英語“FUN”），……。

　　可知，香港有兩組“核心價值”，這兩組內容並不一致。香港有許多“深層次矛盾”，這兩組核心價值的矛盾也是其中之一。

七、結語

　　大題目也講了一些，小問題也談了一些，不能沒完沒了，暫且說聲“完了 wánliǎo”！[我用梅蘭芳式的“wánliǎo”，不用王洪文式的“wánle”。]

（姚德懷 香港中國語文學會 /《語文建設通訊》）

词媒体时代的语言生活和社会真实

——以"汉语盘点"活动为例

◎吕海春

提　要：近年来，网络上的热字、热词，通常围绕日常生活和重大热点事件展开，并借助新媒体和传统媒体的高频传播，成为某个阶段热议的文化现象。由此也形成了以网络热词为传播内容的全新载体——词媒体。本文以国家语言资源监测与研究中心主办的"汉语盘点"活动为例，尝试从新词语发展、媒介传播、历史文本的角度，探讨分析当代语言生活的一些现象及其背后所展示的社会真实。

关键词：词媒体；语言生活；社会真实；汉语盘点

随着信息时代的到来，网络与生活深深交融，人们的语言生活发生了巨大变化。一方面，网络媒介为语言的发展提供了平台，潜移默化中改变着语言生活的现状，英国语言学家大卫·克里斯特尔甚至认为网络将使语言发生"革命性"的变化。另一方面，网络热词的大量涌现，也为媒介的有效传播提供了工具，并产生了一种专门以网络热词为传播内容的新载体，即"词媒体"。

张挺、魏晖（2012）指出，在语言学研究方面，"社会语言学研究已远远超出经典语言学所圈定的范围，语言与媒介载体以及信息技术的融合逐渐成为当代语言学的发展主题之一"。

本文以"汉语盘点"活动为例，拟从新词语发展、媒介传播、历史文本的角度，探讨分析当代语言生活的一些现象及其背后所展示的社会真实。

一、"汉语盘点"活动概述

近年来，内地许多机构相继推出年终热词盘点和新词语、流行语等词语发布活动，逐渐成为岁末年初语言生活的一种时尚。[1] 其中，举办最早、延续时间最长、最具权威的应属"汉语盘点"活动。

这项活动，由国家语言资源监测与研究中心与商务印书馆等出版传媒机构联手打造。自 2006 年开始，到 2012 年已连续举办 7 届。"汉语盘点"意在"用一个字、一个词描述中国与世界"，发动网民一起用凝练的汉语字词回顾一年的光景，概括国内外主流现象，总结当年影响最为深远的理念。用汉语回首时光，品悟语言生活和社会现实，又在回首中品味汉语之美。

活动以网络媒体为平台，同时联合平面媒体等多种媒体形式共同发布。活动分为网友推荐、专家评点、网络投票三个阶段。首先，活动要求网友以字词为主要表现形式推荐当年的年度国内、国际字词。在评选环节，由语言学家、社会学家、历史学

---

[1]　词语盘点和流行语发布，近几年来有多个行业和网站起而效尤，成为年终岁首语言生活一大看点。《中国语言生活状况报告 2012》的《热字·热词·热体》一文，即汇总了 26 家机构、媒体和搜索引擎举办的 17 种盘点活动的数据。

家、国际关系专家、经济学家、资深媒体人等组成的专家团队，对提名的字词进行评点，主要考察字词与时代的贴合度，注重词语的时代气息，推出当年的国内、国际 10 大候选字词，同时采用微博体撰写推荐语。最后，网友投票选出当年的国内字词和国际字词。

2012 年起，除公布年度字词外，还联合国家语言监测与研究中心有声媒体中心、平面媒体中心、网络媒体中心共同发布了十大"年度流行语、年度新词语、年度网络用语"，由此也更突显出年度汉语的"盘点"特色。[2]

七年中，网友提交的推荐字词近 10000 条，内容涉及政治、经济、军事、体育、文化、娱乐等各个社会生活领域，其中很多都是当年传播热度很高的新词语、流行词语。通过这些热字、热词、热体，既比较清晰地看出国人视野中的世态万象，更可以说是用一种特殊的方式书写了汉语新词语、流行词语的编年史，较为全面真实地展现出了中国的年度语言生活现状。

二、"词媒体"与全民造词运动

汉语盘点活动，一个很重要的目的是监测当下汉语国情，同时从民间汲取营养以丰富汉语语言的多样性。它在内地地区率

2　这是继 2011 年联合发布年度流行语和年度新词语之后，四大词语发布第一次集体亮相。经过网络票选，2012 年，"梦"、"钓鱼岛"、"衡"、"选举"分列年度国内字、国内词、国际字、国际词第一。当年发布的十大流行语是：十八大、钓鱼岛、美丽中国、伦敦奥运、学雷锋、神九、实体经济、大选年、叙利亚危机、正能量。2012 入选的十大新词语是：正能量、失独家庭、鹰爸、元芳体、表哥、莫言热、弹性延迟、甄嬛体、骑马舞、中国式过马路。十大网络语是：中国好声音，元芳你怎么看，高富帅、白富美，你幸福吗，江南 Style，躺着也中枪，吊丝、逆袭，舌尖上的中国，最炫民族风，给跪了。

先运用"字词盘点"的形式来审视年度语言生活，既符合信息时代语言发展的趋势和特点，也与"词媒体"的概念相适应。

作为年度词语盘点活动，"汉语盘点"每年新上榜的新字新词以及流行词语，都是当年的一大亮点，也是最受关注的一个话题。例如2006年的"草根""博客""恶搞""负翁""啃老族"，2007年的"网络力量""华南虎""钉子户""播客""带头大哥""史上最牛"，2008年的"雷""囧""山寨"，2009年的"杯具""蜗居""被XX"句式，2010年的"微博""围观""X奴"以及各种"体"（凡客体、羊羔体、微博体），2011年"伤不起""XX控""坑爹""穿越""悲催""宅"，2012年的"中国梦""美丽中国""正能量""骑马舞""世界末日""甄嬛体""吊丝逆袭""你幸福吗""给跪了"……这些词语大多源于社会公共事件，盛行于网络，一般都经历了新词——热词——词媒体的发展历程。

"词媒体"的概念，由互动百科网于2010年5月首先提出。其定义为：指以词作为核心传播内容的全新媒体形态，其利用"词"具有的对特定时间、地点、人物、事件进行超浓缩、利于口口相传的特性优势，最大限度地加快媒体信息的传播和记忆速度。

可见，"词媒体"横空出世，说明了用词语来记录历史、描述社会已成为这个时代的特征之一。"词媒体"的发展，在一定程度上代表了新词语、流行词语的发展趋势，也从一个侧面反映了信息时代语言变化的特点。

数字化时代，当信息呈原子爆炸式地向人们袭来，为使信息能高效便捷地传递，实现信息价值的最大化，作为信息载体的语言也随之变化。当一个事件或一种社会现象进入公众视线，成为某个阶段热议的现象时，为了加快信息的传播速度，人们往往将其概括成精简的新词或短语。同时，由于博客、微

博、微信等自媒体迅猛发展 ³，人们的社交半径得以最大限度地
扩张，也激发了人们发表意见的欲望。以往作为信息受众的网
民，开始转向信息发起者的角色，普通的民众因此获得了更多
的话语权，人们很容易陷入一种即时交互的语言狂欢状态。新
词层出不穷，大量的新的表达式反映了网络媒介为用户语言交
际带来的变化和创新，也就诞生了媒体常说的"全民造词"运
动。据《中国语言生活状况报告》，2006 年提取的新词语 171 条，
2007 年 254 条，2008 年 359 条，2009 年 396 条，2010 年 500 条，
2011 年 594 条，2012 年 585 条。但研究也显示，从 2006 年到
2011 年，国家语委从语料中获取的年度新词语中，仅有 40% 能
够留存，且有 25% 的新词低频使用，年频次在 10 次以下，也
可见新词的速生速朽。这也正印证了侯敏（2011）所说的，词媒
体时代新词语的发展具有三个特点：(1)表事件、表社会现象的
新词语特别多；(2)新词语表达的信息高度浓缩；(3)新词语的隐
退、消亡也比较迅速。

三、"词媒体"传播路径展示的媒介"共生效应"

从传播学的角度来说，"汉语盘点"活动以网络作为平台，
同时借助传统媒体等各种形式，多方整合媒介资源，以求实现网
络媒体和传统媒体的力量聚合。⁴ 这项活动的发起和进行全程依
托网络平台，以求最大限度地发掘当年语言生活中最鲜活的语言

3　据统计，目前中国网民数量已达 5.3 亿，其中微博用户超过 3 亿人。

4　"汉语盘点"活动所运用的媒介形式也在不断与时俱进。从 2006 年的网络媒体、平面媒体、有声媒体，直到集结各种新媒体资源，包括网络、微博、手机终端、Iphone/Ipad/Android 客户端、移动传媒等。

资源，又能借助网络这一最广泛的传播平台激发起公众参与社会生活、增强话语权的欲望，还大大缩短了事件传播的时间。同时，活动还吸引了国内外众多有知名度的平面媒体和有声媒体进行追踪报道，以形成一个阶段的新闻热点。如 2011 年年度国内词"伤不起"，就源于网络，在评选为年度国内词之后，又被媒体热炒了一把，被视为公众传递出的心理焦虑，一种社会转型期的强大信号。"伤不起"也在那一年岁末年初再度火了一把。这也充分反映出当今各种媒体之间存在着相互依存、相互影响、相互促进的"共生效应"。

网络媒体，作为当今社会最活跃、最具影响力和发展潜力的媒体，不仅已成为汉语新词、新义产生的孵化器和传播的重要途径，也是今天公众参与社会生活的重要媒介形式之一。有论者曾将 2007 年定为"网络公共元年"，2010 年又被称为"微博元年"。但事实上，无论是新词语、流行词语的传播，还是网络问政的公共生活方式的改变，如一切都仅局限于网络，还不足以对今天的语言生活和社会生活造成如此大的"影响力"和"杀伤力"。

林美宇（2010）指出，词媒体利用"词"具有的对特定时间、地点、人物、事件进行超浓缩、利于口口相传的特性优势，最大限度地加快了媒体信息的传播和记忆速度。同时，在媒介融合时代，从网络中寻找议题日益成为传统媒体新闻选题的重要途径。只有将网络媒体和传统媒体的力量加以聚合，才能使词媒体发挥最大效应。

传统媒体的传播优势可从两个方面来看。一方面，词媒体所承载的网络热词信息，虽然在一定程度上代表民众的声音，但若没有传统媒体的"选题策划和议程设置"，其传播也只能是过眼云烟。通过传统媒体对一些有报道价值、对社会有重大意义的词语加以深度解析，这些网络热词才会逐渐沉淀，成为影响巨大的社会词语，成为锐不可当的传播利器。

另一方面，传统媒体往往在传播词语的过程中，对这些网络热词进行淘洗、规范、改造、整合，使其变得更适合语言发展的规律，甚至成为一种新的表达模式。例如近年来的新词语中，以"哥"或"姐"构词的形式非常多见，特别是"犀利哥"在网络论坛上出现之后，传统媒体纷纷对其进行报道，"XX 哥"成为一种固定的表达模式，也成为这个时代的一种文化现象。再如，从 2012 年年底开始流行"房 X"形式，从"房叔、房婶、房嫂、房哥、房妹、房祖宗"……乃至有人惊呼，当前最有权力的家族是"房氏家族"。

四、"词媒体"词语碎片体现的历史文本价值

词语在帮助我们记住一个时代。林美宇（2010）指出："词媒体时代是新形式的搜索、关键词搜索的时代。在词媒体的时代，词语更像是信息海洋中的一个个点缀之笔，从信息中提炼、浓缩出最具有时代意义的碎片，供人们在瞬息之间浏览并顺着它的线索找到事实的源头和思考的对象。"刘晓丽、郭智军（2011）认为，必须结合语言学和传播学的视域考察热词，才能真正解读出热词背后议题和焦点的丰富性、新颖性和流变性，解读出热词所反映的时代和社会心理变迁。

从这个角度来说，"汉语盘点"所评选出的年度字词都将"成为中国历史发展过程中的历史文本"。

纵观"汉语盘点"历年选出的年度字词等，都能很直观地表达出网民的关切之处。如七年中，"涨"字两度上榜。特别是2010 年，面对飞涨的物价，面对生活的巨大压力，老百姓们把创造语言作为了自我解压的渠道和自我调侃的办法，出现了一连

串的三字谐音格式：豆（逗）你玩、蒜（算）你狠、姜（将）你军、苤（凭）什么、煤（梅）超疯（风）、油（由）你涨、棉花涨（掌）、玉米疯、虾（吓）死你、糖（唐）高宗、糖（唐）玄宗。从中不难解读出一种幽默带讥讽的意味及宽厚且无奈的心态。但是这些高频词语，单拿出哪一条都有以偏概全之嫌。"涨"字也就梅开二度，成为当年的年度汉字。

诺贝尔奖获得者赫塔米勒说过，一些看似平常的词，都暗含精准的政治态度。可以说，这些流行词语背后所暗含的政治态度、文化心态和价值取向值得社会高度关注。以 2012 年进入"十大网络词语"榜单的"吊丝"为例。中国传媒大学教授刘宏指出，"吊丝"这样一类标签化的词语，具有特定描述指向，会在群体之中形成一种团聚现象。只要"这个群体没有消失，这个词的热度就不会消失"。这一类具有特定群体指向的词语背后的人群，往往会捍卫自己的身份标签。又如，2009 年年度字——"被"，适用范围如此广泛，以致到今天仍有很多人习惯用它来表达某种意愿。虽然有人指责"被"字被滥用，反映出语言的西化现象；但在现实语境中，只要公众的意志被剥夺、意见被代表、思想被一致、情绪被稳定的情形存在，"被"字句式的生命就不会枯萎。

可以说，每个热词的背后都有一个故事，代表了一定社会阶层的民意和情绪，是一种不可忽视的真实力量，能够准确表达集体的意识。李宇明指出，在词媒体时代，"词语"可以作为一面镜子来观察社会变化，"词语"也可以作为一把尺子来丈量世道人心。

五、结语

麦克卢汉曾说过，"所有的语言都是大众传媒，所以新的媒介也是语言"。随着词媒体的蓬勃发展，"词语"成为一种富有生命力和创造力的"大众传媒"，也使得语言随之发生接触和变异，为社会语言的发展、创新注入了新的活力，引发了语言学一些新问题、新现象的出现。为此，我们有必要结合语言学和传播学的研究视域，直面语言生活的种种变化，力争更准确地描述出当今语言生活的真实现状。

【参考文献】

[1]　管雪，网络流行词的演变　新词——热词——词媒体 . [J]，新闻世界，2011(9):129-130。

[2]　侯敏，2010 年度新词语解读 .[J]，语言文字应用，2011(4):64-70。

[3]　教育部语言文字信息管理司，中国语言生活状况报告 2011.[M]，商务印书馆，2011:180-191。

[4]　林美宇，兼为讯息与媒介的网络锐词 . [J]，安徽文学，2010(8):268-269。

[5]　刘晓丽，新词与传媒的共生效应及其创造方法 . [J]，湘潭大学学报（哲学社会科学版），2009(3):155-158。

[6]　刘晓丽、郭智军，全媒语境下热词成因考察 .[J]，湘潭大学学报（哲学社会科学版），2011(7):130-132。

[7]　宋巍，"词媒体"内涵及数据论证 . [J]，东南传播，2011(6):99-101。

[8]　张挺、魏晖，媒介与语言：网络传播对当代社会语言生活影响之考察 .[J]，广西社会科学，2012(1):166-169。

（吕海春　商务印书馆）